半生不熟

厨室的黑暗与光明

〔美〕 安东尼·波登/著

蔡宸亦/译

上海三联书店

谨献给奥塔维亚

"我这一生受到的生命礼遇，比平常人要多；我得到的恩赐，也比我付出的多。"

——弗兰克·哈里斯

译者序

安东尼·波登的大团圆结局

得知托尼自杀的消息时，我正在家中吃饭，放下筷子，第一反应就是去看他 Instagram 上与杜可风的合影。照片上，波登和杜可风像两个小孩子一样搂在一起，坐在重庆大厦门口。

就在一个月前，波登在香港拍摄《重庆森林》版的《波登闯异地》（*Parts Unknown*）。杜可风是拍摄对象，也是掌镜人。香港篇的《波登闯异地》里，波登与杜可风相互亲吻。他们在镜头前谈美，美是什么？杜可风说，美不是化妆，不是整形拉皮，美不是去遮盖阴暗面，而是阴暗面本身，是去拥抱黑暗，是去体验黑暗。波登如醍醐灌顶。

波登说过，亚洲是他最喜欢的地方，杜可风是他最喜欢的摄影师之一。这两个人对生活的理解如此接近，表达方式又截然不同。他们的这种惺惺相惜，来自两颗流浪的心。

在标志着他电视生涯起步的《半生不熟》里，他写道："我被

I

旅行、看世界和这种观看方式所吸引。简单地说，我不想和任何人分享这个世界。这个世界，一边在变大，一边也在变小。我就像许多游客那样，不再看窗外的景色，转而钻进自我，开始从一个越来越狭小的视角来看这个世界。"

波登的节目，一半是在大千世界中猎奇，另一半则是在世间流浪。我们在波登的美食节目里，看到的不是大千世界的人怎么"吃"，而是在吃这件平凡事上，感知大千世界的真实、黑暗、迷惘与苦难。表面上，"好吃"这件事等同于美好，而纯粹的美好，必有更为深邃的隐情，而隐情才是真正值得玩味思索的。网红店的关门速度常常跟它们走红的速度一样快，因为光鲜亮丽的视觉效果留不下什么深远价值，饮食的世界里真正值得玩味的，是主厨们关于理想食物的思索。

《厨室机密》在美国的销量超过百万册，四十八岁的波登意外走红。而写《半生不熟》的时候，波登已经不再是把叛逆和破坏当作利器的圈外人了。他的新身份是主持人，他辗转进入美食电视行业。在《半生不熟》里，他写出他内心的取舍，他的价值观，以及如何在两种身份里转换。渐渐地，他的生活进入了正轨，他戒毒，开始健康的生活，再婚，随第二任太太学习巴西柔术，也开始为人父母。

生为公众人物，仍然狠狠地剖析自己，包括内心的阴暗面，把人性的堕落、贪婪以及散漫，公布于众，这种反英雄，是美国文化中的英雄气概。《半生不熟》是整个波登后半生最重要的著作，记录了他职业生涯中最重要的转型期，也是波登的最后一本非虚构作品。波登的成名作《厨室机密——烹饪深处的探险》（*Kitchen*

Confidential: Adventures in the Culinary Underbelly），讲的是他当上厨师，亲眼目睹厨房背后的种种黑暗。副标题 Adventures in the Culinary Underbelly 中用 Underbelly——动物的下腹部，来隐喻事物的阴暗面。

电视圈是不是比厨室更黑暗？*Medium Raw: A Bloody Valentine to the World of Food and the People Who Cook* 中的 medium raw，借用了表达肉的熟度的一个术语，medium rare——三分熟。《半生不熟》写作的后期，波登已经是美食圈的重要人物，书中的素材不乏如生肉般血淋淋的批判，却也在生猛之中，刀下留情。

我们在波登死后重新回顾他的文字和影像。在他做的节目里，大多数的时候，波登会在吃完食物后礼貌地说一声"好吃"，而我总一厢情愿地觉得，好吃的程度，总是写在他的脸上，他的表情或语气从不出卖他自己。

不能用文字直接表达的，波登都留到了他的美食纪录片里，而不能用镜头表达的，他身体力行去实践。

品尝死亡的滋味，也许对波登来说是一场大团圆结局，是他与自己的相遇。

蔡宸亦

2018 年 6 月

目 录

引 言

入座

　　我认得吧台边的那群人，确切地说，是一群男人外加一个女人。他们有些是美国最有声望的主厨，有些是在美国起家的法国大厨，他们全是美食界的一代宗师。他们不单是我的偶像，也是所有烹饪从业者心中的大神，包括那些准厨师和烹饪学校的学生。他们站在吧台边零星几张高脚凳旁，显然并未料到会在此相遇。他们和我一样，受到某位信得过的朋友的邀请，大半夜来到这家纽约著名的餐厅秘密相聚。事前，有人告诫我们，聚餐一事不可向外透露风声。事后，不消说，也没人会去泄密。

　　好吧，也许我是例外。

　　这会儿，我那崭新的自由职业生涯才刚刚起步，美其名曰是职业旅行家、作家和电视工作者，但同这帮大神们身处一室，我仍直冒虚汗。老实说，见到偶像，我有点神不守舍，得竭尽全力，才能表现自如。为了要一杯饮料，我的手心全湿了。说出"伏特加加冰块"的时候，我的声音颤颤巍巍还跑了调。有关这次聚会，我所知甚少，不过是周六晚上接到朋友的一通电话，问我礼拜一干吗，还没等我出声，那头的法国腔英语就指示我"你一定得来，不来就没下次了"。

离开我日夜坚守的地盘 Les Halles 餐馆[1]之后，我做了几轮新书推广，也跑了不少路，目前正是时候对文明社会的繁文缛节来个温故知新。我搞了几套像样的西服，比如我现在这身行头，专为高档餐馆准备，衬衫领口紧得勒脖子，领带结也乏善可陈。夜晚十一点，我准时出现在约定地点，此时的大堂里已经没剩下几桌客人。服务员将我带到狭小昏暗的吧台区等候。他看我的时候，并没有撅起鼻子面露厌恶之色，让我对自己这身行头稍稍多了些信心。

X 的出现令我激动不已。通常，他是一个气定神闲、不为凡尘俗世所动的人物，似乎总是比其他更入世的大厨慢一个节拍。在我心中，他的形象如同神一般崇高静谧。然而此时，他的表情似乎同我一样兴奋而局促。围在他身边的，有传统法式料理的第二、第三浪潮的主力人员，还有些新进的土耳其大厨和不少混迹在他们厨房里的美国厨师。连法式料理界的大姐大今天也来了。这儿俨然就是《美国名人录》烹饪分册的集体聚会，如果这楼里现在来点煤气泄漏，那高级料理的未来也就基本一笔勾销了。将来，《顶级大厨》（*Top Chef*）的客座评委席就要沦为蔡明昊（Ming Tsai）[2]的地盘了，鲍比·弗雷（Bobby Flay）和马里奥·巴塔利（Mario Batali）[3]则能

---

1 波登任执行主厨的纽约法式餐馆。

2 美国知名厨师。

3 美国知名厨师。

瓜分整个拉斯维加斯的豪华料理。

大堂里最后几位客人也已经酒足饭饱。他们晃晃悠悠地走出餐厅。当中有好几个人似乎觉得吧台旁的这一群人有点儿眼熟，屡屡回头张望，想要窥探这里究竟在酝酿着什么阴谋。通往私人宴会厅的巨大的双开门打开了，我们被带了进去。

宴会厅正中有一张长桌，摆了十三套餐具。靠墙的餐柜上，摆满了连这帮食客都多年未见的各种熟食，几乎可以再单开一家熟食店。有古典乡村风格陶制野味砂锅、各种鸟类冻肉卷、鱼类制成的肉馅饼和熟肉酱。餐柜中央是一道法式野猪肉馅饼，碎肉馅同面包皮中间的狭窄区域填充着清澈的琥珀色肉冻。服务员为我们斟酒，我们则自取所需。

我们挨个儿坐了下来。正对主座的门打开了，宴会的主人现身了。

你可以把这儿想象成《教父》里的场景，马龙·白兰度在此欢迎五个家族的代表。"我要感谢来自塔塔利亚家族的朋友以及来自布鲁克林的朋友"，我几乎指望着我们的主人说出电影里的开场白。这是一场名副其实的美国黑帮聚会。餐桌的热度逐渐飙升，就等着上菜了。

晚宴正式开始之前，主人照例有一番欢迎致辞。他特别感谢了那位为今晚的盛宴四处搜罗食材，并将它们成功偷运入境的幕后工作者。前菜是一道清汤意大利方饺（味道超棒）和野兔炖汤。不过这些都被草草地解决了。

衣着统一的侍者为我们撤下脏盘子，换上干净的餐具。他们很想笑，但又努力克制。主人起身，一张小圆桌被推了出来，上面放有十三只铸铁珐琅锅。每只锅里都有一只娇小的、尚在咝咝发热的烤鸟。它们的头、嘴和脚被系在一起，内脏原封不动地保留在它们丰满的腹部。所有人都探身向前，扭头朝主人望去。他将一瓶雅马邑白兰地酒瓶高高举起，淋遍鸟的全身，然后将其点燃。这便是今夜所有的期待，一顿绝无仅有的禁餐。名厨之聚已然如梦似幻，而这简直如上云阶月地。即便在法国，这都是一生一次的料理，大多数凡人则一辈子都无福消受。无论在法国还是美国，食用蒿雀绝对犯法。但是今天，我们吃的就是蒿雀宴。

蒿雀，亦称圃鹀（emberiza hortulana），是一种产于欧洲和亚洲部分地区的雀类。这些小鸟在法国黑市的单价超过二百五十美元。由于物种数量的减少和栖息地的萎缩，蒿雀已属于保护动物。捕捉和销售蒿雀在全球都属违法。然而，蒿雀却也是法国乡村料理中一道经典菜，一直深受欢迎，要追根溯源，这道菜可能起始于罗马时代。当年，法国总统弗朗索瓦·密特朗在病榻上的最后一餐就点了蒿雀，这则臭名昭著的故事经过翔实记载后成为著名的饮食荤段子。说到底，一个绝望的垂死老人却满嘴油腻腻，拼命吞咽着尽是内脏和骨头的滚烫小鸟，场面有点恶心。但对厨师来说，此情此景绝对比卧室门上的性感女郎更为诱惑。蒿雀料理，是圣杯，是最伟大的未竟事业，是一生必吃的美食。只有吃蒿雀，才能无愧为真正的美食家、世界公民，才能成为一个货真价实的尝遍世间百味的大厨。人们才会心服口服地说，那张嘴真的到过很多地方。

据说，被网捕捉到的蒿雀，会被挖出眼珠致瞎，以方便控制它的进食周期。我敢肯定这在历史上千真万确。然而，根据现代欧洲劳工法，聘请一名专业挖眼的工人着实不太划算。如今，人们会用一块毯子或者毛巾盖住鸟笼，身处黑暗中的蒿雀就会对着无花果、小米和燕麦没完没了地狼吞虎咽起来。

当鸟儿渐渐珠圆玉润，到达合适的体脂标准后，死期随即到来——宰杀、拔毛，接着送进烤炉。有人说蒿雀会先被放进雅马邑白兰地里活活淹死，但事实并非如此。肥硕至病态的蒿雀，想必只需闻一下白兰地，就足以令其倒地不起、僵死如石了。

铸铁珐琅锅里的火焰燃尽了，蒿雀被分到每一位客人的盘中。这桌上的每一位都是行家，他们深知要先等面前嗞嗞作响的肉团安静下来，才能开动。我们互相看了一眼，微微一笑，接着几乎同时用餐巾盖住头，挡住上帝的目光，指尖小心翼翼地捏住鸟儿滚烫的脑壳，鸟脚朝内整个儿送入口中，只剩下鸟头和鸟嘴露于唇外。

被餐巾罩着头，周围一片漆黑，我迫不及待地闭上双眼，心中火烧火燎。入口的第一感觉，是滚烫的皮和脂肪。我像一个忙着高速吹奏的小号手，不停地吹着嘴里的蒿雀。为了不灼伤自己，我的舌头小心翼翼地移动着口中的蒿雀。我企图侧耳倾听周围人咀嚼骨头的声音，却只听得到呼吸声。他们全躲在亚麻餐巾背后呼呼地急喘气。空气中弥漫着油脂颗粒，混合雅马邑白兰地的后香，如同醉人的毒气。不知过了多久，也许是几秒钟，也可能是更久一些，不远处响起的骨头碎裂声，为我壮了胆。我的臼齿慢慢碾碎蒿雀的胸腔，随之响起湿润的嘎吱声，滚烫燃烧的脂肪与内脏顺势划入喉咙。这是痛苦与快乐罕见的绝妙组合。我觉得头晕目眩，呼吸急促。我努力放慢咀嚼速度。细瘦的骨头，融合着皮、肉、内脏，每咬一口的味道都略有不同，释放出千年美味的丰富层次。我的嘴被锋利的鸟骨划破，流出微微带有咸腥味的血，与无花果、雅马邑白兰地和鸟肉的味道混合在一起。在我开始吞咽的时候，还挂在嘴边的鸟嘴和头被连带着拖进嘴里。我于是乎无动于衷地咬碎了鸟头。

盘中只剩下薄薄的一层油脂，一层味道微妙而令人难忘的腹部油脂。我褪下餐巾，发现周围的人也一个接一个地取下了餐巾。大家都是一副嗨过头之后的呆滞表情。笑容看似内疚，但其实都一样的爽翻。

没人急着喝酒，现在是回味时间。

闪回，也不算相隔太久，至少我还清楚地记得那大油锅里一成不变的油腥味、老式保温餐桌上的臭水沟味以及凝在烤盘上的层层老油被烤焦的味道。

那气味可比蒿雀差远了。

当年，我在哥伦布大街的一家便餐馆工作，那是我职业生涯的过渡期，我指从海洛因过渡到可卡因。我那会儿总穿一件搭扣式白色尼龙洗碗服，左胸口袋上绣着纺织商的品牌标志，下身是一条脏兮兮的蓝色牛仔裤。我每天的工作就是不停地煎薄饼，不停地做他妈的班尼迪克蛋（Eggs Benedict），一种只烤单面的英式松饼，做得马马虎虎，因为我根本无所谓。我还要做煎蛋培根，蛋是煎双面的半熟蛋，培根已经事先做好，只需要在烤盘上翻热一下就行。我还要煎单面荷包蛋，还要做拌着恶心水果色拉和格兰诺拉麦片的酸奶。我有本事用现成的食材做出各种煎蛋卷。坐在我餐台前点单的人通常会直接无视我的存在。这样很好，因为如果他们当真看着我，看着我的眼睛，他们就会发现眼前的这位老兄，每当听到有人点华夫饼，他就想不顾一切地冲上去拽住这位衰人的头发，用一把又脏又钝的小刀，划破他的喉咙，再把他的脸按到黏糊糊的华夫饼烤盘上。要是这烤盘烤脸的效果跟烤饼一样不靠谱的话，那他的脸最后得用一把黄油刀才能撬得下来。

我当时，毫无疑问，是个苦逼。不过，毕竟（经我自己的反复提醒）我也是当过主厨的人，我领导过整个厨房，我体会过指挥二三十个人工作时那种手握权力的快感，那种肾上腺素喷涌的激情，以及带领一间忙碌的厨房做出美食（考虑到当时的时间和条件）的满足感。当然，在你熟知埃及棉对皮肤的轻柔呵护之后，再穿回尼龙工作服根本是强人所难，尤其是上面还绣着笑嘻嘻捻着小胡子的胖厨师商标。

这是我漫长的厨师之路，我一度特别当回事儿，觉得它既荒唐又美妙。现在回头想想，其实根本不值一提。也许，唯一值得称道的，是我煮的汤。

那是匈牙利牛肉汤（goulash）。

有一天，我正拿着锅铲把烤盘上的炒土豆片盛到装着全熟煎蛋的盘子里。忽然，我在房间的另一端望到一张熟悉的脸，一个我大学时就认识的女孩。她正和一帮朋友坐在一张靠里的桌子旁。当年，她的高贵让无数众生拜倒在她的石榴裙下（当时是二十世纪七十年代，高贵是一切美德之首）。她漂亮、迷人还略带颓废的艺术气质，有点像泽尔达·菲茨杰拉德（Zelda Fitzgerald）[1]。她惊艳、聪明透顶，还有些古灵精怪。我记得她让我摸过一次乳房。大学以后，她个性更加出众，几次在诗歌和手风琴领域的大胆尝试，让她几乎就要步入名流之列。我总在另类的报纸上读到她的消息。见到她让我本能地缩回自己的尼龙服里，我觉得自己头上竖着个傻气的纸帽子，那感觉千真万确，虽然现在想来明显是场幻觉。在那之前，我最后一次见到她时还是个学生，职业前景至少比在便餐馆当差光明一些。我祈祷她没看到我，但显然为时已晚。她的眼神从我身上掠过，她认出了我，眼神中露出些微感伤。不过，她终究仁慈，假装什么也

1　美国作家弗朗西斯·斯科特·菲茨杰拉德的妻子。

没看到。

当时我一定自卑坏了，不过，现在不会了。

在这个相当奢华的时刻，我又找回了自信的资本。空气里仍然弥漫着濒危动物和美酒的香气，我坐在尊贵的包间里，舔着唇上的蒿雀油脂，意识到，所有的一切其实都是环环相扣。要是我没在暑假找上那个毫无出路的洗碗活儿，我就不可能当上厨师；我若不是厨师，也就不可能成为主厨；要是我当不上主厨，就更甭想华丽丽地捅出各种娄子；要不是我捅出各种极品大娄子，搞得自己多年来一直窝在各种无星级破烂小屁饭店里烧早午餐，我那充满低级趣味的畅销回忆录里也就无从谈起。

因为——我觉得还是说清楚好——我同这帮食神共进此餐，可绝不是因为我的厨艺。

甜品上来了，是雪浮岛（Isle Flotante），一道简单的蛋白酥皮，包裹着一坨儿英式奶花。它散发出来自恐龙时代的古典韵味，让人们发出高兴的怒吼。我们沉浸在一片其乐融融的气氛中，对当晚难忘的聚餐怀着相同的感激之情，用白兰地和干邑相互祝酒。

这日子真不赖。

不过有个问题无法回避，我知道这个问题我只能悄悄问自己。

我他妈到底来这儿干吗呢？

我没有资格与这桌上的任何一位英雄豪杰或巾帼须眉平起平坐，连给他们打工都不可能。从我入行到我退休，都不可能。就连我身旁的这位哥们儿，我在这世上最好的朋友，都不可能请我。

这些成功人士到底从我那庸庸碌碌、有失体面的回忆录里读出了什么？这些人又到底是何方神圣？他们背靠座椅，抽着餐后烟的样子，如同王亲贵族。难道他们只不过就是我笔下的那些失败者、落魄鬼和局外人?

又或者我全盘皆错?

出卖

写《厨室机密》的时候，我出于一种浑然天成的幼稚，对诸事憎恶不已，其中之一就是"美食频道"（Food Network）。当时我还在忙得不可开交的厨房工作。电视上的艾梅里尔（Emeril Lagasse）和鲍比就像来自另一个星系的古怪生物，那个星系像糖果般鲜艳，住着一群随时能保持甜腻微笑的家伙。理解他们比理解紫色小恐龙班尼（Barney）[1] 或者肯尼·基（Kenny G）[2] 的萨克斯演奏风格难度还大。但事实却存心与我过不去，喜欢他们的人居然还是那么多，比如说摄影棚里的观众们，每次艾梅里尔一说"栓"（蒜）[3]，观众们就会拼命鼓掌喊叫，真是让我气不打一处来。

我的世界观告诉我，厨师是没人喜欢的。不然谁要来当厨师。我们基本上就是一群烂人。我们人生一半的时间都在干活儿，干完

---

1 深受美国和世界各国儿童喜爱的儿童教育电视节目。

2 美国萨克斯演奏家。

3 gah-lic，蒜的谐音，作者讥讽人物发音不准。

活儿就跟其他烂人鬼混，剩下不多的时间留给自己，勉强过一点儿正常人的生活。没有人会喜欢我们。真的没有。他们怎么可能会喜欢我们？厨师为自己天生怪胎而骄傲。我们知道自己格格不入，我们有自知之明，我们自知灵魂空洞、人格缺失，所以我们才当了厨师。做厨师才是做自己。

我鄙视讨人喜欢的厨师，因为他们颠覆了厨师身上最杰出的品质：我们的他性。

蕾切尔·瑞（Rachael Ray）[1] 无疑是我心目当中的负面厨师的典型，一个来自美好新世界的明星厨师。换一句话说，我根本无法理解她。她根本就不算厨师。当时，随便哪个裹着围裙的同行胆敢顶个"美好新世界"的头衔，都会让我气得半死。简直是怒火中烧。（现在都还有点儿。）

我当初真是个可怜的傻子。

我看不起"美食频道"一事还得追溯到他们初起炉灶的时候。当时"美食频道"刚刚起步，一个又小又不中用的团队，工作室在第六大道一幢写字楼的靠上几层，收视观众总共八人，节目价值相当于不收费的深夜色情档。在艾梅里尔、鲍比和马里奥把"美食频道"铸造成强大的国际品牌之前，情况大致就是这样。现在名气响当当的电视餐饮界名流，诸如唐纳·汉诺威（Donna Hanover，当时她还姓朱利安尼）[2]、艾伦·里奇曼（Alan Richman）、比尔·博格斯（Bill Boggs）和妮娜·格里斯康（Nina Griscom），当时其实都挤在一间跟办公室差不多大的逼仄小屋里，

---

1 美国知名电视烹饪节目主持人，旗下拥有同名厨具品牌。

2 纽约记者、电视名流，是前纽约市长朱利安尼的第二任妻子。

里面连放摄影机的位置都没有。他们播出预先录制好的电视广告节目。就是那种你去喜来登酒店入住，打开电视调到"宾馆频道"就可以看到的那种垃圾广告片。你肯定看过的，所谓的食客一边傻笑一边很窘地咀嚼着海鲜牛排套餐，甜品是一份卢大厨（Chef Lou）的招牌芝士蛋糕，吃完之后大伙儿异口同声"噢啦啦！"。接着，艾伦、唐纳、妮娜、比尔当中的一个，也会不知所谓地来上一口。这些吃的全是由当期节目要推广的度假村或者破馆子用联邦快递送来的。

有一次，他们邀请我去烹制三文鱼。当时我在苏利文家（Sullivan's）餐厅工作，一边还在四处为我的处女作犯罪小说《如鲠在喉》（*Bone in the Throat*）找买家（当时已经被出版社拒绝了）。我到那儿之后，发现了一个巨大的腐败的中央厨房兼食品加工准备间，水槽里积满了脏罐子脏盘子，冰箱里塞足了各种保准没人会碰的神秘塑料盒。所有东西上面都散落着厨余垃圾，都不知道是哪期节目录完后剩下的。整个画面全是被果蝇包围的灰色变质腐烂食物。负责的所谓主厨若无其事地站在这个垃圾堆当中，用手指塞住鼻孔。龙蛇混杂、来路不明的各色剧组或拍摄人员时不时地四处游荡，有时甚至会从这个堪比垃圾填埋场的过期食物堆当中捡东西吃。在工作间里录节目，就意味着你得在一个发臭的单灶眼电炉上烹饪，之前来这里录节目的倒霉厨师留下的污渍和油渍全都结成了硬壳。在表演本厨对付三文鱼的能耐之前，我还得亲自洗净煎盘。而我找到它时，它正静静地躺在洗碗槽的底部，上面堆满了乱七八糟的东西，就像是特洛伊古城的废墟一样。

那就是我对"美食频道"可怜的第一印象。这种情感准确说来，并不是恨，而是轻视。任谁都不可能把他们当回事儿！

老实说，我跟艾梅里尔、鲍比或蕾切尔没什么个人恩怨，我只是觉得他们的节目荒谬至极，荒谬到我都为他们不好意思。

后来，《厨室机密》出版了，光靠取笑艾梅里尔、鲍比和蕾切尔，我就过上了不错的日子。我对"美食频道"的不满，直到我跑去为这些浑蛋工作，才姗姗来迟。

我当时还是每天都在干活。尽管《厨室机密》登上了《纽约时报》的畅销书榜单，但出于谨慎，我考虑这份工作最好还是继续干着，维持一种稳定的生活。书这件事不可能长久，我想，这肯定是侥幸，昙花一现！我写这本书的时候，脑子里设想的读者群不过是纽约的帮厨、服务生和酒保，至于三州地区之外的读者，更是天方夜谭。要说在餐饮业混了二十八年真有什么学习心得，那就是今天看似光鲜亮丽的东西，到了明天多半就是垃圾。

然而，尽管我一度怀疑自己将风光不再，但我也确实创造了出版奇迹。我也许悲观，但却丝毫不傻。所以，我打算趁热打铁，乘胜追击，出第二本书。这次我果断提高了出版订金。我想，昙花一旦凋谢，我很快就要重回到破产和晦气之境。我提出了一个仓促的点子，我要去环游世界，去我梦寐以求的怪地方吃喝玩乐惹是生非，再把游记写成书。这活儿我很乐意干，只要有出版社愿意埋单。

晴天霹雳，他们居然答应了。

过了不久，两名长相不太起眼的家伙走进 Les Halles，问我愿不愿意做电视。他们当然还惦记着《厨室机密》，不过它已经被我卖给好莱坞了（换来一部短命的情景喜剧）。我说我抽不出时间，我要去富有异域风情的东方探险，那是我的儿时梦想，我要离开一年，他们听完倒是很起劲。

老实告诉你，即便当时我还围着围裙，稚嫩得很，但对成为电视名人这件事儿，我压根就没抱过幻想。电视或电影圈的规矩，我学得挺快。每当有人跑上来说"我们可是您的忠实粉丝"或者"我们为此兴奋不已"，你不用太当回事儿，因为其实他们的意思不过是要请你吃一顿免费的午餐。当他们提到"美食频道"将成为节目播出渠道的主要候选时，我就更加半信半疑。提到"美食频道"，就只能说明这两个混混初出茅庐。我一直狠狠地拿"美食频道"的老板们开涮，这些话已经变成各种段子，就算我不再讲，也会永久流传下去。这两个家伙在这时候提到"美食频道"，暴露出的问题远比缺乏想象严重。我想到了"妄想狂"这个词。

一周后，他们打电话来说想跟我开个会。我当时真的很生气，怒火中烧。这事儿不会有什么结果的。我确定，这根本就是在他妈的浪费时间。我没刮脸洗澡，就这么过去了。

会议的结果是，我有了一档节目，名字叫作"厨师之旅"，跟书名一样。尽管我们尽了最大努力，那东西最后还是不可逆转地变成刚左（Gonzo）[1]范儿的旅行志，绝对实录的镜头，再配上旁白。我设想过，可能书还没有写完，这个节目就差不多该停播了。谁知道，他们还要我拍第二季。而且，那某某频道，还任我为所欲为。我想去哪儿就去哪儿，尽情在镜头前抽烟骂娘。我同这帮摄影师和制片人，远涉重洋，一去就待上好几个月，感情也越来越深。我可以随心所欲地讲故事，所以，节目还挺好看的。

我承认，在茫茫人世中搜寻好吃好玩的，我是越来越喜欢了。摄像机、监视器和话筒这些新玩具，我也渐渐得心应手，整天跟摄像师、制作人、编剧在一起，我也怡然自得。我喜欢创作，喜欢讲

---

1 一种表现风格，参与到情境当中，同时表达强烈的个人主观态度。

故事，喜欢亚洲，做节目可以让我一箭三雕。

后来，我上瘾了，跟名气或钱无关（要说钱的话，那还真是少得可怜），可卡因我也早就受够了，飙车也从来不是我的菜。我上了做电视的瘾，做电视可以让我自由旅行，我被整个世界诱惑着。我对用图像和声音编故事，让观众身临其境的魔力也欲罢不能。克里斯·科林斯（Chris Collins）是摄像师，莉迪亚·特纳歌莉娅（Lydia Tenaglia）是制作人，我和伙伴们都渐入佳境。有几集，我们还真的干得不错。我开始感激编辑、混音师和后期制作人员。做电视真有趣，很多时候还可以满足我的创作欲。

我写完了书，我们继续拍摄。我有点得意忘形，像摇着尾巴的狗。我被旅行、看世界和这种观看方式所吸引。简单地说，我不想和任何人分享这个世界。这个世界，一边在变大，一边也在变小。我就像许多游客那样，不再看窗外的景色，转而钻进自我，开始从一个越来越狭小的视角来看这个世界。我才出发那会儿，每次看到日落或寺庙，我就本能地想转向我的左边或右边，对那里的随便哪个人说，"你不觉得眼前的落日很美妙吗？"

然而这种冲动很快褪去了。我觉得我拥有世界，我变得自私，落日是属于我的。

这样的生活大概持续了两年，我大部分时间都在旅行。我的生活整个改变了。我不再是厨师，我的第一段婚姻也开始出了问题。

当我重新坐回"美食频道"公司的纽约办公室里，我已经比刚刚离开厨房时优越多了。不管怎样，我现在荒谬地认为，做电视的活儿不但好，而且也挺重要。

有一次，我去西班牙做图书宣传，有人介绍我认识了费兰·阿德里亚（Ferran Adrià），他意外地答应让我们去拍他的工作室

taller 和牛头犬餐厅（El Bulli）。阿德里亚早就是这个星球上最重要最有争议的主厨了，他的餐厅几乎从来订不到位。而且这世上恐怕还没人经他允许拍过他的店。我呢，则可以在这里畅通无阻地拍他整个的创意过程，包括他本人和他的厨师，拍阿德里亚最爱的餐馆和他的烹饪灵感。他还答应我们可以在他的厨房里，挨个吃遍牛头犬试菜单上所有的菜，整个过程由他本人亲自作陪，并对每一道菜进行详尽解说，且可以全程拍摄。就我所知，做这事儿的，还前无古人。

不过，就在我离开美国的这段时间，后院起火了。

突然之间，在异国拍摄的节目不再受到"美食频道"的追捧。那些原先热情拉我们上马，纵容我们自说自话、无法无天地制作节目的行政人员，忽然冷淡起来。我们告诉他们阿德里亚的态度时，他们显得漠不关心。在最终决定砍掉这期节目的时候，他们提出了两条理由："他能说英语吗？""这对我们来说太高端了。"如今看来，这两句话可以当作拒绝所有海外拍摄计划的灵丹妙药。

后来"美食频道"的"创意"例会上出现了一个长着张苦瓜脸的频道律师，负责设定议程，指导方向。这是红色预警标志。那会儿"美食频道"最大的节目是《解密》（Unwrapped），播放一些制造棉花糖和巧克力棒过程的资料片。这节目的花费大概是我们节目的十分之一，收视率却高得多得多。他们说，每当《厨师之旅》拍摄美国时（一共没几集），每当镜头里的我嚼着烧烤类食物时，收视率就会飙高。你为什么就不能拍拍我国停车场里那些车尾派对和各种红辣椒烹饪比赛呢？那些讲着古怪语言、吃着奇怪食物的外国人，按这位律师的话来说，并不符合"目前的商业模式"。

有一天，这位律师和几个外向的（这一点是不久之后我们才发现的）经理突然起身，介绍起新同事："大家欢迎布鲁克·杰克逊（Brooke Johnson）女士。她之前在 ×××（某个其他频道）工作。"从这一刻起，我们就预感到，黑暗的尽头不会有黎明了。

杰克逊女士显然不待见我和我的合伙人。从她踏进房门的那刻，房间里的空气就开始变得令人窒息，希望和幽默在这里没有容身之地。伴随着无力的握手，机舱内气压开始降低。这个驼着背、皱着眉的幽灵，像吸走一切快乐的黑洞，吞噬了所有的趣味、光明与欢乐。她的漠不关心，同赤裸裸的敌意，别无二致。

那天散会时，我和我的伙伴们都知道，咱们该死心了。

当然，在杰克逊女士的呵护下，"美食频道"的"商业模式"的确很成功。随着节目弱智程度的提升，频道的收视率也节节高升。"美食频道"的元老级厨师也被一个个地清洗掉了。一时间，专业主义变成了罪名，任何犯下此罪之人，包括马里奥、艾梅里尔在内，全被打入冷宫或者彻底流放。他们就像老布尔什维克那样，被真正的"美食"行业轻视。他们终于意识到，原来所谓真正的美食行业，不过是讨人欢心、你好我好，让观众感觉良好的迷魂汤。

"美食频道"搞出来的节目，全是些令人捶胸顿足、粗制滥造的山寨货色，但收视率却总是一路飙升，比如丢脸到惨不忍睹的《"美食频道"大奖》（Food Network Awards）、笨拙且一副作弊相的《下一个"美食频道"之星》（Next Food Network Star），还有制作价值堪比廉价地摊货的《下一代美国食神》（Next Iron Chef America）。这些节目据说还特别讨二十四到三十六岁男性观众的喜欢，总之就是买车一族、黄金群体。为了迎合这股新吹来的低俗之风，连可怜的老实人鲍比·弗雷都被逼得弄不成正经料理了。他不得不与一群手都没有进化完全的乡巴佬厨师进行厨艺对抗，比拼做蟹肉饼，然后不出意料（且充满疑点）地败了北。

"美食频道"模式的成功连十头牛都拉不住，布鲁克·杰克逊的五年计划确实不同凡响。放眼看去，《美食家》(*Gourmet*)[1] 杂志停刊了，精装杂志业几乎全军覆没了，具有一百八十年悠久历史的传统报业在全国范围内陷入绝境，而与此同时"美食频道"旗下的《每天伴随蕾切尔·瑞》(*Everyday with Rachael Ray*)和宝拉·丁 (Paul Deen)名下的品牌杂志却蒸蒸日上。这个中庸帝国已经将其触角成功地伸向了每一个角落。

我得承认，这是大势所趋。抗拒，就等于与飓风战斗。弯下腰活（最好是把头一路埋到胯下），还是站直了死，这是一个问题。

不过也许你还需要一些内部资料：蕾切尔·瑞送过我一个水果篮，于是我没法再说关于她的刻薄话。我现在很容易搞定。真的。你只要稍微主动一点，我就再没胆对你牙尖嘴利了。对送你水果篮的人斤斤计较，这是忘恩负义、没礼貌、卑鄙，总之，不符合我的自我认同——因为我奇怪地认为我骨子里是位绅士。蕾切尔对此可是一清二楚。

有些人则更爱玩硬的。

在《朱莉与朱莉娅》(*Julie & Julia*)首映式后的派对上，我站在自助餐席后，与奥塔维亚和其他两个朋友一块儿喝着马蒂尼。奥塔维亚是我 2007 年娶的妻子。突然，我觉得有人在碰我。这只手在我的外套里游走，迅速地探上我的背。我当即猜想此人一定跟我很熟，否则不可能这么摸我，尤其是在我老婆面前。奥塔维亚练过好几年武术，上回一名我的女粉丝用这种方式向我示好时，奥塔维

1　有近七十年历史的权威饮食烹饪杂志。

亚弯下身子，抓起她的手腕，口中念念有词，大意为："如果你不把手从我丈夫身上拿开，我就把你的脸揍凹进去。"（事实上，这不仅是她的原话，而且威胁也绝非空头支票。）

在我转头的那一秒钟，我看到一个特别吓人的画面，整个过程就像人在车祸时体验到的奇特慢镜头效果那样，深深地印入我的脑海：那是我妻子的表情。之所以特别吓人，是因为那是一个僵硬的龇牙咧嘴的微笑，定在那儿一动不动。我之前从未见过她有这样的表情。我身后到底是个什么人，有本事让我老婆变成一头车大灯前的僵硬小鹿？

我回头一瞥，那是桑德拉·李（Sandra Lee）[1] 的脸。

一般而言，一个摸我背的女人的下场，是被我老婆飞去的印第安战斧劈中头顶，或是被一肘击中胸口，跟着一波左右组合拳，然后被一脚踢中侧脸，直接倒地不醒。但这次是例外。这就是我们可怕的"半成品烹饪皇后"奇怪而可怕的威力。我们两人像被催眠的鸡似的傻傻地站在那儿。当时，桑德拉旁边还站着纽约州检察长安德鲁·科莫（Andrew Cuomo，她男朋友）。这是一种不言自明的威胁。

"你这小子一向不老实。"桑德拉说，也许暗指我曾经随口说过的刻薄话。其实我可能根本就没说过她是"贝蒂妙厨[2] 和查尔斯·曼森[3] 的地狱恶灵"，也没有用"纯邪恶"这个词来形容她。我应该也没有用"战争罪"来描绘桑德拉的一系列臭名昭著的作品，比如她的"宽扎蛋糕"（Kwanzaa Cake）。这些东西我都不记得讲过。

---

1 美国美食广播网 Food Network 的一位烹饪节目主持人，节目教人如何用半成品烹饪。

2 美国蛋糕粉品牌。

3 美国邪教杀手。

就像我也不记得当时被桑德拉调戏后的反应了。我只记得她那冰凉的爪子像个猎食者一样把玩着我的脊背和屁股，那爪子就像恐怖的外星人的大嘴，在我身上探来探去，似乎要找一个好下嘴的地方，将它的尖牙插入我多汁的肾脏和肝脏。我猜想我当时正像拉尔夫·克拉姆登（Ralph Kramden）[1]那样满嘴"哈米娜、哈米娜、哈米娜（Homina homina homina）[2]……"

不对，其实当天的景象更像《海角惊魂》。坏人罗伯特·米切姆把格利高里·帕克一家人催了眠，然后就站在门口，让你真切地感受到威胁的存在，但与此同时又没有任何实际行动让你有理由叫警察。所以，你每一秒钟都在纠结："能报警吗……现在呢……现在可以吗？"这位不怀好意的准入侵者按兵不动，但又明确恐吓你，别想躲得过这一天。

她的手还在我的腰上摸来摸去，眼睛却直勾勾地盯着我的妻子，嘴上说着："没有赘肉唉。"其实这种说法并不准确，不过我想她的重点不是肉质评分。她是想让我和我的妻子体会一把《海角惊魂》里帕克一家的滋味，她可以随时走进我们的客厅，做任何她想得出的肮脏事，而我们却无计可施。

"你耳朵红了吗？"说完这句话，她重重地拉了一下我的耳垂，结束了对我的戏弄。她的意思再明显不过了。

这是桑德拉·李的天下，也是蕾切尔的。至于我和你？我们只是打酱油的。

我被桑德拉阿姨整得毫无还手之力，如同龙虾大餐吃剩的空

1　影片《蜜月期》中的主人公。

2　表示惊异得说不出话来。

壳，我瑟瑟发抖，只剩一副没有骨架和灵魂的皮囊。如果这样我都还未大彻大悟的话，那后来我也该清醒了。就在上周，"美食频道"的母公司霍华德用接近十亿美元，击败鲁伯特·默多克（Rupert Murdoch）的新闻集团，买下我的"旅游频道"。打个比方，我整个人又被带回到"玛姬的农场"（Maggie's Farm）[1]。

我现在想起来了。当年自己的确是个傻子，看着银幕上的艾梅里尔一个劲儿地推销牙膏（后来是蕾切尔为唐恩都乐甜甜圈和乐兹饼干做代言），就惊愕地张着嘴，百思不得其解："为什么这些赚了不知道多少千万多少亿美元的家伙，还想靠推荐这些垃圾，再赚个几百万？我是说，把脸凑近唐恩都乐甜甜圈已经够尴尬了，而且还有那么多孩子看这个节目，不用为他们负责吗？2型糖尿病就这样蔓延开了……这些人到底有没有不能跨越的底线？"

后来，我问了我的厨师同事这个问题。某个晚上，就在《顶级厨师》节目后台，在等待摄影师搭置背景的间隙，我跟两个远比我有天赋有创意有成就的厨师聊天。他们有货真价实的声誉（不像我，想要毁掉自己的名声都没的可毁）。我问他们的底线在哪里？结果他们就开始兴致勃勃地讨论给哪家航空公司做"菜单咨询"换到的免费里程数更多，哪个产品给的代言费更高之类的问题。他们谁都没有说出有什么产品是他们绝对会敬而远之的，比如，"汉堡王……不……那绝对不行！"或者，在慎重考虑之后，说："好吧，嗯。我想想，Astro-Glide[2]？这个不行，付多少都不行，我不会推荐那个！"我说，我问的是底线："在哪儿？要确切！你们的底线在哪儿？"

1　鲍勃·迪伦的歌，比喻回到一无所有的境地。

2　美国润滑液品牌。

这两位看着我，好似我脖子上挂了个发育不全的孪生兄弟。他们的目光在说，我看着很好笑。

"你是问我，付多少钱能让我去吃一团鼻屎吗？"其中一个用对孩子说话的语气问我。这两位继续他们之前的对话，从软饮料到冷冻意大利面餐，逐个比较代言酬金，好像我已经消失了。这种对话很显然是成人级的，而我太无知、太傻、太不懂世故，所以根本无权加入对话。

他们没错。我问的这算什么问题？

"出卖自我"的观点本身就很离奇。一个人怎样算真正出卖自己？一个无政府主义者——通常无一例外是个留着黑人发绺的白人、整天嚷嚷要组个乐队"唱出真实的自我"，一边却在等着爸爸妈妈寄来的支票，让这种人找份工作，算让他出卖自我吗？

严格来说，只要在还不想起床的时候起床，为不喜欢的人做自己不喜欢的事，都叫出卖。挖煤、在大力水手快餐店煮奶酪通心粉，和在脱衣舞夜总会后排给人打手枪，在道德上没有高下之分，都是为了活命不得已的下下策。西方人因为宗教理念，觉得给陌生人口交属于道德败坏，比通马桶、冲洗屠宰场、用刺针挑息肉和推荐健怡可乐都不要脸，但它们到底有什么本质区别？卖淫就低三下四、罪恶滔天吗？有更好的选择，谁干那活儿？

这个世界上，有谁能执拗使性，无所顾忌地生存活命？

呃……我猜，就我。迄今为止。

不过等等，我接受采访，宣传《厨室机密》，怎么算呢？那也算出卖。我又不认识马特·劳尔（Matter Laurer）或者布赖恩特·加姆保（Bryant Gumbel）[1]，我干吗平白无故对他们彬彬有礼？这和一个普通妓女有什么本质区别？我用我飞逝的年华，去和陌生人套近乎，开始可能只用了几分钟，然后变成几小时，最后不知不觉花费了几个星期，这和妓女有什么区别？卖身挣的，是现金。拿完钱回家洗个澡，这事儿算结束了，消耗的感情等同于早上起床排个毒。我每周给人赔笑脸，点头装疯卖傻讲重复的段子，每次回答问题都用同样的答案，还要装得像即兴发挥。这些又怎么算？

现在，谁是贱人了？我的答案也是我。绝对的。

老天，如果奥普拉的人打电话来提要求，我会二话不说给她来个搓背加比基尼脱毛服务。想想吧，根据行业数据，奥普拉每次谈你的书，就能创造每分钟五万五千本的销量。哪个作者能抵御得了这诱惑？所以，我猜想，即便在当时，我也知道自己的卖价。

这个段子有点老，我以前讲过，说吧台边有一小伙儿问一妞儿，给你一百万美元跟我上床怎样？那妞儿想了想回答说，"好吧，一百万的话，我干……"结果，那男的享受完只给了她一美元。"去你的！"她怒气冲冲地说，"你当我是谁，一块钱就想打发我？"那男的说："好吧，既然你已经是个妓女，那我们不过是在讨价还价罢了。"

这是个粗鲁下流的黄段子，不过男女不限，厨师、手艺人、艺术家或者苦力通通适用。

我一直想不通，我干吗跟同僚过不去，哦不对，是前辈，我到底干吗看不惯他们。他们靠代言各种乱七八糟的玩意儿到处抢钱，什么锅碗瓢盆、厨具、代写食谱、袋装加工食品、烤炉，还有加州葡萄干，样样都要。这些活儿，我全看不上眼。

1　都是美国主持人。

很长一段时间以来，我都用"正直"之类的东西自我宽慰。直到我当上父亲，才顿时幡然醒悟。

我不过是在讨价还价罢了。

这其中根本没正直什么事儿，也无关道德。看在他妈的份上，我偷过老奶奶的钱，为弄点劣质可卡因，在街上摆地摊卖掉一家一当。我这辈子干过的坏事儿多着呢。

既然我那么坏，为什么我不愿意跟他们一样？我想不通，我心神不宁，所以我跑去请教这行的大哥。

这些大哥当中，艾梅里尔的回答最一针见血。当时我们在一个慈善烧烤派对上当嘉宾，同时负责烧烤。主人是我们共同的朋友马里奥·巴塔利。在黄段子接黄段子之前的安静间隙，我们聊了起来，我问他，他这么干下去的原因是什么。当时，他在"美食频道"的日子非常难挨，我看得出他挺伤心，我说你在乎啥呀？！"你有一个强大的餐馆帝国，有烹饪书，还有炊具品牌（那锅子质量还不错）。你也该被欺负够了，干吗还死撑？还惦记着电视这点事儿？蠢货节目，观众欢呼的是他们压根不认识的笨蛋。我要是你，"我继续说，"我就玩失踪，让那些家伙猛给我打上两个星期的电话。我会离这个圈子远远的，这活儿老子不干了……我跑去一个谁也找不着我的地方当厨师，把一切都当成遥远的回忆。"

艾梅里尔没接话，他微微一笑，开始罗列他的几个孩子、几个前妻以及数以百计的艾梅里尔股份有限公司名下的员工。他快速大略且略带悲伤地为我解释了他养的这头猛兽的尺寸。他有今天，离不开这些人的一臂之力，如今这些人的生计，也以各种方式与艾梅里尔血肉相连。他的成功就像一头自然生长的活物，要它萎缩或原地踏步，就等于判了死刑。

24

马里奥的情形也差不多，他开了十二家餐馆，而且看样子也只会有增无减。他为手表和洞洞鞋品牌 Crocs 代言，同时卖厨具，卖书，卖摇头娃娃。他还加入了全国运动汽车竞赛协会联盟，天知道还有什么别的，他的胃口永远都填不满。马里奥不是贪钱，他还为各种慈善机构——包括他自己的——弄到成百上千万美元。他总在扩张，总在跟人合作，尝试新概念。马里奥追求不断地自我实现，还有一颗完全停不下来的脑袋。赚钱，从来都不是他的兴趣所在，否则他也不会去开 Babbo、Casa Mono、Del Posto、Otto、Esca 这些馆子了。马里奥要是去开一个遍布全美的"马里奥老式意大利面工厂"连锁集团，他现在就可以在钱海里游泳了。

就我所知，马里奥喜欢每天打烊后，挨个儿去他的纽约餐厅查看收据。他是个细节控。他会为救活了一个公认的快倒闭的餐厅而嗨到不行。他能把餐厅的食物成本控制在 20% 以下。越不可思议的事情，他越来劲。比如他坚信美国人目前最想吃小牛脑馅的意大利方饺和撒上肥猪肉的比萨。我很肯定，要不是马里奥总是死性不改要搞闻所未闻的餐厅概念，他会比现在富上十倍、二十倍，不过他也会因此无聊至死。

马里奥所有的生意都不是单枪匹马干的，他每一家新餐厅都是从拜把子开始的。马爷会因为赏识某人的创意、个性或人格，就决定跟他结盟开餐馆。所以这可不是生意，这全是个人冒险。

托马斯·凯勒（Thomas Keller）[1] 和丹尼尔·布鲁德（Daniel Boulud）[2]，都是航母级餐厅的老板，他们的成功令人敬畏。他俩经

---

1 作者最爱戴的美国主厨，旗下拥有法式洗衣房、Per Se 等一系列餐厅。

2 Daniel、Boulud 等米其林餐厅的创始人兼主厨。

常说，经营餐厅的精髓是抓住人才。餐厅成长了，那些忠诚的员工的才华、经验和野心都会随之增长，那些司厨长、助理厨师和其他长期雇员都会想要晋升，这时候，如果餐馆不扩张，不能给他们提供更大的空间，就意味着要失去人才。

我怀疑在某种程度上，法国米其林星型模式也是这么回事儿。米其林三星厨师的总店一般利润率不高，它们赚到的钱，比大厨开的普通休闲小酒馆和啤酒屋少得多。（一旦高端总店成本上升或业绩下降，这些定位略中端的分店就要补贴总店，或至少提供平均利润的缓冲。毕竟，你不能因为总店一周业绩下滑，就辞退米其林三星厨师。）

戈登·拉姆齐（Gordon Ramsay）[1]的例子最典型。拉姆齐为了笼络名厨，拼命扩张，在全球各大高级酒店大开食肆，同时还在英美两国制作了多个电视节目。拉姆齐一手缔造了最有名的电视烹饪比赛节目《地狱厨房》（*Hell's Kitchen*）。他早就当了几十次百万富翁了，却毫无收手之意，就是不见棺材不掉泪（他最近几年开的十二家餐厅还没一家赚钱的）。暂不评价拉姆齐餐厅的菜怎么样，他红得发紫的节目有多烂，此人是个工作狂是绝不会错的。好吧，他在 BBC 制作的《厨房噩梦》（*Kitchen Nightmares*）还略微说得过去。就拉姆齐手上的工作和买卖来看，他的时间已经不够用了，但他还在想着法子变花样。

要理解戈登这个人，就不能忽略他的童年。他的个人传记里说，他小时候家境贫困，总是辗转迁移，他父亲是个不靠谱的空想家。好不容易一家人站稳了脚跟，他们就又要搬家了。戈登停不下来的

---

1 英国名厨。

强迫症就是那时候养成的。

戈登曾经的良师益友兼大冤家马可·皮埃尔·怀特（Marco Pierre White）[1]，可能也有差不多的毛病。无论钱到没到手，他俩都深信不疑钱可能在第二天不翼而飞。因为害怕随时都有强盗把一切掳了去，他俩永远都得陇望蜀。

初出茅庐就开始迈向至尊厨王的大卫·张（David Chang）[2]的动机则有点五味杂陈。他的高端餐厅座位太少，手下的得力干将与日俱增，他的自信心又捉襟见肘，各种原因综合起来，可能形成致命打击。

当然，要成功就得死命扩张，也可能是一面之词。一位偶像级法国米其林星级大厨、众多高级餐厅公认的厨界一哥，就当我的面坦白说：

"别废话了。现在的要务是赚钱。"

不管怎么样，总之，我是个坏人，我之所以拒绝了泻立停广告，不是因为正直，或不现实，而是因为我虚荣，我自恋。我无法承受早晨起来在镜子里看到自己，就是那个在电视上喊着肚子痛（幸好最后有泻立停！）的男人。我没有在厨具电视广告上出镜，是因为不想哪天在机场被某位愤愤不平的顾客逮个正着，抱怨说我那不合格的汤锅煮煳了他的西班牙海鲜饭。我这个人不喜欢被叫去胡说八道，除非大家都知道这就是胡说八道。

所以，当某个南海滩餐馆想要把我的名字印在招牌上，并答应因此每个月付我四万美元时，我拒绝了。我知道，我至多需要偶尔现身一次。你说不劳而获，何乐不为？但我胡乱把冠名权让给陌生

1　史上最年轻的米其林三星厨师。

2　美籍韩裔名厨，旗下拥有 Momofuku 系列餐厅。

人，我觉得还是不成。我人可能身在地球一端，但不巧地球另一端的那店里出了点乱子，比如酒保给某未成年少女上了瓶酒，某位顾客被灌了迷魂药，某只好动的老鼠从马桶中探出头来，扯掉了谁的蛋蛋，那些小报都将以冠之"波登餐馆里的破烂事"。我可不至于下贱到出卖自己的名声。

我女儿出生以后，我还是对各种代言邀约不理不睬，倒不是因为我有原则，我只是不想把贞操献给不靠谱的人。

大团圆结局

我 1956 年出生在纽约长老教会医院（Presbyterian 医院），我们家住在新泽西州莱奥尼亚一个绿树成荫的近郊住宅区里。

我并不缺乏关爱。我父母挺爱我，他们从不饮酒过度，也不打我。我们家不信上帝，我也没被宗教、教会、任何原罪或诅咒之类的事招惹过。我家里到处是书和音乐，电影也看得很多。在我年纪尚小的时候，我父亲在曼哈顿魏勒比（Willoughby）的照相机店工作，周末回家就借回一个十六毫米的投影仪和几盘经典老电影录像带。后来，他当上了哥伦比亚唱片公司的经理，于是我的整个青年时期都享受上了免费的唱片。十二岁那年，我被他带到菲尔莫东（Fillmore East）[1] 现场，见识了"发明之母"（Mothers of Invention）、"十年后"（Ten Years After）和一堆其他歌手。

我的夏天就是在后院烧烤和威福棒球赛中度过的。学校里没人会特别欺负我。我被欺负的次数，或许还低于平均值。圣诞节我得

---

1 纽约知名摇滚演奏音乐厅。

到了想要的自行车。学校的参事也没调戏过我。

我当时特别悲惨愤怒。

我特别羡慕我的某些朋友，他们家人不管他们，而我的家太正常，家人的爱压得我透不过气来。我嫉妒他们家不像样的房子。我们总能在他们家的秘密角落，翻到怪异恐怖又新奇诱人的东西，比如模糊的黑白色情电影、一袋大麻、药丸……还有酒，哪怕我们整瓶喝光，或是直接拿走，也没人注意。我朋友的父母总有其他更重要的事儿，所以，孩子们就理所当然放任自由。我的朋友可以尽情在外面玩通宵，在别人家借宿，甚至在自己房间里抽大麻。

这让我气疯了，为什么我不能这样。我的父母成了妨碍我尽情生活的罪魁祸首。

后来，当我站在某个特别恶心的厨房里，一个根本算不上餐馆、至多算是小酒馆的厨房时，我也没有后悔选错了路。我不是这样的人。我不会把事业的不顺归结为曾经作过的决定，比如吸海洛因或是交错了朋友。我从不认为我的毒瘾是"疾病"。我本来就想当瘾君子，我从十二岁开始就想当瘾君子。毒品是我性格缺陷的证明。我对我的中产阶级父母说"去你的!"。爱我是他们不可饶恕的罪行。

就算让我重来一次，我也许还是会走这条路。我在早午餐店干活儿，跟肮脏的厨房、冒烟的蒸汽台和弄不干净的熟肉切片机纠缠不清，全是自己一手酿成的。

即便在最糟糕的时候，命运都待我不薄。我不是不懂感恩。

我够走运的了。当时是二十世纪八十年代，我在鱼龙混杂的纽约城的 McAssCrack 酒吧当烧烤工，每天从毒贩那里混两口毒品。相比当时我身边的人，我身体还算不错。更离谱的是，像我这种做尽坏事的人，居然还一直有人爱。

我讨厌煎蛋，但也怨不得人。我说了，我是咎由自取，因果报应。

如果一定还要怪谁的话，就怪我爸。他每周回家不是赏我一张《佩珀中士》(Sgt. Pepper's Lonely Hearts Club Band)[1] 就是《首相的齿轮》(Disraeli Gears)[2] 专辑，我那会儿可开心了。但是，那个年龄知道这些，难道没有副作用吗？我九岁就看了电影《奇爱博士》，发现世界很快就要毁灭于一场滑稽的核灾难。九岁知道这些，难道不早了点吗？十一岁时，我已经是个厌世的虚无主义者了。谁要是哪天在我家低矮的地下室里发现一堆妓女尸体，那功劳也一定归于我爹或者斯坦利·库布里克。

除他俩外，还有两部经典儿童片，可以算得上谋杀我的"凶手"，它们是《红气球》和《老黄狗》。

《红气球》到底要说什么？每次我们老师请假，代课老师都会架起投影仪，让我看这个引人深思、感人肺腑的法国小男孩与他的魔法气球朋友的故事。

不过等等。这个可怜的小男孩无疑又穷又没人爱。他每天穿一样的衣服。和气球成为朋友后，社会抛弃了他，公车也不让他坐。他被学校惩罚，被教会拒之门外。他要么是死了爹妈，要么就是被抛弃的孤儿。那位初次出镜就把他的气球扔出窗外的邪恶老太婆，这么老也不可能是他的妈妈。这孩子的同学们全是丑恶的机会主义者，他们发自本能地破坏一切弄不明白且得不到的东西。这电影里所有的孩子都是不思考的暴民，一边追逐小男孩手里的气球，一边还在街上打成一团。他们就像一群野狼。小男孩被追得逃跑，他被

---

1 《佩珀中士的孤独之心俱乐部乐队》，披头士的专辑。

2 艾瑞克·克莱普顿的专辑。

欺负，他唯一的朋友也被抢走了。等他再找到这个朋友时，竟只能眼睁睁地看着它慢慢死去。

最后，巴黎所有的气球都聚到了男孩儿的身边。小男孩抓住这些气球，握着它们飘走了，危险地悬浮在城市上方。剧终。

这是喜剧收场吗？

这孩子飘去哪里了？一定是个"更好"的地方吗？又或者，等气球里的氢气没了（这个大家都是见过的），小男孩坠地而亡。

故事的启迪？

生命残酷、孤独、充斥痛苦和时不时地暴力。世人皆恨你并想毁了你。不管多缥缈多自寻死路，尽早逃离这个世界，全身而退，跃入空门，逃得越远越好。

没错吧？也许从那时起，我就注定要当瘾君子。还等什么？从此我就再不相信梦想，也无缘法式洗衣房餐厅（the French Laundry）[1] 了。

《老黄狗》的故事更绝，简直荒谬绝伦。

故事讲的是小男孩与狗的故事。迪士尼式的故事中，不管英雄们历经多少危险，最终必将化险为夷。小孩子对这种故事的套路十分熟悉。我们手上黏糊着 Twizzlers[2]，兴奋地坐进黑压压的剧院，坚信电影终将是个大团圆结局。大团圆结局应该是家长同迪士尼公司之间的协定。就算世界再动荡，电影的结局总还靠得住。赫鲁晓夫当然有可能往我们身上砸"大家伙"，但该死的，那狗命至少不至于丢。

1　Thomas Keller 旗下的米其林三星餐厅，作者最爱的餐厅。

2　美国一种老牌纽结糖。

老黄狗因为染上狂犬病而病恹恹时，小汤尼当然没觉察。但连匹诺曹被鲸鱼吃掉都能化险为夷，小小的狂犬病自然没有必要过分担心。就算局势再不妙，他总能成功脱险。你看，小鹿斑比一路波折，最后死了妈妈，但结局还算不赖。大团圆结局是肯定的，就像爸爸妈妈不可能把孩子忘在学校里一样。

它会没事的，一定会好起来的。

没人会伤害那条可怜的狗。

我就这样暗暗对自己说，当时我坐在爸爸妈妈中间，眼睛盯住屏幕，屏住呼吸，等待奇迹。

接着，老黄狗的脑袋就被他们爆开了花。

我当时就傻眼了。"什么叫狂犬病是没救的？我才不信枪毙老黄狗算帮他'脱离苦海'。那你也来帮我脱离苦海好了，浑蛋！他们本是来解决问题的，狗狗会好起来!! 别跟我谈什么现实！不管用什么办法，就算是找一个屁股后面跟了一道魔力彩虹的公主，也得把它给我救回来!! 狗狗就是应该好起来!!!"

从那一刻起，我开始用怀疑的目光看父母看世界。他们还撒了什么谎？生活显然是场残酷的玩笑，没东西靠得住，就算不完全是谎言，也至少有一堆错误的假设。你自以为一切正常的时候……

一不留神他们就枪毙了你的狗。

就这样，我后来当上了洗碗工，我既不尊重自己，也看不惯别人。

我应该起诉这帮人。

富人的食物

有一段时间，我状态极差。我把自己囚禁在加勒比海，日子非常难过。我的第一段婚姻刚刚结束，我无所适从。当然这是客气的说法。

说"无所适从"，其实是指漫无目的，加上持续的自我毁灭倾向。我每天十点钟醒来，抽一根大麻，接着去海边，用啤酒把自己灌傻，接着再来几根大麻，昏睡至下午三点。这里入夜很早。晚上，我又叼根大麻，在酒吧转悠，之后再去混个窑子。从那里出来恐怕已经非常晚了，我此时保准醉得晃晃悠悠，得遮住一只眼睛，才能看得准路。窑子里出来，我会在圣马丁岛南部的沙瓦玛烤肉卷车边消磨会儿时间，我晕晕乎乎，买一个夹肉的皮塔饼，吃得满脸都是，喷出的酱汁直中汗衫的前襟。之后，我就傻站在黑漆漆的停车场里，在一堆晃眼的酱汁、碎生菜和羊肉碎的包围中，点上一支大麻，完事儿后，我坐进租来的四驱车，把挡位一拉到底。瞬间马路上只留下轮胎的尖叫声。

不用兜圈子，我那是醉驾。每天如此。无须说教，我知道后果的严重性。浪费自己的生命事小，我本身就是一蠢货，但无辜的生命可能一下子就被我的车轮碾没了。这么一想，我顿时吓出一身冷汗。时光飞逝，没必要为过去"润色"。当时就是这样，一点不美好，我也没辙。

那岛上倒是有个疯疯癫癫的小型独立广播电台，也可能是附近别的岛上的电台，具体我也不是很清楚。如果旅行得足够多，你会偶尔发现些怪事，比如在这个前不着村后不着店的地方的一个小小的单声道无线广播电台。DJ 的播放单莫名其妙，毫无章法，有时放点朦朦胧胧的美妙乐音，有时候又烂俗得要命。有车库摇滚的经典曲目、古老的精神摇滚名曲、前迪斯科时期的疯克代表作，也有无处不在的口水歌和虔诚的圣乐。没有征兆，一秒钟前还是吉米·巴菲特（Jimmy Buffet）或洛金斯和墨西拿组合（Loggins and Messina），下一秒就成了"野兽"乐队（The Animals）的《旭日之家》（House of the Rising Sun）或者"问号与神秘论者"（Question Mark and the Mysterians）的《96 滴眼泪》（96 Tears）。

我从来猜不准下一首会是什么歌。在我极为罕见的清醒时刻，每每我试图想象那个 DJ 的样子，脑海里就会出现《成名在望》中那个小男孩的模样。这个 DJ 跟我一样被囚禁在加勒比海，往事令他不堪回首。唯一和我不同的是，他手里有他姐姐留下的 1972 年的唱片收藏。我喜欢想象他一个人待在黑暗的录音室，抽着大麻，转着唱片，看上去很随意。又或者像我，看似漫无目的，其实根本是在失控中绝望地消磨时光。

我当时就过的这种日子，醉酒飙车，穿越一个光线本就不足的加勒比小岛。每晚如此。这里的路况臭名昭著，九曲十八弯外加无人修缮。尤其在我回家的那个钟点，路上游荡着的其他司机，也全都跟我一样烂醉如泥。尽管如此，我还是不断加速。我的生活被简化成一场游戏，一款我老早以前玩过的电子游戏。我点上大麻，开大音量，加速离开停车场。游戏开始。我冲出荷兰区严重堵塞的道路，通过光照不足的高尔夫球场（经常是直接从草坪上碾过去）和废弃的度假村（视而不见般地越过减速带），之后，好戏上演了。我一路飙车，在接近海岛的法属区时，有一处弯道，前方是悬崖。我会狠狠踩一脚油门，在这一瞬间把生与死的决定权交给这位素不相识的DJ。每晚的这一两秒钟，在这几英尺的距离之内，我把自己逼到死亡的边缘。这位DJ所播放的下一首歌，决定了我是猛打方向盘，歪歪扭扭横冲直撞地开回家中，还是索性开个直线，冲出悬崖，直入大海。

倘若电台偏偏在关键时刻鬼使神差地播出洛金斯和墨西拿的歌，那它绝对就是我的安魂曲了。我印象特别深刻的一次，当时电台还处在下一首歌曲开始前的几毫秒的寂静中，我脚踩油门，悬崖迅速向我逼近，然后钱伯斯兄弟（Chambers Brothers）的歌响了起来。我意识到这是《时机已到》（Time Has Come Today）的节奏，在最后一秒把即将跃入空中的汽车扳了回来，我悲喜交加，感觉既美好又荒谬。一首正对我胃口的歌曲，造成的（短暂的）奇怪的深刻情感，救了我的命。

那年，我就这么活着。我把生死由命的决策过程，当作家常便饭。

回到纽约后，我住进一个又小又阴森如地狱厨房般的无电梯公寓。空气里每天漂浮着一股楼下意大利老牌餐馆里的大蒜和红酱汁味。我因为过度燃烧生命，拥有的已经所剩无几，一些衣服，几本书，一大堆东南亚小摆设就是我的全部财产。我很少回家，所以根本无所谓，况且我最爱的潜水酒吧，就在同一条街上。我是那里的永久会员。

我没有固定要见的人，也无意找人恋爱或做爱。我见谁都主动不起来，但不排斥被人主动搭讪，跟她回家过夜这码事。

因为工作的关系，我经常去英国。一天晚上，我坐在一个特别破烂的酒吧的吧台边等一个出版人，当时我显然又醉了。突然，我发现一个美女正从我斜前方的镜中打量我。我对她挺感兴趣，但还不至于冲她抛媚眼，直接跳下高脚凳前去搭讪。我十分清楚自己在正常人际交往方面的无能。我的恒温器失灵了，没法控制自己的行为。我没法保证这会儿能像正常人一样表现得体，反应自如，我甚至连得体是什么也不知道。我低着头，以杯子为中心缩成一团，超越公事之外的世界，我都不想搭理。此时，一位多管闲事的媒人出现了。这个女人的朋友突然跑到我肩旁，开始自我介绍。

结果我跟这女人就渐渐认识了。之后的几个月里，我跟她时不时在英国或纽约见面。又过了一阵，我渐渐搞明白原来她是个富家女，在纽约也有公寓。她的日子，基本是靠和她妈一起参加各大时装秀以及四处买东西来打发的。她有英、法、东欧的血统，优雅地说着四种语言，她聪明风趣又邪恶，有时候还有点疯——疯女人总是非常吸引我。

好吧，她有毒瘾——这玩意儿我已经戒了。她一件汗衫的价格超过我认识的所有人的月薪。不过我聊以自慰，心想我肯定是她遇到过的唯一一个不在乎她的钱的人。我也不关心她的血统或者和她住在一起的上层社会的脑残人士。我因为无知而产生了一种道德优越感，我觉得她拥有的一切不过是种负担。我沉浸在一种自我陶醉的假想中，我天真地认为，任何富有的上层阶级人士，都保准头脑简单、好逸恶劳、一无是处。这不是她的错。

我要拯救这个可怜的小富家女。在这种幻觉的催逼下，我考虑带她去海岛待上一周，享受一下冰啤酒、吊床和当地烤串儿的简单乐趣。这些保准能治她。于是我邀请她到加勒比海度圣诞节。

过去，我都是无牵无挂，一个人过来待上几周，住在租来的小巧舒服的别墅里。这个小岛脏乱萧条，但也因此迷人。它一半属于法国，一半归荷兰，社会问题层出不穷。岛上住着不少穷苦的劳工阶层，也有一大群世代定居于此的当地人。这里并不十分单调，除了旅游业之外，还有当地人的生活和买卖。如果你想放下过去，离开自己的圈子，这里是最好的选择。我就连着好几周不穿鞋子，用手吃饭。我想，谁会不喜欢这样的生活。

她来了。刚开始的一周，我们过得还不错。我们猛灌哈瓦那俱乐部（一种白朗姆酒），灌得的确有点凶。不过有她在，也是件好事，我夜夜企图自杀的事儿肯定省了。我自认为我的存在对她也是件好事。有一段时间，她看上去也自得其乐。我们在这岛上偏僻的海滩上耗着，吃便宜的玉米饼三明治，在路边的矮柏油桶上烤猪排，倒也心满意足。她一个人在海里长距离游泳，回来的时候犹如出水芙蓉。我想，这事儿不错，对我们都好。

我们在水手酒吧里喝酒，睡午觉。我们每天都喝很多很多朗姆调酒。我知道她也受过伤，我们同病相怜，我得意地想。

她也不信任这个世界，我们惺惺相惜。但不久后我发现，她受过的伤，可不是我等之流所能想见的。

"我们去圣巴特岛[1]吧。"有一天下午，她对我说。

这个主意并不吸引我。尽管我当时整个人都处于人来疯式的白痴状态，对诸事跃跃欲试，但我心里明白，离我这个舒服懒散的小岛仅十英里的圣巴特岛，很难逗我开心。我去过那里，一个汉堡外

1　颇受名流、明星青睐的加勒比海小岛，有钱人的度假胜地。

加一瓶啤酒就卖五十美元，至于本土文化，则根本想都别想。我对那岛毫无兴趣，纯粹是个度假岛屿，还被各种拿着大把欧元、买得起巨大游艇、追名逐利的高调浑蛋加独裁者挤得水泄不通。我知道得够多了，圣巴特岛不是我的菜。

我不想显得不礼貌，于是顺从地哼哼了一声，表示同意，想着反正那岛上的租车和酒店都已经订光了。几通电话之后，我的猜想被证实了。我以为这足以让她打消念头。

谁知，她不答应，没地方住或者没法过去，都是无关紧要的细节问题。她坚持说，那边有个俄罗斯朋友，有房子。万事都能解决。

放弃理智的思考，跟一个算不上了解的人，去一个厌恶的地方，可不是因为爱。虽说我那阵子一直犯晕，不过答应去圣巴特岛，就简直如同撒了一个弥天大谎，注定会坠入黑暗深渊。也许是因为懒得反抗，寄希望于那一丁点儿的"快乐时光"的可能性，我就这么从了。其实我不该这么傻，总之，我就径直朝磨刀机上走去。

一架螺旋桨飞机花了十来分钟就把我们送过了海。我们到机场时没车，没计划，没认识的朋友，也没地方住。在行李提取处，一位名人跟我朋友打了个招呼，还开了句玩笑，却根本无意要收留我们。视线所及之处，不见一辆出租车。

在之前那个美好的小岛上，尽管我夜夜企图车毁人亡，但我至少能尽情游泳，吃喝不愁，晚上安心地睡在舒服的租来的别墅里的床上。相比之下，此刻我突然无家可归。更糟的是，我的同伴迅速呈现出一个被宠坏的醉醺醺的频繁怒吼的偏执狂加精神分裂症患者的样子。

并且，值得重申，她还是个瘾君子。

那个俄罗斯朋友的神秘别墅，在我们飞来的半途中，因为各种不明原因离奇消失了。接下来的几天里，现实生活离我们越来越远。我们等了很久，才找到一辆出租车，到了酒店。服务员瞟了一眼我那脾气火暴的奇怪同伴，急忙给我们备了一间房，仅限一晚，且出奇昂贵。

有一件事，我在大学时就发现了。那些真正的富人，那些老派的靠遗产就吃不完的富人，根本就没有埋单的意识。他们根本不带现金，连那该死的信用卡也不知放在哪里，好像任何小笔的花费都不值一提。最好你来付钱。于是我付了。日夜狂欢作乐，都价格不菲，还要贿赂酒保，让他们在下班之后，用私车把我们送到任何一个她认为可以住下的地方。结果，我们每晚都住和圣瑞吉（豪华大酒店）酒店套房一样贵的蹩脚汽车旅馆里。然后再接着喝酒。

后来，我变成了这个起伏不定且一日疯过一日的神经病的出气筒。她可以转眼间从诙谐深情的女神变成叫嚣喷唾沫的女疯子。一分钟前，我们还在可爱的海滩边喝着乱标价的莫吉托，转眼，她就开始冲着经理咆哮，声称某个勤杂工或随便哪个靠近她的人偷了她的手机。事实是，她经常把她的手机、钱包或随便什么值钱的东西乱丢一气。每次她去喝酒、去跳舞、去找可卡因、去同某个老朋友打招呼，她就丢东西。她总是丢三落四。当然，这些东西，她到底带没带在身边本身就是个问题。

我讨厌欺负服务生的人，我对此容忍度为零。我觉得把自己的情绪发泄到侍者或勤杂工身上，是滔天大罪。从我第一次发现她那样起，我们的关系就算是完了。她怪我说"关心侍者多过关心她"，她说的没错。从那一刻起，我算是这个疯女人的保姆了。什么时候把她的疯屁股按回上英国的飞机，我就算大功告成了。在那之前，我只求不出事。我纵容她到这儿来，我也有责任。我想，至少要让她太太平平回去。不过，说永远比做容易。

人人都怕她，这事儿我之前就察觉到了。

早在英国的时候，她就跟我提过有个前男友"跟踪"她，她妈不得不找了些"朋友"跟这家伙"谈了谈"，然后这事儿算是摆平了。不知道为什么，这样的危险信号，以及其他类似的迹象，之前都被我忽略了。我现在只想让她早点回英国，但我讲什么都像是在对牛弹琴。她不想回去，所以她不回去。

这会儿是午夜，她正把电视机的音量调到最大，在各大新闻台之间来回切换，不停发表她对油价的看法。奇怪的是，隔壁的住客和管理员也不敢抱怨。我每晚都不知翌日会身在何方。要是我醒来发现自己倒在来历不明的血泊中，一定不敢睁眼细看。难保这姑娘割了自己的手腕或是我的喉咙。我竭尽全力，努力像对待真疯子那样对她，像绅士一样关心她，至少在把她送回精神病院之前。但她总会把陌生人牵扯进来。他们跟她最多算是有一面之缘，勉强认识，这些人的共性是喜欢跟发疯的千金小姐混在一起，还爱给她提供海洛因。她闯进别人的派对、起哄、插队、想吸上一克就来一克。那些喜欢挑事儿的人和卑鄙的派对组织者最喜欢她这样的人了。

一次，她像羚羊似的突然跳起，穿过舞池直奔浴室，毫无疑问又是要去吸上一口。我听到一位仰慕她的旁观者问另一人："她是干吗的？"

"啥也不干。"那人回答说，就像那是全世界最值得骄傲的职业。

那些在圣特鲁佩斯、摩纳哥和撒丁岛遇见过她的人，显然早就领教过她那张刀子一样锋利、能够在瞬间伤人于无形之中的嘴，全都见她就躲。无论是酒鬼、笨蛋还是跟屁虫，没人敢在她面前说一个不字。

他们彼此憎恨（这大概是整件事的重点）。我很快发现，跟这个女人在一起，就等于走进一个凶险的国际集团，成员包括意大利收藏家、恐怖的俄罗斯独裁者、淫荡的互联网亿万富翁、印尼暴君皱巴巴的前妻们、好久以前就不复存在的王国的年幼王子、非洲官僚的情人们、化身百万富翁妻子的前妓女，以及那些喜欢围着这批人转悠、可能还以此谋生的人。这些人在假期聚集于圣巴特，只为发明点新鲜的含蓄方式互致"去死吧"。当然，整个过程当中保持微笑是必不可少的。

我们在卡扎菲家族组织的派对上度过了远非浪漫的除夕夜。有些事不言自明。我只记得胡里奥·伊格莱西亚斯为我们载歌载舞，这个细节就像人脸上的胎记，会永久留存在记忆中。

派对上的人似乎彼此都认识，他们之间的正经事包括，谁的船更大，谁的外套更高级，还有谁的桌子位置好。因为某些特别无聊的琐事，他们之间结下了长达几十年的宿仇。他们彼此周旋，等待对方露出弱点，以便适时攻击。他们互相掣肘制衡，互相残杀。我渐渐意识到，这就是这帮人的爱好，这些统治整个世界的人。

整个冷餐会，我都在细细欣赏这里。这艘名叫"章鱼"的巨大游艇，好像来自邦德电影：空旷的船内甲板，拥有六人位的潜水艇，足够降落两架直升机的停机坪，厕所墙上挂着弗朗西斯·培根的原作。我吃着寿司，心想我就算在这里被当场割断脖子，这一屋子跳着舞、扯着谈、聊着天的贵宾，也没人会眨一下眼。

在她第三回也是最后一回丢钱包的时候，我已经起了在沙滩上挖个洞，把她埋掉了事的念头。一开始我觉得此事能成，但她那个言出必及的"妈妈"，我不能完全不放在心上。还有一个办法，就是把她就此扔下，让这个没钱包、没存款、染着毒瘾的疯婆娘自生自灭。我很确定，她会在一个小时内就被解决。这个办法，也让我于心不忍。

我还担心，扔下她不管也许并不过分，也完全合情合理，但我的加勒比之旅仍有可能终结于两个粗脖子的车臣兄弟手上。他们一个拎着钢锯，一个夹着块裹尸布，为我了结此生。

我是个陷入危情的坏人，身边还携着个同类，周围这群家伙也全不是东西。

这个罪恶的游乐场是法国人的地盘。法国人摸透了客人的底细，于是伺候他们，迎合他们，款待他们，榨干他们。他们用尽所有的传统手段，再加上点奇思妙想，占尽他们便宜。你刚在海边酒吧坐下准备吃个汉堡，那砰砰作响的音乐就来了，身着泳衣的模特上门自我推销，有时候其实是来卖珠宝。这儿的每一个座位每一张台都是要收费的，而你吃的喝的买的东西还需要另外给钱。不过，我的女伴倒是很会装傻赖账。早午餐时，一群五十几岁的男人，挺着被挤出紧身泳裤外的肥肚子，正与几个胸部充过气的乌克兰妓女翩翩起舞。一只花枝招展、戴着钻石领结的小狗在你的身后狂吠。服务生用他惯常的蔑视神情呆呆地看着每个人。

然而，就在这一片黑暗中，我居然得出了一个启示。

这岛上有个人，比谁都了解我这个疯子同伴的世界。他是个艺术家，一个天才，在讹诈富人方面一骑绝尘无人能敌的人。为了行文方便，我们就叫他罗伯特好了。他那套办法也许就是所谓的"希普里阿尼（Cipriani）商业模式"的极致。这家伙所导演的这一出好戏，赋予我继续坚持待在这个岛上的勇气。

"希普里阿尼模式"是这么回事。希普里阿尼在很久以前就惊人地发现，那些浑蛋国际富商都喜欢混在一起，吃稍微比别的地方正宗那么一点点的意大利菜，并愿为此斥巨资。比这更妙的是，那些希望自己看上去好似浑蛋国际富商的人，也对此有类似的向往。这就是所有生意人梦寐以求的客户群。在威尼斯的哈里斯酒吧，一杯普普通通的贝利尼斯（Bellinis）[1]和一盘还算不错的食物，足够榨干你的钱包。不过他们的服务确实有板有眼，窗外的威尼斯美景也货真价实，那东西贵点也算理所应当。我猜希普里阿尼发现，如果这个模式在威尼斯行得通，那在纽约也没问题。二十九美元一碗红酱意大利细面，完全合情合理。

纽约的意大利菜特别讽刺，红酱细面里放的料越足，准备得越精细越久，用的原料越贵，那意味着这面就越差，价格也越低。

想想吧，一碗最普通的正宗番茄意大利面，也就是几盎司优质干切面团，几滴橄榄油，几片蒜，一些番茄再来一片罗勒叶，就可以卖二十九美元，再喝上一杯售价十七美元的饮料。本质上，你花了老钱，只吃了顿填肚子的简餐。

许多希普里阿尼的仰慕者后来居上。他们意识到，其实地道的食物也是可有可无的。那些可恶的国际富豪和类国际富豪们的埋单动机，不过是为了扎堆。他们的目的是要挤进奈洛餐厅（Nello）狭窄的卡座，用打了肉毒杆菌的脸互致贴面礼。这也是为什么那么多富豪喜欢去周先生（Mr. Chow）[2]和 Philippe[3] 的豪华陵园扒拉盘子里的伪中餐。

若是餐馆能再找来几个偏爱下垂的蛋蛋的东欧女人，那你离一个成功的商人也就不远了。

要说这个圣巴特岛上的罗伯特，他更是比谁都明白。他把希普里阿尼模型发展到了极致，单独吸取"食物其实根本没必要好吃"的精髓。他发现，只要拥有过人的决心和勇气，你可以明目张胆地

1　一种混合桃浆和气泡酒的鸡尾酒。

2　京剧大师周信芳之子周英华（Michael Chow）开办的中餐馆，伦敦、纽约、洛杉矶各有一家，装修豪华，极富东方文化色彩。

3　一家位于曼哈顿上东区的高级中餐馆。

让人吃屎。想赚钱，其实你可以什么都没有。根本就不需要宜人的房间、漂亮的桌布、美丽的花或者俄罗斯妓女，你只要有一个好地方（木条支起的海滨露天天台）和一副闻名遐迩的任谁也不买账的臭脾气，那么你就可以像罗伯特一样，不仅玩弄富人，而且是亲自逐个地玩弄。他让富人们整整齐齐服服帖帖地趴在锯木架上，狠狠地干他们的屁眼儿，而富人们只得忙不迭地道谢。

在他的餐馆里，二十五欧元（当时大约相当于三十五美元），只买得到几克冷冰冰没调过料的煮扁豆。对，只有扁豆，搁一张大盘子上。量呢，大概只有两勺。菜里连一块胡萝卜或软乎乎的洋葱粒也没有。这吃的，跟波特兰停车场里那些滑板小屁孩们嘴里吃的一样。成本呢？可能也就两分钱不到。不过您倒是可以随意添加橄榄油和醋，不用客气，这可是免费的哦。

主菜的话，有鸡和鱼两种选择。选鸡的话，只有一只鸡腿。罗伯特会亲自（那边那位就是他，那个皱着眉头、赤裸上身、胡子拉碴的哥们儿，裹个围裙，穿着短裤，脚蹬夹脚拖鞋）给你煎得面目全非。不煎烟烤焦，那是绝对不符合他严苛的标准的。罗伯特从不偷懒，每次都亲力亲为毁掉你的鸡腿。要是哪位老兄胆敢走到烤炉架旁边，告诉罗伯特说这份鸡不要烤得那么熟，那么几分钟之后，这位老兄就会被请出餐厅，跟门口那位麦当娜[1]阿姨站在一起了。

如果你选鱼，那就是一整块又小又脏的红鲷鱼，用同样十二分的仔细做出来——换句话说，就是烟成一坨大便。

这盘珍馐佳肴的价格是多少呢？告诉你，每样五十欧元（大约七十五美元）整。

1　指街上浓妆艳抹的妓女。

想再点一瓶最便宜的冰镇玫瑰香槟，来驱逐夏日的炎热，顺便涮涮嘴里的炭火味儿，那这顿午餐就五百美元都打不住了。真是谢谢你全家了。

可是这帮富人们还在这儿排着长队、乞求、试图贿赂、策划、用手机大声地与他们圣特罗佩（St. Tropez）[1] 或埃斯特角城（Punta del Este）[2] 或罗马的朋友求救，指望他们能帮上忙，叫老板开个后门，让他们绕过凡人的长队，直达众神的天庭凯旋入座。

如果说真有"发财背后的肮脏故事"，那么这儿的许多顾客肯定都为赚钱，干过各种黑心事：比如强行拆迁非洲村落、放水淹没村庄、盘剥弱者、倾倒地下毒素，各种不择手段。不过罗伯特轻易地击中了这群人的要害。

他们甚至不会讨价还价。

我们不禁要问：为什么？

早在我职业生涯的初级阶段，我就为这个问题伤透脑筋。当时，我的工作是在洛克菲勒中心午宴俱乐部换盘子，见识了许多在这里解决午餐的财经界大佬。他们每顿都跑到我们那儿，吃烂到家的自助餐。我思索着，这些为国家命运指点江山的企业首脑、富得流油的阔太太，那些根本不记得自己的钱是从哪儿来的欧洲贵族的子嗣们，到底被谁逼的跑这儿来吃这种垃圾菜？他们干吗弯腰屈膝地硬挤进憋闷狭窄的午宴俱乐部，不屈不挠，挤得缺胳膊断腿儿的，来吃这些又难吃又贵得离谱的菜？他们任由一个又没有地位又没有品位的普通人做出的糟糕食物蹂躏他们的胃。要是在平时，这个普通

1　法国地中海边小城。

2　乌拉圭大西洋边小城市。

人早就被他们做掉了，他们连眼睛都不会眨一下。

为什么在吃饭这件事上，他们对周先生、Philippe、奈洛或希普里阿尼荒谬的虚张声势和更加荒谬的价格完全不在意？他们并非没有其他选择，周围有上百家更好的餐厅，开车几分钟就能到。我在圣巴特岛的恐怖时光告诉我一件事儿，富豪游客喜欢扎堆儿。他们彼此认识。他们追求安全感。他们需要确信，自己不会落单，哪怕这意味着要跟大家一起，去一个糟心的地方。他们喜欢去同一个差劲的海滩估计也是出于相同的理由。他们喜欢去狭窄拥堵的海滩，沙子里石头又多还冒着臭气，随便哪个稍微有点经验的背包客都不可能来。至于他们上的馆子，随便有几个闲钱又会上网的吃货，路过时都会嗤之以鼻。

任何一个企图在chowhound.com[1]或者吃货论坛上试图为奈洛辩护的人，都只能坐等被群嘲，而这些吃得起任何餐馆的主子，为什么心甘情愿地为这些至多称得上中庸的食物埋单？

某天，我醉醺醺地躺在圣巴特岛月光下的躺椅上，不远处卡扎菲家族的人和他们神气活现的宾客正在嗨皮。突然间，我就想明白了。原因是，这些光鲜亮丽的人，实在都太丑了。他们身上的衣服都难看得大同小异，基本都是那帮打心底憎恶女人的老婆娘们设计的。这些年老色衰的富婆们拼命塞进这些难看的外套里，而为他们设计这些衣服的被尊为时尚女王的老婆娘们，铁定在暗地里幸灾乐祸地笑到抽筋。因此我们不难得出这样一个结论，这些所谓"时尚缔造者"，这帮所谓引领潮流，诠释时尚，决定漂亮和性感定义的时尚界领军人物，他们的邪恶阴险，是那些野营时围坐在篝火

---

1 国际吃货美食社区，一个美食爱好者发现最新的食谱和食物的美食网站。

堆旁的年幼无知的童子军们怎么也想象不到的。瞧瞧《天桥骄子》（*Project Runway*）和《全美超模大赛》（*America's Next Top Model*）上的客座评委，或者任何时装发布会的前排观众吧，连在郊区的 Dress Barn[1] 里都找不到比他们难看的人。二十世纪七十年代的瑞克·詹姆斯（Rick James）[2] 如果穿成卡尔·拉格菲尔德的样子，观众是绝对不可能饶恕他的，一定将其轰下台去。至于多娜泰拉·范思哲如果在你家门口推销安利，你很可能被吓得直接关上门，把能锁上的都锁上，然后再打个电话给邻居们，让他们也小心点。

我看了看海滩边的状况，看了一眼这满目疮痍的魔人岛。我亲手将自己送上门来，让自己目睹这岛上各种恐怖的画面。这里是一个自愿对外开放的人体陈列室，展示着人类外科整容史上所有的失败案例。斜嘴、鼓得离谱的嘴唇、肿得好像塞了高尔夫球的脸颊。他们的前额绷得能敲鼓，一模一样的鼻子，吊得不能眨眼也几乎闭不起来的眼皮，硅胶全填错了地方。若是在穷酸点的地方，你大概以为这是来嘉年华看怪物游行了。

那天晚上，我的约会对象，穿着她价值一千美元的纯白 T 恤，再一次弄丢了手机。

这些人的钱真是不赚白不赚，罗伯特这种明抢，没什么说不过去，至少他在明抢的同时满足了他们的欲望，简直是天经地义的明抢。不管是在圣巴特岛还是在其他地方，这帮富人最大的欲望就是同路货色混在一起，只要这样，他们就心满意足了。只要大伙儿都到了，那就对了。这里没有外人，所以很安全，这是他们的共识。

---

1 美国一个销售比较大众化服装的服装连锁店。

2 长年吸毒、形象放荡不羁的美国歌手。

在这里，没人会实话实说告诉他们"高级时装"衬得他们又老又丑，整容手术也于事无补，而他们的舞技真该从此埋没人间，也不会有人坦言说出他们嘴里吃的那些玩意儿，是打烊后大扫除的清洁工戴着塑胶手套都不愿意去碰的垃圾。这个星球上的其他人，但凡知悉他们的底细和赚钱的勾当，必定用长矛串起他们的脑袋烤了喂狗。当然，这些他们也不会听到。

后来，我终于跑了。

在她第四次弄丢手机之后，我在一旁就这么看着她，看她一边醉醺醺地在房间里寻觅，一边四处张望，寻找疑犯。后来，坐在餐馆庭院 VIP 区域的一个黑帮说唱歌手引起了她的注意。她卯上了歌手身边的两个大个儿粗脖子女人。这两个女人大半夜戴着墨镜，看上去就不是善类。她们当中的任何一个人都有把握在一场公平的对决中把我给打趴下。我的这位女伴，慢慢地走向这两个女人，与她们对峙，看上去是在质问她们到底把手机藏到了哪里。这种慢动作通常都预示着灾难的降临。

音乐声太大了，我没听见她们的回答。

我猜她们会这样说："臭娘们！我们要你的手机干吗？""你来找碴，不就因为我们是黑人嘛！"她们的逻辑没有漏洞。我被彻底恶心到了。我下定决心，要立刻离开这个是非之地，不管在接下来的几个星期里，我会不会被锯了腿扔进下水道。我已经不在乎逃跑的代价了。这一切已经超出了我忍受的极限，简直是不堪入目。我必须立刻开溜。我受够了。让她在这个狗屎深渊里自生自灭吧。

我把她拉过来，把这些想法都跟她说了，接着就冲出餐厅，一路跑回了旅馆。我收拾完行李，去酒店前台帮她多付了两晚上的住宿费，那应该够她折腾了。我走了一英里的路到机场，在一条长凳上睡了一夜。第二天，我搭了最早的那班飞机。十分钟后，我回到我那熟悉又友好的小岛。

我从停车场找回租来的车，心怀感激地开回了家，然后迅速地蜷曲回胎姿，像死人一样，一口气睡了二十四小时。

剩下的时间，我一直待在家里，不去酒吧，不去妓院，也不去岛上的海滩。我真的受够了。这一路上，我遭遇了真正的魔鬼，真把我吓怕了。也许是在圣巴特岛上的经历，也许是镜子里那蓬头垢面双目无神的自己。总之，是时候洗心革面了。

独饮

人们还是叫我"主厨"。

每当我走在街上，听到有人大喊一声"主厨"，我的脑袋还是会四处乱转，看看是谁在叫我。虽然我离开这行已经九年了，但"主厨"还是我的敏感词。我已经不是主厨了，只是如果你这样叫我，我还是会很开心。

下午喝酒真是件美事。独自一人在一个山寨爱尔兰酒吧，来一品脱不算太冰的酒，也是很不错的。这个酒吧刚开，却故意做得很旧。墙上写着"爱尔兰万岁"，四面闪烁着的平板电视播放着我不感兴趣的体育比赛。这些招牌式的爱尔兰摆设是由货车运来的。在我想象当中，几辆空空如也的搬家货车正在爱尔兰乡村四处转悠，伸长了脖子，等着年老的米格尔太太咽气。然后，他们就能买下她书架上的古董，把它们齐齐运到统一的集散地，再从那里分配到纽约、密尔沃基、新加坡和维罗纳等世界各地的爱尔兰酒吧。

我不是第一次来这种地方。其实又有谁没有来过。不过，我现在依然有着一种莫名的兴奋。就连地板上消毒药水的臭味和装饰托盘上飞舞的果蝇，都无法浇灭我的兴致。

聪明人估计不想讨论这儿的食物。我闭着眼睛就能猜到菜单：油炸意大利瓜条、油炸干酪条，还有红酱鱿鱼条。如果拿份菜单仔细看看，估计还能发现做工粗糙的牧羊人馅饼；以罐头为原料的咸肉汁法式热三明治；夹着软绵无力的泡菜，生西红柿切片的汉堡，配辛普劳[1]传统冰冻的薯条。"肉肠薯泥"本来是一道著名的意大利甜肠，但这里的版本却是近似爱尔兰炖菜、小羊瘦碎肉和许多土豆的混合凝胶。

想吃海鲜？没人会搭理你的，孩子。

这里的酒保是爱尔兰人，学生护照早就过期了。不过这对他来说并不是什么麻烦事儿。

这里的厨师就没那么好运了。他是墨西哥人。这个可怜的家伙，拿的是十美元的时薪，干的是厨师兼洗碗工的活儿。如果移民局的人注意到了他的锅盖头，那么他就会麻烦缠身。他们的长相一眼就能被认出来（不像爱尔兰人和加拿大人，还能浑水摸鱼），所以，卢·道伯斯（Lou Dobbs）[2]每晚都要在广播里悬赏他们的首级。（拜托，你从没听道伯斯谈起过美国北部边界"跨境高速公路"的问题吧，原因嘛，自然因为大家都是白人啦。）除了移民局的麻烦之外，这个周五晚上领完薪水回家的墨西哥厨师，还要面对守在地铁出口等着他送货上门的劫匪。在那个点儿，这些来自墨西哥的厨子和洗碗工通常刚刚把支票兑换成了现金。他们很弱小，也不可能报警，是劫匪的理想选择。

1　美国一老牌薯条品牌。

2　CNN 主持人。

给我端酒的，都是英语国家来的非法移民。这些家伙聪明地跟制度斗争了数十年，使用的是一个久经考验行之有效的方法，相信每个移民局的兄弟都相当熟悉。他们先是号称要来美国接受继续教育（一边打黑工），拿到学生签证进来，接着是延期，再后来变工作签证、农场签证。他们每周末出关一次，长此以往，然后找到一帮有人脉的好朋友，比如开爱尔兰酒吧的老板，写封推荐信证明他拥有无可替代、本地酒保望尘莫及的特殊技能，反正没人会管。不好意思，我跑题了……

喝布什米尔斯（Bushmills）还是詹姆士（Jameson）[1]、支持凯尔特人还是德克萨斯游骑兵[2]，在这儿区别不大。这儿就是个中立的爱尔兰酒吧，不温不火，不痛不痒。后来想想，其实也没几个正经的爱尔兰人会来这里。这里的人，全举着健力士（Guinness）[3]黑啤对瓶吹。

这个老板开了也不知道十家还是十二家酒吧，看上去都差不多，名字都是帕迪·麦克基（Paddy McGee's）、西墨斯·奥尔多（Seamus O'Doul's）或者是莫利（Molly）什么的。全都是瞎扯淡的人名。

不过我还是挺高兴的。

这里有台球桌、点唱机、镖靶、骆驼头、玩具火车、洋基队的横幅，以及各种从没来过这里、也没人读过的爱尔兰作家的照片。你想在这里聊聊乔伊斯或者贝汉[4]？醒醒吧。还有，虽然这里供奉着叶芝的半身像，满身灰尘地立在书架上，不过你要在这里诵读《复

1　布什米尔斯和詹姆士分别代表新教徒和天主教徒教区的威士忌品牌。

2　两支美国棒球队。

3　爱尔兰黑啤品牌。

4　前者是爱尔兰著名作家，后者是爱尔兰诗人。

临》，你最好直接滚回大街上。别犯傻了。

到底谁是这儿的顾客？

两种人，一种是脱了西装，系着领带的白领，还有一种是西装还穿着，领带已经卸了的白领。他们飞跑到这里喝上一杯，透一口气，为了透好气继续回去憋着。他们被生活打垮了。不过，他们所言的垮掉跟矿工或失业钢铁工人的垮掉不一样，他们只是不满意最后的结果罢了。这会儿他们还不想搭火车回家，大概是嫌视野过于清晰了。他们决定等事物的边缘再模糊些，再重返他们原本的世界。

我觉得自在极了，直到喇叭里响起奈尔斯·巴克利（Gnarls Barkley）[1]的《疯狂》（Crazy），我仿佛回到了贝鲁特。我敢确定此刻这酒吧里没人跟我有同感，每次听这歌，我都感觉回到了那里。这不是什么创伤后遗症，没那么严重，只不过有点难过罢了。一种突如其来的混乱。我一听这歌，脑海里就浮现出混合着地中海、欧洲和阿拉伯风格的海滨城市。导弹从地平线上慢悠悠地飞来，飞到机场上空，然后落下爆炸，伴随一声迟到的巨响。空气中弥漫着汽油燃烧的气味。这首歌给我带来的最大震撼在于，它让我想到，在另一个平行宇宙当中，十年前，那个可能成为我酒友的人，现在已经离我如此之远。

我算不上是这儿的常客，也算不上任何酒吧的常客，即便是那些作家常去的酒吧。你要是曾经在那种"作家酒吧"里待上过十分钟，见识过那群愤世嫉俗的臭老头子，你可能发誓这辈子绝对不要当作家。这帮人头发花白，因为喝了太多金酒，都成了酒糟鼻，脾

---

1 英国二人歌唱组合（音乐制作人 Brian Burton 和说唱歌手 Cee-Lo）。Gnarls Barkley 的第一个作品《疯狂》，还未出唱片就仅凭网上下载次数荣登英国歌曲榜榜首，标志着互联网音乐革命的开端。

气暴躁，自命不凡，喜欢哗众取宠地大声说话和发出聒噪的笑声，并且暗地里互相鄙视。尽管我依然崇拜那些厉害的作家的作品，但如果要我同时跟两位或更多的作家出来玩，那就类似于一只羊被关进了老虎笼子，里面全是掉了牙的饿虎。

后来有一次，我去一个地方做新书推广，具体是波特兰、西雅图还是温哥华已经不太记得了。完工后，我跟我住的酒店里的厨师出去喝酒，去的是一间"厨师酒吧"。当时已经很晚了，一个年轻人突然走到我坐的吧台前，对我说道："你根本就不是主厨！"

"你算不上厨师！"他又重复了一遍，鄙视地看了我一眼，双腿摇摇晃晃，不太站得稳。"你都不进厨房了！"

我身边这帮刚刚忙完一天的同伴都略微缩了下身子，有点尴尬。其实他们对我不再下厨这件事倒不是很介意，毕竟我写了《厨室机密》。但是呢，老实说，这个年轻人讲的一点也没错。

这孩子醉了，他生气了。和很多人一样，他们买了我的书，或是从他们的同事那里借来，看得整本书上面都溅满吃的喝的，然后发现被骗了。现在，我是一个异教徒，我背叛了这个孩子，以及所有和他一样的人。我背叛了广大劳动厨师阶级。

看看我，西装革履，代表唯名利是图的浑蛋。

"去你的！"他说，"你都多久没有进过厨房了。别以为你跟我们还是一类人。"此时，我非但不生气（尽管心里有些难过），还想着要给他一个深情的拥抱。如果我再多喝一两杯，我说不定真的会去抱他的。

我的确不下厨了，我已经不是主厨了。那些比曾经的我能干，或者比任何时候的我都能干的主厨和厨师，他们知道这一点，但是不会放在心上。他们不会像这个孩子一样，带着满腔的愤怒和委屈，在酒吧里当面挑衅我。他们会恰当地处理这些情绪，比如说拉我到酒吧，和我干一杯龙舌兰。或者两杯。

这种处理尴尬的方式相对友好，且不伤情面。

反而是那些跟我混得差不多的厨师，对我尤其失望。这些人每天早晨醒来，拖着疲惫的身躯和厌烦透顶的灵魂，来到差不多的饭馆，为差不多讨厌的顾客提供差不多难吃的食物。你闻过老油焦味和烧焦的三文鱼脂肪的味道吗？他们是被那熏大的。

当我拒绝和他喝第三杯龙舌兰时，这孩子终于满意了，他终于证明了我是一个没种的人。这应该是一种胜利吧。

他最终倒在卡座里。他的同伴看着他，眼神里充满了包容和理解。此刻，我依然在反复咀嚼着他说的话。他说的没错。

主厨理想

总有一些年龄各异的人，受到在油锅里滋滋作响的洋葱和焦黄色的猪油的诱惑，或者梦想着有朝一日能够成为"美食频道"上的当红名厨，然后跑来问我是否应该去烹饪学校学习。我通常会深思熟虑后给出一个冗长的合理答案。

不过简而言之的话，就是"不"。

请允许我为你省点儿钱。我在餐饮业混了二十八年，大部分时间算是小领导。我自己是从美国最贵最红的烹饪学校美国烹饪学院（CIA）毕业的，现在还老跑去给各种烹饪学校做访问讲座。在过去九年里，我一路上遇到过许多学生，也听说过许多他们的故事，有人凯旋而归，也有人惘然若失。梦想偶有实现，但多半是以破灭终结。

别误会，我的意思不是说烹饪学校不好。我不是这个意思。我只是想告诉你，上烹饪学校可能稍欠考虑，尤其如果你是一个正常人。

好吧，有的人是踌躇满志，铁了心要上烹饪学校。就算靠学生贷款，背巨额债务，也在所不惜。不过你得知道，大多数借钱给这样的人的机构，都与当地的烹饪学校有一些关系，或者就是你烹饪学校的老师推荐的。我建议你先问问你自己，这个烹饪学校有何过人之处？如果你想上的不是美国烹饪学院、强生威尔士大学或法式烹饪学院（FCI），那你更得花点儿精力去查查这所学校的老底。如果你毕业于高莫县科技学院烹饪艺术系，压根没人会理你。即便是最好的烹饪学校文凭都不能担保一份好工作。如果去上一所不那么好的烹饪学校，那么你还不如用这几年的时间去实实在在地当一个厨师。在这个过程当中积累的经验，比那个破文凭要管用多了。

从头到尾，这行最好的学校都比不上几年实实在在的工作经验。

好吧，就算你已经从烹饪学校毕业了，如果运气好的话，入行以后的头几年，你可以用那十到十二美元的时薪，来偿还那四到六万美元的贷款。就算你运气好上天，受到赏识，被派去欧洲或者纽约的大厨房进修手艺，头几年的时间你也什么都赚不到。如果再算上生活费，你其实是在为这一段经历交学费。

如果你运气足够好，刚一毕业就被诸如西班牙的 Arzak 这类的名餐馆请去当厨师——此事发生的概率是百万分之一——那你上烹饪学校花的时间和金钱就算值了。如果表现出色，等你衣锦还乡之后，你就不需要简历了。如果是这种情况，那么你所付出的时间、金钱和辛勤的劳动算是没有白白浪费。

想上烹饪学校，你最好是个富二代，或者存款丰厚。否则一毕业，口袋空空等于四面楚歌。你要是想在欧洲或纽约再分文不挣地学两年手艺，根本就是胡思乱想。当务之急，你得赚钱。想赚钱，就管他老板是谁，有钱便是娘。问题是，一旦上了这艘贼船，便休想再下来。你毕业之后钱挣得越多，就越逃不掉。伟大的厨神理想？劝你还是早点忘了吧。你若想在厨师界混出一点儿名堂，收入稳定的苹果蜂（Applebee's）工作经历，就不能填上简历。乡村俱乐部？酒店厨房？这些地方很欢迎应届毕业生，而且工作体面又稳定，工时合理，条件优厚，还能提供可观的健康保险和福利，日子相当好过。不过这买卖跟加入黑帮有点像。你一旦踏入了制度的温暖怀抱，就再也出不来了。所谓上船容易下船难。

如果你想知道这是怎么回事，去美食节美酒节，或者是任何厨师下班之后经常聚集的地方看看就行了。要像偷窥野生动物一样仔细观察他们，留意人群中的酒店和乡村俱乐部厨师。当他们上前向其他人自我介绍时，注意人们那迟疑和不屑的眼神。通常，酒店和乡村俱乐部厨师会被冷落一旁，不被主流厨师圈子所接受。他们生活安逸，也因此名望有限，不受尊敬。

当然，你也可以选择在毕业后当"私人主厨"。不过，在圈内人眼里，"私人"和"主厨"两个词根本就不能放在一起说。对真正的主厨来说，"私人主厨"这个概念根本不存在。"私人主厨"其实就是佣人的代名词。说难听点儿就是一个管家，在食物链中大概介于"美食造型师"和"顾问"两种头衔之间。是那帮在烹饪文凭上花掉了一大笔钱、又发现在现实世界当中无法胜任这份工作的人的最终归宿。

你多大了？

这点除了我，没人会告诉你。如果你三十二岁了，还在考虑去当职业厨师，又不确定自己是不是已经太老了。

那请让我来告诉你：

对。你已经太老了。

这把年纪还想着花钱去烹饪学校念书，你最好纯粹是出于爱好。言下之意，爱好是没有回报的。

等你从学校毕业，就已经三十四岁，即便你是牛逼的爱斯克菲（Auguste Escoffier）[1]，你也没几年时间可以在真枪实弹的厨室里磨炼了。而且，前提还是你运气够好能找到工作。

三十四岁，你几乎就是其他厨师们的爷爷奶奶了。那些年轻人必然比你手脚灵活、形体矫健。多数情况下，那个比你年轻的主厨，也会对你虎视眈眈。经验告诉他，年纪大的厨子总是碍手碍脚，拒绝服从后生，行动缓慢，怨天尤人，容易受伤，经常请病假，还会有家庭的拖累和工作之外的职责需要承担。厨房中的部队只有紧密地抱成一团才能发挥得好，他们就像一支历经长途巡演后配合默契的摇滚乐队。一个三十四岁的人，拿着自己的刀具包和简历出现在招聘现场，别人想当然觉得你不能融入团队，只有性格仁慈的傻子，才会对你寄予希望冒险用你。事实很残酷，没错，但这行就是这样。

我做主厨是不是太胖了？这是你得问自己的另一个问题。

在你被烹饪学校录取的时候，没有人会提醒你这个问题。这是他们的不是。你身高五英尺七英寸[2]，体重二百五十磅[3]，但这不影响你交学费，所以他们不会说你可能找不到工作——尤其是在一个繁忙的厨房。厨师一半的工作量就是端着盛满食物的脏碗箱，在楼梯上飞快地跑上跑下，或者在一个矮门冰柜前做上百次深度屈膝。这些事，主厨们都知道。运气好呢，可能只需要干几年；运气差点儿呢，可能要一直干到退休。在极度高温和潮湿的环境里，即便是年轻精壮的厨师都可能累得喘不过气。另外，还有个特别现实的问题。

---

1 法国名厨，被誉为二十世纪末现代餐馆烹饪术的奠基人。

2 约一米七零。

3 约一百十三公斤。

厨房工作区域通常又挤又窄，其他厨师能从你的肥臀后方自如穿行吗？我不过随便说说，所有聘人的老板也会这样考虑，你逃不掉。

如果你对自己的体重没有信心，那么很可能你确实胖了。在漫长而辉煌的职业生涯当中，你也可能会变得更胖。不过一开始就太胖的话，那这条路就难走了。

你要是想用那句"千万别信任一个瘦厨子"聊以自慰，我告诉你，千万别。因为这根本是句傻话。随便看看那些高端餐馆的厨师阵容，有哪个不是单薄精干，眼圈发黑，跟一群没休息好的小猎犬似的？他们看起来像日本战俘集中营里的逃犯，工作起来却像美国陆军特种部队。

如果你身体欠佳，那除非你要当西点师，否则日子会很难过。背不好？平脚？有呼吸问题？有湿疹？高中起就有膝盖伤？如果要去厨房工作的话，你就等着它们变得更严重吧。

男人、女人、同性恋、直人、合法、不合法、哪国人，这些问题根本无人关心。你会煎蛋就来，不会煎蛋就滚。倘若不能三小时内煎五百个蛋，那就即刻卷铺盖回家。厨房无戏言。厨房也许是最后一个任人唯贤的地方。有才能、有理想，在哪儿都受欢迎，但如果你太老、身材走形、对自己的未来不太确定的话，那你的位置只管难保。你会像入侵到大型有机体中的细菌一样，被自然抗体轻松驱除或消灭。就是这样，且永远如此。

最理想的入行方式，是直接一头扎进泳池的深水区。在申请学生贷款和烹饪学校之前，建议你先去看看自己是什么料。千万不要怕麻烦。

你喜欢挥汗如雨、手忙脚乱、无休止的压力和闹剧、低薪无福利、不平等待遇和做无用功吗？你对割伤、烧伤以及各种身心危害习以为常吗？你对正常作息或正常生活毫无留恋吗？

还是你其实是一个正常人？

你要先确定这些问题的答案，省的发现晚了，亡羊补牢为时已晚。我建议你先去忙活的厨房做做义工。苹果蜂、星期五餐厅（T.G.I. Friday's）或者随便什么老牌餐馆都会要你。只要有馆子愿意放你这个什么都不会做的傻叉进他们的厨房，毫不留情地折磨你，都是可以去的。洗碗盘、配餐、跑腿儿做小三子，过完六个月做牛做马的日子，你要是还对餐饮业有好感，觉得自己可以在这行有所作为，那好吧，欢迎你。

既然你本就是个一团糟的烂人，留在正常人的世界也寻不到开心，那你可以考虑下烹饪学校。如果有可能，尽量上最好的学校，至少确保毕业时基本功已经到手（了解知识、熟悉技能）。"brunoise"[1]的意思，你已经懂了，用不着厨师费劲儿解释半天。这是上过学的人比较明显的优势。如果他们在厨房的另一头大喊"去炖羊颈"，你也不会一头雾水，而且你还懂得破开鸡身、打开生蚝、煎鱼的奥秘。虽然知道这些并非绝对必要，不过知道总比不知道好。

从学校毕业后，你得尽量去最好的厨房工作，不要怕辛苦和加班，并且离家越远越好。这段经历对前途至关重要。我就是在那时候荒废的。

我从烹饪学校出来后，以为世界是我的掌中之物。我自以为找了份高薪工作——以当时的标准，日子确实也算是过得滋润。同事们都是朋友，我们整天混在一起，一起找乐子，一起偷懒。总之，我当时觉得自己既有天赋又很优秀。

1　切小方块。

而我其实既没有天赋，也算不上优秀。

我漫不经心，不假思索地认为，与其劳时费力找工作，能在二三流甚至四流的餐馆永远混下去，实属天赐良机。谁知道这是条不归路。你的胃口像个无底洞，我指那种能用钱填满的胃口。随着年纪越大，钱只能越挣越多。你再也没机会干别的了。

转眼之间十年过去了。我那个简历，客气点说，叫平淡无奇，说难听点，就是碌碌无为、一事无成。总之，我无能的程度令人发指。跟我的那些朋友们比比就知道了，最简单的事实，我干不了他们的活儿，没那手艺，差远了，可能都上不了手，更别提施展厨艺了。而且这差距，再没机会弥补。这事儿，都让我悔青了肠子。当然，我也有所谓好的工作习惯，但那离罗比雄（Jon Robuchon）[1] 要求的厨师纪律也是相距十万八千里。是我离开烹饪学校后错误的决定，害我如今后悔莫及。

我当时年纪还轻，但与我失之交臂的，是主厨的一整个光辉生涯。我当时的选择决定了我后来近二十年的人生走向。要不是我莫名其妙鬼使神差地写了本《厨室机密》，现在五十三岁的我大概还守着一个不知名的二流餐馆的烤炉，背负一堆欠付税单，没上过保险、长着一口烂牙，负债累累，纠结着自己越来越不值钱的身价吧。

如果你今天二十二岁，身体健康还笃信好学，那我建议你去周游世界，越远越好，就算打地铺也在所不惜。看看世界上其他人的生活方式。到哪儿都学学当地人。就算钱再少，也要去最好的餐馆工作——如果他们能要你的话。总之要竭尽所能虚张声势制造机会，坚持下去，因为再伟大的厨房都可能需要帮手。我有个三星米

1　著名法式料理主厨，L'Atelier 的老板。

其林厨师朋友，接连好几个月都收到一个孩子申请来工作的传真。我朋友当然每次都回答"不"，但最后，他终于崩溃了，被这孩子不屈不挠的强大意志所征服。在人生的那个节骨眼上，借钱去旅游，去混点高级厨房的工作经验，比为了一个文凭而去借学生贷款值多了。烹饪学位固然有用，但价值有限。你要是能在 Mugaritz 餐厅或 L'Arpège 餐厅或 Arzak 餐厅待上一年，你的人生就此翻天覆地——从此之后平步青云，想去哪儿工作都行。大厨们彼此都熟，搞定一个，就等于搞定一批。

但是话说回来，要是你真有了这个机会，可千万别搞砸了。

还是这句话，大厨们彼此都熟。

不过，我顺便重复一下，以上这些事我都没干过。

老实说，每次在书店见到《厨室机密》的年轻粉丝，我都略带惆怅。此书见证了他们最糟糕的天性。我是过来人。他们喜欢我，我也挺高兴。

不过，如果读者像书里的我那样，是事业已经走下坡路的无名厨师或者熟练工，那我就更加安心一些。他们体会过厨师工作中的高低贵贱、折磨与荒谬，懂得切肉板与面粉袋之间的性暗示，体验过深更半夜抽上的那一小口可卡因，也见识过繁忙切菜间里的同志之爱。读着这书，他们会开始怀旧，略带悔恨地回望他们业已失败的职业生涯。即便无补于事，我写书的初衷是为了他们。

不过，我真担心那些正如雨后春笋般崛起的烹饪学校学生，个个身负华丽丽的文身和穿刺。我可不想让他们误会我。

我可不认为《厨室机密》鼓吹过可卡因和海洛因。既然书中写了许多痛苦、蒙羞、屎滚尿流的破事，那就显然是在强调吸毒的负面效果。但奇怪的是，在签售会上，我经常于不经意间收到一些意外的礼物。要么是一小包神秘的白色粉末，要么是一捆海洛因，或者是卷得鼓鼓囊囊的掺有当地迷幻药的香烟。它们不是被强行塞进我的手掌，就是顺势丢在我的口袋里。这些嘛，当然都被我扔进垃圾桶，或交给媒体陪同了。给我白粉的人，估计是欺负我毒瘾还没有戒干净。给我大麻的人，估计是想要让我一丝不挂地在芝加哥的国道主路上裸奔，头上套着一个用猎犬皮做的头盔，遮住大半张脸。然后我就可以上 TMZ[1] 头条了。

下班后抽根大麻，确实是个不错的选择。但如果你是个前途无量的年轻厨师，在丹尼尔（Daniel）餐馆[2] 干活，那你可最好别在午休间隙偷偷抽大麻。你要是觉得抽点大麻能让你干活时的反应更迅速，那真是恭喜，你太天才了！如果你跟我一样是芸芸众生，那等你抽完大麻，就基本上只剩嚼着 QQ 糖、看一集重播的《辛普森一家》的力气了。

不过，如果你要是在 Chili's 热早餐墨西哥卷，或在草泥马的随便什么快餐店炸通心粉的话，那工作时来根大麻也许是不错的。

用药物和酒精来治疗绝望，历史源远流长。不过，我依然建议你先认真分析分析，你的情况有多糟糕，有多无可救药。变成一个酒鬼或者瘾君子之前，你最好先想清楚，今生还有没有想要实现的愿望。

我已经二十年没碰海洛因了，我也很久没有对着窗外叽叽喳喳的小鸟止不住地流汗磨牙了。

吸上毒以后，你这辈子除了戒毒，可能就没其他什么事儿了。

1　美国著名八卦娱乐网站。

2　丹尼尔·布鲁德旗下的米其林三星餐厅。

吸毒的人分两种，想戒的和不想的。

我吸毒那会儿，也还残存着些理想，但我一吸上，就全无杂念了，除了再来一克还是再来一克，我的钱和时间都被毒品所耗尽。任何想做的事情都无从谈起。每天除了毒品还是毒品。

我对所谓"吸毒成瘾"这种说法持怀疑态度。我就从没把海洛因和可卡因当成"病"。这只是一个不太明智的选择。我把自己毁了，不过，我及时自保。

我这不是在说教。我的意思是，我可能挺走运的。

但好运气可不是一种商业模式。

美德

毋庸置疑，我们应该尽量多地在家做饭吃。越多越好。

它便宜，比外卖或餐馆健康，还有助于社会和谐。

众所周知，在家吃饭与社会问题呈负相关。简单来说，一个人如果能更多地同家人共进晚餐，就较少可能流连于酒吧、服用兴奋剂、生出毒瘾小孩、自杀或者拍成人电影。如果小蒂姆[1]能多吃上几口妈妈做的烘肉卷，他可能就不会变成专吃同伴的变态小怪物了。好吧，我又跑题了。

我是想说，掌握一定的烹饪技巧应该被定为一种基本美德，并从基础教育开始普及。它应该成为一种新的国民价值观。在肯尼迪时代，美国国家体育委员会推广体育运动，让老师、同学以及全社会都认为，健康的体魄是每个孩子必备的美德。体格强壮确实是必需的，同样，烹饪技术也是必需的。我们应该对孩子有更严格的要求。烹饪就是他们进步的空间。

---

1 小蒂姆是著名卡通片《布偶历险记》中的小怪物。

鼓励孩子学烹饪，但不要逼太紧，因为这样可能会导致相反的效果。如果孩子跟不上，也不要耻笑或贬损他。

　　我不鼓励人们去欺负那些不会烧饭的孩子，或者用硕大的橡胶球砸他们，直到他们号啕大哭为止。这种老套的惩罚，是我那个时代处理"笨小孩"用的。

　　不过我真觉得掌握基本的烹饪技能是一种美德。这让你有能力喂饱自己和他人的肚子。这种基本技能有必要教给所有的青年男女，就跟让他们在成长中学会自己擦屁股、过马路和花钱一样重要。

　　中世纪的少女和少妇，会受到社会的压力，成为家庭经济阶级的主力。她们深信烹饪是她们最基本的公民技能。总之，她们坚信自己的价值将在扮演合格的家庭主妇时得到体现。后来，当她们渐渐有了疑问，"凭什么是我不是他"，于是，烹饪教育体制也开始随之终结。凭什么烹饪是女性专属的美德？女性开始讨厌自己被塑造成厨师的形象。她们拒绝服从。"家政"就是女权运动的产物。烹饪变成了屈服的象征，变得跟时代格格不入。懂得厨艺或者对此乐此不疲变成了丢人的事儿。新时代的年轻女性认为那是女性被奴役的象征。男人就更不可能蹚这档子浑水，因为下厨等同于"娘们儿"。

　　总而言之，二十世纪六十年代以后，就基本没人下厨了。就像戈登·拉姆齐后来说的那样，从那以后，就没人再记得下厨是怎么回事了。

　　也许我们已经错过历史上的黄金窗口期。当年，当女人开始反抗自己的社会角色时，我们其实应该把男人们拉上马，让男人一起来学烹饪，而不是关闭专为年轻女性而设的烹饪课程。

　　不过现在开始也不晚。

　　烹饪，应该像马术和剑术一样，成为男人的运动，成为所有绅士的必修课。

也许在将来，不会烤鸡的小孩会被认为是"笨小孩"（虽然不能因为他搞砸了黄油白沙司就拿球砸他）。我们应该设置一些简单的学前训练，辅之以温和而持久的压力。两者共同作用下，每个高中毕业的少男少女都至少能搞出点吃的。

上大学时，生活费总是不够我们吃顿好的。如果谁能给朋友们弄顿像样的饭菜，就很帅了。每个人都应该有几道拿手菜，至少可以用来招待室友。

人们会认为下厨很酷。所以，"不下厨"就有问题了，虽然还不至于遭到体罚，但问题很严重。

让我先为烹饪这项美德设定一些基本要素。

让我来告诉年轻人们，胜任烹饪的要诀。

想要显得多才多艺又深沉有趣，你必须掌握几项必备的技术，学会几道简单的料理。在那个其乐融融、熠熠生辉的假想世界当中，所有人都掌握的行厨必备技能包括什么呢？

首先，他们要学习切洋葱。基本的刀功必不可缺。干不了这个，就没戏唱了，就跟在垃圾堆里找到个罐头，但没开罐器一样。白搭。万事都得先跟这个锋利的小玩意打交道，这是基本功。要领大同小异。总结起来，不外乎四个字——不能见血。具体而言，刀功包括握刀、磨刀、保养刀，外加基本的切丁、切片和剁肉功夫。没什么特别的，跟西西里大妈的娴熟度看齐就是。

煎蛋是每个人的入门菜，因为这是每天的第一顿饭。煎蛋的过程，不仅培养技术，而且还能塑造性格。在习得煎蛋技术的过程中，一个人必将同时变得温柔：因为你得具备一定的敏感度，才可能察觉平底锅里的动静，从而采取相应的行动。

很久以来，我都相信，一个不会煎蛋的人无权跟人上床。煎蛋无疑是造福全世界的文明礼仪。所以煎蛋技术跟性爱技巧必须两手同时抓。也许，有关初夜一事应该有一条不成文的规定，事后，那个性经验更丰富的伴侣应该为那啥的另一半做个煎蛋，在这个理应令人终生难忘的时刻，同时传授煎蛋技巧。

此外，烤鸡也是一道必修课，而且必须烤得地道。

根据目前糟糕的野外烧烤水平，必须优先指导正确的烤牛排方法。糟糕的牛排烹饪，已经蹂躏了一代又一代的美国人。没理由再让糟蹋牛排的传统在厨房和野外世代相传。

每一位享有选举权的公民，也理应掌握把蔬菜煮到正好的简单技能。这样的要求一点也不过分。

口味适中的油醋汁，每个人都应该会调。

购买新鲜食材的能力，对当季食品的知识以及学会辨别成熟或腐烂的食物，我看必须跟考驾照这件事同期培养。

挑选一条新鲜的鱼，将其清理完并做成鱼柳，是脑残都该会的基本生存技能。

蒸龙虾、蒸蟹、煮淡菜、煮蛤蚌，连一只相对聪明的黑猩猩都能轻而易举学会，人怎么可以不会？

每个公民都应该知道如何把一块肉扔到烤炉里，且在不用温度计的前提下，把它烤成不至于太离谱的样子。

烧熟并捣匀土豆也是必学的。至于米饭，不仅要学会蒸熟，还要会做稍难一点的肉饭。

炖菜的基本原理，也很简单。一旦学会法式红酒炖牛肉，你也离无数其他料理不远了。

学会用骨头（换句话说，就是囤货）做一些简单的汤，有效利用剩菜，是每个人人生某一阶段必修的节俭课。我看就这件事，还是赶早比较好。

我鼓励大家准备一桌独一无二的菜。找几道喜欢的菜，多加练习，直到满意为止。人们可以通过烹饪怀念过去，畅想未来。每个人都能有自己的拿手菜。

这样有什么不好吗？我找不到反对的理由。所以，让我们勇往直前吧！

恐惧

得知消息的时候，我就知道大事不妙了。史蒂夫·汉森[1]（Steve Hanson）毫无征兆，突然宣布要关掉名下的 Fiamma 餐馆。好几个月收成不好确实是事实，但《纽约时报》最近刚评了个热情奔放的三星大奖给他们；主厨法比奥·特拉波齐（Fabio Trabocchi）也大受关注，许多美食博客和媒体都给出了一致好评。这些事就刚刚发生在圣诞前。无论何时，想找几个继续支撑下去的乐观理由，应该都不算难。但今年是个例外。汉森查完账，看了看大数，迅速且艰难地展望了下未来，就不高兴了。一个星期之内，他把 Fiamma 和时代广场的 Ruby Foo 两家店全关了。

要说史蒂夫·汉森的餐馆，恐怕没人敢指责其愚蠢。邪恶？也许吧，但也比较勉强。就连他的对头都佩服他的脑子。如果他选择在这节骨眼上，我指放假前，把榔头砸向他旗下最受人瞩目、粉丝如潮的餐馆，那问题就有点严重了。这是个警告的标志。这个标志

1　B.R. Guest 餐饮集团创始人兼总裁。

在经验丰富的餐饮圈内人眼里，不止不寒而栗，甚至比地狱还糟了一大截。

餐饮业跟梦想、妄想、盲目和征兆息息相关。在这行混的，不管是勤杂工还是老板，每个人都想弄明白，为什么今天生意特别好，为什么不是昨天？每个人都绞尽脑汁，想搞清楚其中的秘密。目的呢，则是要未卜先知、未雨绸缪、主动出击。

2008年是可怕的一年，拉丁人称之为"多灾之年"。股票市场一出事，退休基金一文不值，富人的钱包瞬间缩水，高级白领瞬间失业，出头鸟全都被瞄准了。几千位过去揣着大把现金、喜欢充老大的哥们儿，转眼之间人间蒸发，且可能从此金盆洗手。这帮过去吵吵闹闹、睾丸激素过度的黑幕股票持有者，这些高级料理买卖的支柱，一瞬间销声匿迹。一夜之间，街区里的生意跌了30%，这个数字还是保守估计。如果你去问主厨，他们可不会承认。他们会满不在乎地说，最多跌了15%到18%，几个老实点的，可能勉强承认跌了超过30%，但他们会坚持说，没必要大惊小怪，过阵子就好了。事实上，如果我们去考察餐饮界的历史，就会发现，面对恐惧的态度很重要。承认糟糕的状况，本身就是噩运的象征。公开承认下滑的事实，就像乌鸦嘴，只会让事情更糟。恐惧一旦传播开来，投资人就要担忧了。顾客嘛，就更不敢来了。

不过，事实还要更糟。

城里的高档餐厅生意下滑是事实，但还看丢的是哪部分收入。同样是一晚上进账两万美元，这两万美元也有不同的赚法。我告诉你，这会儿丢的是那个一晚上消费两万美元的客人，那钱可不是用来买吃的。这件事，一般人不会告诉你。高级料理餐厅，也就是那

73

些服务精细、经常变换鲜花布置、设有主厨专桌[1]和私人会客室的馆子，它们的利润，往往都依赖于大客户。这些大客户喜欢花几百美元吃饭，再点个上万块的酒。因为酒基本不需要劳力或设备成本，所以利润率超高。虽然食物看上去定价高昂，但即便在生意兴隆的时候，食物的利润率，也极其微薄。那些最好的食材价值连城，能够搞定这些食材的人物的人工费也价格不菲。等这些食材被切好、煮好、加好调料、加点装饰，跟一些面包、白脱和一整套服务端上桌时，就基本没什么钱可赚了。

许多纽约精致餐馆的店儿，都得靠那几个酒鬼救济。几年前在Veritas，有人跟我说过个事儿，有位老兄成天混迹于各种酒吧，每个月光吹瓶子可以花掉六万五千美元，还喜欢一边喝，一边跟其他陌生酒鬼大谈品位。这种顾客，可以让主厨用松露时出手大方一些。

华尔街出的事儿还有个负面影响。这说出来也许不太体面。餐馆利润的稳定来源，除了普通消费者，还有一部分就是公款吃喝。各种单位组织都需要找地方来挥霍掉自己的公款。每天都有成百上千万美元需要被低调地花掉。否则，让银行家或者经纪人到外面花天酒地，多有碍观瞻。所以，这个安排天衣无缝，可谓一个愿打一个愿挨，而这些大爷们的点单，又向来是厨房人员的最轻松的活儿，三下两下就可以端上桌来。让餐馆可以用最低的劳力赚取最高昂的利润。这种关系，简直是高端餐馆手里的常胜令牌。若是在节假日期间，就意味着百万美元的利润多数都是靠卖酒赚来的。这钱来的跟不劳而获一样。虽然你在餐厅的大堂里看不出来，虽然没有几家馆子愿意公开地承认，但越来越多的馆子其实从开业之初就是冲着

---

[1]　一个设在厨房里的专用桌，由主厨亲自下厨款待 VIP 客人。

公款吃喝这笔钱来的。要是缺了公款消费这块，它们根本无法生存。

客人还因为在这样的高档餐馆就餐被报纸说三道四。这可不是什么好苗头。持股者一看公司账面收益一般，而高层却在 Daniel 吃着公款松露大餐，那不就是债务纠纷的前奏吗？CEO 们被指控乘坐私人飞机，恣意挥霍红利，此刻正忙着在国会议员面前焦头烂额地推脱责任。他们肯定不想再去 MASA[1] 吃饭，自找麻烦了。

这就是恐惧。

一眨眼之间，世道变了。这些餐馆原本根深蒂固、仿佛从创世纪之初便已如此的桀骜不驯的作风态度，突然来了个一百八十度大转。

无论你到哪儿，人们都好像反常地……礼貌起来。

门口的那根"止步"红绳，销声匿迹。

上周，老板娘还用惯常的漠视的眼神无视你，这会儿突然待你如挚爱的姥姥：辛苦迁就，殷勤地取悦你巴结你。原本永远无人接听的电话，如今响一下就来人了。一种近乎绝望的礼仪，取代了刻意做作的轻视。本来根本订不到的桌位，这下唾手可得。

连散客也能得到款待了。这等处心积虑，当然不是无私的，你最好在埋单的时候有所回报。

过去，没位子就是没位子，现在变成了"真抱歉，我们今天招待不了你，但是，下周四你看如何？"原本休想在餐厅，更别提厨房见到的主厨大人，不知怎的，全来报到了，有时居然还亲自下厨。

汤姆·科利基奥（Tom Colicchio）[2] 出手很快，力图主动控制局面。利用自己电视名人的资本，他很快在自己的餐厅 Craft 推出了

1　位于纽约时代华纳中心的日式餐厅，要价奇贵。

2　《顶级厨师》等选秀节目的主评审，旗下拥有 Craft 系列餐厅。

一个"周二汤姆特别活动"。其实不过是他自己站店儿，外加再弄了个特别菜单。

按半份出售的特色菜，还有自选单点菜，这种待遇，过去想也别想。很快，Per Se餐厅[1]也推出了"为所欲为"点菜服务。你可以抛开菜单，在吧台的等候区，根据个人喜好，随便下单。过去，你只能从厨师菜单上的几套菜中任选一套，而且也仅限在就餐区域。菜价跌了，特色菜也不值钱了，求怪求新是更不想了。"买一送一""获赠红酒一瓶""半价"甚至是"早晚餐"这种话都打到菜单、广告和网站上了。连炸鸡等经典家常菜也粉墨登场了。平时，你可别指望花这点钱在这儿吃饭。

不过，现在是非常时期，大家心照不宣。

高级餐厅的贵客，几夜之间资产缩水一半，出手自然不可能像过去一样潇洒。当然，我也不是说，高级料理业就此穷途末路。毕竟总有人愿意花大价钱吃好东西。但餐馆很快意识到，这个人群将急剧萎缩。

"我也许有钱吃白松露意大利宽面，"一个假想中的顾客说，"不过杀了我，我也不愿意付那些花饰的钱！"

缺口得有人补上，这些人就是普通老百姓。当务之急，是讨好老百姓，至少装得客气点。

"质量为王"是这场大萧条带来的崭新信念。人们越来越不可能为"狗屎"埋单了。金融危机一来，一掷千金、招摇过市吃不开了。于是，Momofuku和L'Atelier[2]这类休闲料理开始风生水起（其实它

1　Thomas Keller 旗下的米其林三星餐厅。

2　罗比雄麾下的米其林二星餐厅。

们开了有一段时间了），与此同时，一些蛰伏着的神秘力量开始上蹿下跳。聪明脑袋都想做乱世英雄，乱中取胜。

一时间，有多少餐馆倒闭，就有更多新餐厅开张。许多餐饮业的支持者会说，有那么多新开的餐厅，说明世道还不是很糟啊。问题是，这些新开的餐馆有几家能撑到年末？能有两家吗？

世道糟透了，每个人都诚惶诚恐，好日子要到头了。就在这时，克里斯·卡农（Chris Cannon）和迈克·怀特（Michael White）两人逆流而上，在中央公园南面开了家富丽堂皇的 Marea。整个餐馆华丽得离谱。菜价呢，没得说，四星级水平，超贵。不过，酒水却很便宜。他们别出心裁，把心思放在价位适中、不太有名的意大利当地好酒上。在 Marea，你的确得为晚餐一掷千金，但酒钱是实打实的。这样一来，你花的钱倒是更有所值了。

原材料进价不断标高，顾客口袋又越来越瘪，厨师进退两难。菜价一降，连三文鱼或菲力牛排这种传统"必点"菜，都赚不到钱了。顾客一边仍不依不饶地要吃有机菜、绿色食物，一边还想让价格再便宜点。

大卫·张在《时尚先生》（Esquire）上写了篇文章，说餐饮行业将会出现一种不可阻挡的新趋势。未来餐桌上的蛋白质、蔬菜和淀粉的比例将越来越亚洲化。大家都开始吃颈部、肩部和小腿这类精瘦部位。不仅如此，肉的消费总量也会下降。肉和骨头在未来烹饪中的作用，更多是用来增色增味，而不是作为主料。这也不是件坏事，至少菜价能降下来，同时还逼迫大厨创新，减少杀戮或使用大肉。总之，对一个国民日趋肥硕的国家来说，这种变化有益无害。

大卫的意思是，这个餐饮行业的非常时期，反倒把我们推上了正途。这条路我们本来就应该走，不过就是没找到方向。

勒紧裤腰带算不上好事，但这至少说明你减肥成功了。

对许多厨师来说，"正途"绝对是意外收获，他们等这天都等了数十年了。谁喜欢每天卖三文鱼、比目鱼或鲷鱼？这太无聊了。厨师们喜欢小巧、骨感、蕴含更多鱼油的鱼。厨师们喜欢这样的鱼，不是因为它们便宜，而是因为它们能做出更好的味道。所以，现在是时候出击了。每个厨师都想说服老板把马鲛鱼或竹荚鱼（当我没说）弄上菜单。这会儿，他们正吵得不可开交：卖三文鱼是肯定亏本的，现在是黎明前的黑暗。

还有，别忘了呼唤一下炖牛肩、牛后腿和侧腹牛排。

哦，还有一件事。那些被投资银行解雇的小青年，也要重新找地方吃饭了。乔纳森·高尔德（Jonathan Gold）[1]说话句句在理（除了他为 Oki Dog 餐厅说的好话）。他在《洛杉矶时报》2009 年年度盘点上说，"去年洛杉矶地区新开的高档餐厅比过去五年还多"，尽管如此，"餐饮业正在发生根本上的质变"。

"变化首当其冲来自青年文化。食物悄无声息地取代了摇滚，变成个人主义、愤怒和强烈政治性的代名词。"高尔德说，带有闪客文化特色的移动餐饮服务开始流行起来，比如那个随时在推特（Twitter）上更新所在地的科吉烧烤车（kogi truck）[2]。街头食品被赋予了嬉皮精神，它们象征了非主流、地道和极致。一个有着文艺青年的理想但又收入不高的年轻人，更愿意在法拉盛（Flushing）中国购物城的地下室里，寻找一个只有电话亭大小的老虎面摊位。这会更符合他的价值取向。

---

1 《洛杉矶周刊》美食评论家。

2 一种售卖韩国风味的墨西哥烧烤的流动卡车。

这，根本不是非主流，这很自然，不管你看不看得惯。我希望，在这次金融危机当中，最先消失的是狗屎。钱，我们也许有点缺，但狗屎我们永远都不缺，大把大把的。

　　当然，这次变革，并不会、也不应该把所有旧的事物全盘推翻。如果这算是一场"运动"，它将不同于之前所有的运动。它将把事物朝着不同的、甚至是截然相反的方向推动。它会把曾经铁板一块的餐饮市场，推向细分化，类似于之前发生在电视观众、音乐产业、印刷媒体等各种产业当中的市场细分过程。我希望餐饮行业能够更好更迅速地应对这一变化，而不是像媒体界一样，最终又形成几个垄断团体。当然，我们别无他法。

　　金融危机之后的几个月里，餐馆倒的倒，剩下的也都节衣缩食。糖果和快餐的销量则节节攀升。这可不是好事。恐惧和怀疑使人们重投旧口味的怀抱。对垃圾食品的偏好，是美国人"口欲期"就开始的冲动。那些廉价的熟悉的食品，过了这么多年，甚至连包装都没换过。至少 Twizzlers 一点没变。麦当劳和肯德基也还在那里，真不知道它们会开到何年何月。

　　许多人又要开始自己下厨了。自己下厨多好啊，省钱自不用说，还能消磨时间。既然他们不用工作了，那闲着也是闲着，不如下厨做饭。

　　如果真能因祸得福，我希望能多开点亚洲风格的大排档。这种东西在美国实在太低调了。几十个摊位围拢成一个市场，每个摊位都有一两个名菜，便宜实惠。市场中间摆点桌子椅子，就是一个大排档了。什么时候，我们那些精明又有公德心的投资者（也许再借助一下当地政府官员的支持）才能弄几个停车场大小的地方（最好在商业区周围），让那些来自五湖四海的小贩们把这个大排档给捣鼓起来？拼桌，多好啊，就像传统的快餐中心那样！美国有那么多亚洲和拉美移民，为什么不能搞大排档？就像香港、新加坡和吉隆坡那儿一样，像河内或西贡的"美食街"也行，或者弄点墨西哥城的露天"湿"玉米卷和薄饼摊也好啊！

食品准备区可以是封闭的，就像在新加坡那样，这样食物装卸和卫生问题就迎刃而解了。新加坡是全世界最事儿妈的政府，什么都要管，但它的排档文化不照样生机勃勃?!

被压榨得没时间吃饭的白领、预算不足的蓝领、中午只休息一小时的警察，以及收入各异的吃货，都能在大排档各取所需。这里货真价实、新鲜、种类丰富还便宜，要什么有什么。真希望我这说的不是一句梦话。

那高级料理店还有人去吗？谁知道呢。一句话，是金子肯定会发光，顶尖高级料理不会因此而全盘崩塌彻底消失。就如埃里克·里佩尔（Eric Ripert）[1] 所说，爱马仕（Hermes）的市场永远在那儿。那些顶尖行家费时费力做出来的好东西，总会有人愿意埋单。但是其他的呢？那些质量一般却卖得很贵的料理呢？想想吧，十年以后，谁还会记得餐饮界的范思哲（Versace）们呢？

戈登·拉姆齐的例子也许挺有指导意义。拉姆齐过去几年混得人五人六，电视节目挺出名，又是个米其林厨师。仗着这些资本，他在全球开了十二家餐厅，但是全部亏本，最后险些破产。

事实证明，那些把拉斯维加斯当作未来"B计划"的厨师，也都失望而归。那地方早就人走茶凉了。

后来，他们又把迪拜看成新的瓦尔哈拉殿堂，结果发现那里只

---

1 法国厨师，海鲜餐厅 Le Bernardin 主厨。

是个空旷的建筑工地。金融天才得学学小老板们的敏锐嗅觉。他们的确建了许多房子，也卖掉不少地，但却没人真的往里住。顺便说一句，那里根本就是个沙漠。厨师们不可能指望在那里空手套白狼。别忘了餐厅最原始的经营模式，那就是卖好吃的给爱吃的人。

如果你想要寻找预警信号，寻找煤矿里的金丝雀[1]，那麻烦你先看看迈阿密的情况吧。那里有掷金百万美元改造的枫丹白露酒店及其附属产业（包括 Scarpetta 餐馆）。那里还有一直以来为高级餐馆提供着主要收入来源的酒吧和豪华卡座。但这一切在未来的一段时间里可能会有大的变化。迈阿密的酒吧向来以卖酒出名，二十美元一瓶的伏特加到这儿摇身一变，售价五百美元（附加值不过是一张座位而已）。这种以傻逼为导向的经济模式还能生存多久，是值得怀疑的。当然，傻逼年年有。不过问题是，到底这些愿意把钱花在一文不值的服务上的有钱傻逼还能支撑这个行业多长时间，这是我所担心的问题。任何一个以豪华酒吧卡座为卖点的餐馆都会面临这样的问题。

因为，用同样这点钱，他们完全可以在家里喝个痛快，而不需要来酒吧花这个冤枉钱。

我只是不希望，人们今后晚上的活动，会变成买上一加仑沃尔夫史密特（Wolfschmidt）或一大箱红酒，缩在家里，看电视上的人下厨，做那些自己永远都不会做的菜。

不过，换句话说，电视烹饪节目总是有市场的。

---

1 金丝雀会比矿工先觉察到矿道里的瓦斯泄漏，给矿工逃走或提前采取保护措施赢得时间。

欲望

你的一笑，万物含情。

——Lou Reed, "Sweet Jane" [1]

（最经典的慢速版本）

圣诞节又到了。被无数盏灯照亮的河内索菲特广场酒店，看起来更像是一座游乐园。院子里的游泳池旁，有一株很高的白色圣诞树，上面挂满了红色装饰球。那些装饰门面的棕榈树上全是晃得人睁不开眼的小灯泡。我靠在藤椅上，喝着第二杯金汤力，想着要不要再来一杯。这种生活可能会让大多数人艳羡不已，但是此时此刻，我却只为自己感到惋惜。熏香的气味弥散在空气里，又被头顶上缓缓旋转的风扇吹散：这味道甜得发腻，正好符合我此刻复杂的感受——既有隐隐的头痛，也有强烈的快感。

---

1 美国著名摇滚音乐人，地下丝绒乐队 (Velvet Underground) 的主唱兼吉他手 Lou Reed 的一首歌曲《甜蜜的简》。

每当我独自待在东南亚酒店的吧堂里，总会百感交集，高兴中伴着抑郁，微笑中带着自嘲和忧伤，同时陷入强烈的失落感。

此刻，要摆脱这种情绪，只需跨出酒吧的大门。酒吧里有很多孤寂的欧美游客，他们的存在让我难熬。他们每人都有各自的灰暗故事，所谓忧伤的富人，指的就是他们。他们读杰拉尔德·西摩或肯·福莱特的书，手机从始至终都不曾响过一次。我穿过大堂，有点醉，步子不是很稳，倒也不太担心。门口的服务生穿着越南国服，戴着传统的安南帽，"晚安，先生"，他用法语向我问候。穿过大门，空气中有一种仿佛上千台摩托车呼啸而过的轰鸣声，忧伤的情绪消失殆尽，取而代之的是晕眩，一种熟悉的欣喜若狂。我终于回到了这个令我钟情的国家。

坐在小摩托车的后座上骑行，是欣赏河内风光的唯一方式。乘汽车是最不明智的做法，因为车会开得像蜗牛一样慢。倘若遇到一条窄巷，你可能到不了深处，就被堵死在半路上，因此错过了最迷人的景致。缩在车窗里，你什么都看不到。在摩托车后座上，你就是生机勃勃的喧嚣的一部分，就像城市有机体中的一个元素，在动脉当中穿行、会合、转弯，最终消失在一条毛细血管般的小路上。当然，危险是代价之一。在这里，有序社会的基本纲要比交通灯、单行道标志或十字路口，更像是友情提示，而非行为准则。路权没有任何意义。摩托车说了算，享有国王礼遇。汽车在美国的大道上可能很风光，但在河内，如同堵路的猛犸象，既笨重又没效率，总是最后一个赶到派对，让其他人傻等。汽车也总占不到道，别人看它，就像看负重跑比赛的大胖子，根本没有人同情。

我坐在摩托车后座，驾车的是 Linh。以前坐他的摩托车，我会严格遵照西方习俗，扶住他，这回，经过长达数小时数次的磨炼，我终于不用扶了，因为这里没人这么干。从我身边呼啸而过的一辆摩托车上载着一家三口，小孩儿才不过三岁，已经可以自如地站在前座上了。还有一位老妇，侧坐在女儿女婿的摩托车后座上，也不会用手扶，更不用说成百上千的年轻男女了。他们都泰然自若地坐在摩托车后座上，打手机闲聊，或是同其他车后座的人交谈。像我们这些待久了的外国人，也不用紧紧扶住前面骑车人的腰或者是肩了，更不用把手揪住后座上的扶手，反手抱住自己了。我们会发现其实什么都不扶也可以，而且能渐渐学会迅速穿行于大街小巷，甚至在飙车的时候，也不会从座位上被甩出去，或者撞到别的车。这里是一个由上百万台摩托车和它们的主人组成的流动世界，到处都是人们的说话声、喇叭声、游移的目光以及各种手势。人每天都不一样，但是都出演相同的角色，表演相同的台词和动作。车流如蛇一般在河内的老城区里穿行，绕过湖岸，互相交汇，遇到堵在路当中的汽车，又向两侧散开，车流绕过郁闷的汽车司机，就像溪水绕过水中的石块一样。人们皮囊下忧郁焦躁的灵魂，却几乎从不被注意。

这个城市里的人，是不是都不到三十岁？

似乎是的。数据显示，差不多有 70% 的人还不到这个岁数。而且如果河内（或者是越南任何其他城市）的街道有足够的代表性的话，70% 的数字似乎还被低估了。他们当中没人记得越战。那时候他们还没有出生。越南人可能也是刚出战场，就进风月场，和我们"二战"后那波婴儿潮没有区别。所有人——看起来真的是所有人——都非常年轻，而且不是在去吃饭的路上，就是刚刚吃完饭，或者正在吃饭。他们坐在街边的塑料小板凳上，堵死了整条人行道，挤爆了所有的临街小食店。有的咂咂地吸着面条，有的在啃着看起来让人很有食欲的小饼，喝着越南淡啤。有的人很兴奋，有的人比较平静；有的人很投入，有的人已经两眼放空。

下面介绍我一直以来最喜欢的越南菜——烤猪肉米粉。肥美多汁的大块猪肉在路边的炭火上烤熟，配上酸甜味的青木瓜汁，端上来的时候温度刚刚合适。番茄蟹籽螺汤粉，鲜红色的冒着热气的汤粉，配上蜗牛、粉和蟹籽，最明显的标志是面上的新鲜番茄片儿，看到它就能想象得出碗里浓郁的高汤。咝咝冒泡的煎饼。越南三明治，用咬上去嘎嘣响的法式长棍面包，夹上一些头肉冻[1]、神秘但美味的肝酱、泡菜，还有煎鸡蛋。顺化牛肉面，一种加料版的、更令人垂涎三尺的越南河粉（牛肉或是猪肉河粉）。还有猪血糕。其实越南美味远不止这些。到处都可以看见小粒的亮红色辣椒、特别有嚼劲儿的嫩菜头、罗勒、匆匆整理一番就端上桌的香菜叶、薄荷叶、青香蕉片、青柠片。它们全都唾手可得。

越南人，不是成群结队地围在全牛火锅、全鱼火锅旁，就是骑着摩托车，赶去吃火锅的路上。

如果你坐在车里，就会错过一切。大多数的街坊小店都没有供你的航空母舰降落的空地。你只能缓缓开过这些小店的门口，痴痴地把脸贴在窗玻璃上；或者，如果你有受虐倾向，那就打开车窗，让这一千零一种味道混合而成的香味钻进你的鼻孔，体会这种闻得到吃不到的痛苦。当然，你可以把车停在几个街区之外再走回来，但那样的话，你干吗不一开始就直接走过来?！不过如果你是骑着摩托车来的，事情就会方便很多，这里有代客泊车。真的，你没听错。虽然整条人行道上全是桌子，没地方停车，但是每一个咖啡馆、路

---

1 指用猪头、猪脚、猪舌等肉制成的肉香肠。

边排档或者是小食店的门口，都会有一个小孩儿。他会帮你扶着摩托车，替你取下头盔，还用粉笔在你的座垫上做个记号，然后，他会在对面的一堆摩托车中间，找一个缝隙把你的车塞进去。系统就是这样维持运转的。你离开的时候，他还会帮你把车再取出来，让你马上可以上路。

有些事不会过时，这就叫作"经典"，比如滚石乐队的《任血流淌》(*Let it Bleed*)，或是小狗体位。你对它的热情可能时有起伏，但终究会回到原点。好就是好，简单明了。世界上确实有其他东西值得体验，不过就算你绞尽脑汁改进这歌，或者用尽半生尝试其他体位，最后都可能无疾而终。

我对河内的越南河粉就有这样的感情。我有时可能会疯狂地爱上越南南方风格的河粉，有时也会欣赏起西贡那种更粗犷、更辣、没有那么精细的河粉，这种河粉的汤没那么清亮，略显浓稠，味道也更浓郁。不过，这些都是露水情缘，不可能许定终身。

用性来形容对食物的感受，对许多美食作家而言很自然。虽然河内的越南米粉更多时候是早餐，而非夜宵，很难将其与夜店出来之后搂搂抱抱行苟且之事联想到一块儿，但要形容它，除了性隐喻，那还真没其他法子。日上三竿，第一波早起上班的人已经离去，这个点儿的越南河粉店，较任何一部色情片的拍摄现场有过之而无不及。

这些馆子就像三级片的片场，地上散落着皱巴巴的纸巾。这些纸巾就像一副描述欲望的浮世绘，展现出人类的欲望满足之后的精疲力竭的图景。不大的粉红色塑料垃圾桶里，装满了揉成团的白色纸巾。地上随处可见被随意丢弃的湿漉漉的纸巾。起身走向柜台，不消几步，就有一团湿纸巾粘上脚底，令人难堪。回头一看，它们是从你坐的那张桌子前一路跟上来的，整个场景就像看完脱衣舞表演没给钱，匆匆离场被抓了个现形。在这里吃饭一点也不轻松，你需要排很久的队，才能把手里握着的越南盾（悲摧的越南货币单位）交给店家老板，之后必须在人堆当中奋力挤出一条小路，并且在人行道上寻觅到一张还没有被挤爆的小桌，和一群陌生人拼桌。不过这些辛苦都不会白费，等你吃到嘴里，所有的代价都值了。

高汤通常（但不绝对）是用包着骨髓的牛骨熬成的，非常鲜美。汤色不会很暗，当然也绝不会太亮。柜台后面很有可能会同时熬着三四桶这样的高汤，热气一直蒸到屋顶。店家拿着一柄小勺，从面上舀出高汤来。当地人会告诉你，汤底绝对是最重要的。如果汤底不好，那么用世界上最好的食材帮忙也于事无补。河粉也很重要，对食物的成败起关键作用。太软，太硬，煮得过火，都不行；太劲道的话也不好。最好是手工河粉，并且现点现煮；再不济也要一锅接着一锅煮，这样才不会放太久影响口感。传统河内汤粉里的肉，主要是牛肉和牛蹄筋，搭配的比例可能根据偏好略有不同。河内老城区一家我最喜欢的馆子里，店家会把事先煮好的牛肩肉存在柜台玻璃后，那牛肉肥瘦配比恰到好处，因此很出名。这家店的牛肉切得极薄，撒到高汤上面，瞬间就蜷缩起来，溶解成细嫩柔软的肉质。有些对生牛肉情有独钟的顾客，会让老板在汤粉端上桌之前的最后一刻，才将薄得刚刚好的生牛肉片放进高汤，这样，客人就能自己在碗里拨弄牛肉片，借用滚烫的高汤的温度，把生牛肉片烫到半生不熟。我和当地人一样，偏爱生、熟牛肉混搭。听上去让人没什么食欲的牛蹄筋，拿给一个大师级越南河粉师傅来做，可能是天下第一美味，即便是美食门外汉也能体会到它的美妙。做得好的牛蹄筋，既不绵又不硬，有嚼劲，又久嚼不烂，稍微嚼那么几口，在口中化成一种像骨髓一样绵软丰润的东西。这就比牛肉要美妙，因为牛肉太薄，嚼一下就没了快感。一碗河粉里面，可能只有不多的几根细长的、半透明状的牛蹄筋小条。如果味道让你不乐意，那么一定是这家店没有做好。

河粉通常就只能在店里吃。其他食物，每一家店都各有特色，但河粉在河内风格统一。一两勺辣椒酱，一小滴辣油，加上很多青柠汁，右手持筷，左手握勺，稍微搅匀。最理想的情况是，每一口河粉，都能尝到牛肉、高汤和河粉在嘴里达到完美的融合。吃越南河粉，你要学着把米线嗦进嘴里，学着俯下身把脸埋进碗里，或者是把碗直接端到嘴边来吃。

河粉的旁边会摆上一大盘或是一大篮子的蔬菜、香草和菜苗，通常是泰国罗勒、薄荷叶和香菜。客人可以按照自己的口味自行添加，随时增添河粉的鲜味和口感，以及些许令人愉悦的苦味，也可以随意地空口吃一两口，起到除味的作用。

对于越南河粉，我谈不上专家，只是个狂热的死忠。就我长期观察外加结合各种听闻，一碗完美的河内河粉，要求酸甜辣咸鲜完美融合，口感湿滑、软硬适度，略带嚼劲儿，又不至于嚼得费力；米线清透，泛柔光，不死沉；蔬菜鲜脆，河粉润泽。你明明将它吃进了嘴里，却又若有若无。如果这些还不足以让你抄起一把生锈的牛排刀，切开你祖母的喉咙，清空她的银行账户，拿着钱跑来河内，那么再想想这碗河粉的颜色吧：亮红色的辣椒粒、暗血红色的辣酱、亮绿色的蔬菜、白色的菜苗、偏粉红色的生牛肉被高汤烫得渐渐灰暗、深棕色的熟肉、白色的河粉、浅琥珀色的高汤。众神的色彩，聚集在一碗小小的河粉当中。

越南河粉深沉，难以捉摸，令人迷惑，我承认无法彻底理解及欣赏它那永恒的魅力。就这一点来说,越南河粉更像是爱,而不是性。因为它和爱一样,来不及被尘世中来去匆匆的过客所理解。它是一种无条件的爱,因为它无时无刻不在上演,不论是脏乱的街角旁的人行道上,还是装饰奢华的卡座的桌子上。它是我们的大众情人。

其实,我有时挺内疚的。写吃的,难免色情。

问题是,我体验过,也享受了,但读者望眼欲穿。

有一些经历,不足为外人道也,说了,就显得失礼。我的父母从小教育我,炫耀不好,没礼貌。我也知道这种说法很难站得住脚,不过确实有人这么认为。

我在世界各地吃吃喝喝,回来还一顿天花乱坠。上电视,我不纠结,电视上的东西,是邪恶的摄影和编辑弄的,我可以轻松免责。

我绘声绘色地写下这些放荡的食色性,用来激起读者最原始的欲望和妒忌,真心不厚道。

我坐在这里遣词造句,竭尽所能,让你垂涎三尺,让你想要而不得。这样真不对。

但不对又怎样。去他妈的。

谁不想时不时打打飞机。

想想吧……

香港旺角,靠近郊区的地方,有一家烧鹅店,看似普通,一旦你的牙齿咬碎烧鹅的酥皮,方知相见恨晚。这一层酥皮,绝对让人耳目一新。你的舌头会先尝到这层烤成金黄色的油亮油亮的酥皮,然后是空气,之后便是薄薄一层入口即化的肥肉,细滑多汁、略甜、香味中略带有一丝腥味。这家店的烧鹅师傅,日复一日地做着同一道菜,技艺日臻纯熟,成就出完美的口感和味道。他站在柜台后,手握砍刀,剁烧肉、烧鸭、烧鹅,手艺都是他从小跟着他爸耳濡目染学起的，已经炉火纯青。客人走进店里，坐在白色福米卡贴面桌子旁，店里有个小音箱会放着偶尔跑调的粤语歌。烧鹅师傅燃烧的小宇宙，让店里有种舍我其谁的气势。你能确信，你正吃着整个地球上最好吃的烧鹅，无人能及，也许是烧鹅诞生以来最好吃的一只。你会说用这话来形容一道菜会不会太过头，但当那如神迹降临一般的鹅油顺着下巴往外流，当嘴里的酥皮发出只有你能听到的完美碎裂声时，夸张也无可厚非。

这里是普埃布拉[1]的夜晚。在路边卖墨西哥卷饼的妇女和她丈夫一起，站在小推车后面，头顶上悬着个明晃晃的赤膊灯泡。他们卖的卷饼里面裹着牛舌，牛肉先跟洋葱和在一起，在烤盘上烤熟。当牛舌的边缘变成棕黄色，空气中渐渐充溢香味时，她会用一把小铲把它们从滚烫的铁盘上铲起，放到软软的还冒着热气的玉米饼上，卷成双层，再舀一勺欧芹酱，迅速淋在表面，撒上新鲜香菜末和生洋葱粒，放在薄纸盘上递给你。纸盘太薄，会承受不住卷饼的重量而弯折。你接过纸盘，把卷饼迅速地塞进嘴里，就着一大口冰凉的墨西哥特卡特啤酒吞下——啤酒之前混过青柠汁，还撒过一小盘子盐，所以表面有些结晶——你会有一种几近于高潮时眼球上翻的快感。

你站在那里，周围一片漆黑，流浪狗蜷缩在灯光刚好照不到的黑暗边缘，眼巴巴地望着食物。因为止不住狂喜，你的脸上露出各种可怕的表情。这对夫妇的两个孩子，就坐在一旁的餐椅上。他们借着诡异的灯光看着客人的脸，我真希望自己没有给他们留下童年阴影才好。

1　墨西哥中部城市。

这是一座贝壳打造的珠穆朗玛峰，刨冰和海藻层层堆叠，高到令人敬畏。这座高山上面放着的生蚝是从附近的贝隆以及稍微远一点儿的坎卡尔[1]运来的，除此之外，还有滨螺、蛾螺、蛤蜊、两种巨蟹。巨蟹的钳子愤怒地伸向上方，越过那些伸出肉爪的龙虾。小一点儿的、长着黑珠子眼睛的对虾和海螯虾散落在巨大的龙虾周围，就像大型车祸现场散落一地的遇害者。这一间小餐馆里面的所有客人，都惊人地点了这座由海鲜堆砌成的小山，包括旁边一桌的老夫妻和再旁边一桌的小个儿食客。面对这一堆多得令人发指的海鲜，他们默不作声地弄碎海鲜的外壳，看上去全都胃口大开。用来盛放外壳的盘子才刚刚换掉，马上又堆满了，忙得服务员不停地来回奔跑换盘子。这么一群身形瘦弱的人，能有这么大的破坏力，令人难以想象。一位举止优雅的女性一个人独自吃出了一座海鲜山。一大桌来这里度周末的巴黎人，点得更多。他们喝红酒、白葡萄酒或是玫瑰红酒时的仪态细致优雅，吃起海鲜来，则像完全换了个人。他们吃薄而结实的小片黑面包，小心翼翼抹上当地产的黄油，样子特别文静，但一面对海鲜，全变得力拔山兮气盖世了。他们会抓住龙虾的大尾巴，使劲一扯，把尾部的肉给扯出来，极其粗暴，或者，他们会咬碎蜘蛛蟹的外壳，把里面的蟹肉使劲吸出来，蟹籽和蟹黄流到了手上也不在意。这地方，也挺不错的。吃完这顿大餐，你可能想打个盹儿。海港旁的一座小旅店就能解决问题，虽然那里枕头偏硬，垫枕一般，床单也有股漂白粉味儿，不过，无关紧要，大家全是冲吃来的。

　　这是婆罗洲的古晋市，早晨醒来第一件事，就是宿醉，醉得连

1　两处皆为法国西部的布列塔尼圣米歇尔山附近盛产生蚝的胜地。

眼睛都睁不开。昨晚干的蠢事和说过的蠢话，让你羞愧难当，所以睁不开眼睛索性继续装傻。罪魁祸首肯定是叫作 langkau 的当地米酒，仔细想想，好像还有该死的龙舌兰。（到底是谁出的好主意要喝龙舌兰来着？）你完全意识不到眼前有条河，也意识不到清晨的景色和独有的气息。你全部的注意力都集中在一碗热腾腾的辣味米粉汤上了，它被盛在一个褪色的白漆碗里向你端来。有人向你保证，这玩意儿解酒。店小二把这碗米粉汤放在你面前的时候，你的松果体腺会为之一震。汤里的鱼和椰子，混合着浓烈饱满的辛辣味，让你不禁抓起勺子筷子开吃。第一口米粉吞下，浑身的阴霾就顿时被辣椒酱的威力冲散了。虾、鸟蛤、鱼饼，和着汤里甜辣味的肉汁调料及米粉，一起在你嘴里燃烧。这种燃烧的感觉令人浑身舒爽。你开始流汗，体内的毒素从毛孔里渗出。过度炎热、酒精超标，都可以忽略不计，大脑开始运转……一种可能叫作希望的东西，正从萎靡不振的大脑皮层中慢慢渗出。

这又是一次乡村风情游。意大利到处都是这种夫妻老婆店。这种小店漫不经心，搭一个露天灶台和厨房，可以随时在农舍、私宅或树下的野餐桌上开张营业。我所说的这家店，开在撒丁岛上，卖的是世界上最简单的食物——调味鱼籽意大利面。这道菜，说起来很简单，意大利面，拌上当地产的一种橄榄油（橄榄油当中混着一瓣蒜和一些辣椒），外加当地特色盐腌乌鱼籽，但味道，却令人百思不得其解，总之，它就是……很棒。咸咸的略带鱼腥味儿的鱼籽，配上味道考究的意大利小麦面条，再加上胡椒粉那点儿的辣味，拌上用来提味的浓郁清香的鲜榨特纯橄榄油。卡诺纳乌红葡萄酒是佐餐首选，它的魅力需要细心体会。这种当地葡萄酒刚入口有种粗糙的口感，余味却让人欲罢不能。你会把法国波尔多五大名庄红酒抛到脑后，也不会去想那储藏起来费劲又神秘莫测的勃艮第。此刻，即使是罗思柴尔德男爵，亲自开车上门，免费赠送整车陈年佳酿，你也会无动于衷。你摇摇头，一边把粘盘底的橄榄油和散落的几粒鱼籽都贪婪地赶进嘴里，一边醉心于这年数并不高的无名红酒。此时此刻，你觉得人生圆满了。

如果跟店家打听这酒的产地，他会指指角落里正捧着本足球杂志抽烟的老人。

"就他家的。"他说。

新宿区上班族的喝酒场面很暴烈，他们一杯接一杯地喝啤酒，或互相斟清酒。酒精很快消灭了他们工作时的性格，揭露出他们真实的内心，并且效力将持续到第二天上班。喝酒会让他们变得吵吵闹闹、热情、易怒、伤感还好色。在一盘烤鸡肉串面前，日本民族特有的精神分裂一览无遗。一个男人扎着头巾，仔细翻转着炭火上哒哒冒油的烤鸡。有人又点了一杯啤酒——一支大瓶装的札幌啤酒，配上一个超小的玻璃杯。鸡油滴在炭火上冒出阵阵油烟，旁边的烟鬼也不甘示弱，整个屋子乌烟瘴气，甚至看不清同桌人。他们要么坐着，要么盘起双足（穿着袜子）斜靠着，或者瘫在椅子上，脸通红，不停地流汗。他们的上半身在满屋的浓烟中若隐若现。每隔一段时间，窗边的人会轮流去把窗户打开几分钟，让房间透透气。

你坐在吧台，面前有个木杯，里面插着一把光溜溜的铁签，是你刚吃完的战利品。它们既像刺猬，又像一排阵亡的士兵。你刚吃了鸡脆骨、膝软骨、大腿肉，还有蘸生鹌鹑蛋吃的鸡肉丸，又有人点了鸡心、鸡肝、烤牛舌。很小一块块的牛舌，大小齐整，撒上海盐或红辣椒，串上竹签，放在炭火上慢慢转动，直到完全烤熟。烤牛舌味道偏咸，还有一股浓烈的手工炭火味。烤鸡皮百吃不厌，它们被紧紧地包裹在竹签上，被文火烤得又脆又嫩，有劲道，而中心却仍然是软的。还有鸡屁股，你得意扬扬，因为刚刚抢走了馆子里最后六只鸡屁股。肥厚的鸡皮上有油腻多汁的凸起，每一只鸡屁股里都包着一小块儿可口的油嫩嫩的肉，肉中间隔着薄薄一层软骨，这是鸡身上最好的一块肉，可惜每只鸡仅此一块，总是供不应求。坐在对面的，是一位向自身海拔高度发起过冲击，却最终败下阵来的男子。他摇摇欲坠的头被一只手肘撑起，时不时滑落，又在碰到桌面前的最后一刻惊醒过来。他直勾勾地盯住你盘子里的那几只鸡屁股，怒气冲冲。厨师早已对他的抱怨习以为常，你尽管听不懂，也猜得到是气不过你一个老外独占了整屋子的鸡屁股。为了安慰他受伤的心，你得给他买杯清酒。

休斯敦大街的一家熟食店里，伙计们把一大块五香熏牛肉从一个巨大的保温箱里拖出来，切成厚片。牛肉特别嫩，嫩得能挤出水来，都不知道这些人是怎么把肉切成型的，要是我肯定一不小心把它弄成肉泥。然后他们会把这大块的暗粉红色牛肉夹在裸麦面包当中，涂上当地特产的亮黄色芥末酱。等到端上桌，面包已经被肉汁浸湿，也被牛肉的重量压得不堪重负。你用一段腌黄瓜，把盘里剩下的鲜牛肉扫进嘴里，再喝上一口布朗博士奶油苏打水，一齐吞下。咸味、胡椒味、鲜味、辣味、酸味，混合着奶油苏打水的甜味，一切都刚刚好。

布拉格五十英里开外的地方，有一头猪刚刚被杀掉。它被砍成两半，挂在一个看起来像儿童秋千一样的东西上，在寒风中冒着热气。这是一个飘着毛毛细雨的湿漉漉的清晨，湿透的双脚弄得你浑身发冷，你站在那大锅炖猪汤前，贴着锅下面的那一点儿小火取暖。屠夫一家和朋友们正喝着梅子白兰地和啤酒。虽然现在还不到中午，但酒已经下肚不少。有人招呼你进里面的工作间，屠夫正在往猪血里面拌煮好的洋葱、香料和面包屑，准备灌进肠衣。通常，人们会把肠衣套在一根金属管上，打开绞肉机，把调好味的肉馅灌进去，一根香肠就这么做好了，但这个屠夫全然不同。所有的肉馅都由他亲手剁好，湿乎乎的黑色肉馅在案板上堆得跟小山一样高，眼看就要塌方。他一手拿着肠衣，两根手指呈 V 字形，将一端的肠衣口狠狠撑开与另一端结着个圈，然后，他把两只手埋进肉馅里，开始了一串眼花缭乱目不暇接的动作。他左手握成漏斗状，右手将血淋淋的肉馅往肠衣里塞。不知不觉，一大堆看起来完全塞不下的肉馅，统统被推进了肠衣口里。他不停地重复着这个过程，速度快得惊人，整个木桌上的肉馅眼看着一点点消失，像打谷机穿过稻田。一条粗长、油亮且饱满的香肠随即在他的左侧不停增大变长，渐渐成型。透过半透明的肠衣，暗紫色的香肠隐约可见。他的助手在肠衣打结处把香肠切成节，用一小节一小节的木签封口。转眼间，香肠就灌成了。

冷飕飕的后院里，喝到第五杯梅子白兰地的时候，香肠出锅了，热气腾腾地被端上桌来。大伙儿都湿漉漉的，外加喝得有点高。干惯粗活的村民，根本不介意淋着毛毛雨吃饭。桌上有撒了面包屑的炖肉、猪血汤和很多香肠。整只猪都被端上了桌。猪血肠最出彩，也最血腥。用刀切开猪血肠，血就会喷出来溅满整个盘子，就像好莱坞大片里的子弹爆头一样。你会想起左拉——最伟大的美食色情文学家——写的猪肉店的故事。悲惨的主人公，性格乖戾，为了荒谬的赏金饥肠辘辘；他的亲家搅拌着猪血和香料，装灌血肠，陈列着各种诱人食物的玻璃柜，是他的禁地。这里现在闻起来就像小说里那间屋子那样，血、洋葱、辣椒粉和一点儿肉豆蔻，有点甜味，弥漫着欲望……和死亡。你闭上双眼，静静品味，再睁开眼时，桌子那头长着水泥墩子脸的女人，欣慰地笑着。

　　清晨六点，天色未亮，这间巴黎面包房的门口已经排起了长队。客人们等不及来买第一批新鲜出炉的法式葡萄干面包。长棍面包也已经做好，刚刚出砖炉，特别烫手，香味扑鼻，它们的表面凹凸不平，形态丑陋，其中一端被马虎地切掉了头。面包烫得无法入口，但你还是拽了一根，小心翼翼地掰开，丢了整整两指黄油[1]进去。黄油碰到滚烫的面包，立即融化，从切口处渗入面包的白色内部。你像拿三明治一样握住它，下口咬碎面包皮时，会发出咔嚓的碎裂声。此刻，你已经十八个小时没有进食了，味觉昏昏沉睡着，这一下刺激过猛，有点要死要活。有一秒的间隙，当黄油的味道冲进大脑时，你简直要晕了。

　　在第五十九大街上的一家奢华的意大利餐馆里，你已经喝下一杯尼格罗尼（Negronis）[2]，满心欢喜地准备大吃一顿，但这会儿端上来的小点心，还是超出了你的期望值。那是一块铺了一小层海胆籽的法式烤面包片。你可能觉得，嗯，还不错。不过，这里的厨师搞了个恶作剧，邪恶的恶作剧。每一个饱满的橙色海胆籽团上都铺着一层丝一般薄的肥猪肉，这层薄薄的撒上了香料的肥肉，是在托斯

1　指长条包装的黄油。

2　一种以金酒为底的鸡尾酒。

卡纳山区的大理石山洞里熏制而成的。它慢慢地在海胆籽上卷成一团，眼看就要融化了。你迅速将其放进嘴里，一边惦记着被亵渎的上帝，一边快乐得升天。因为这美味，实在是超超超……用"浓郁"来形容不够，用"咸中带甜"来形容也不够，用"味道正翻了"来形容也不说明问题。总之，你会把服务生叫过来，让他再来一份。

一个正在烧炭的男人告诉你，这大虾来自很深的水域，一个经过精挑细选的水域。这炉里的炭木是他用两种不同的木炭，自行调配的。烤具也是他自己设计的，金属方盘闪闪发光、一尘不染，旋转旁边的轮子可以自由调整烤盘的高度。除了海盐，他基本不在烤物上加任何调料，最多就是拿喷壶喷点西班牙橄榄油。他把大虾放到你面前，嘴角露出一丝微笑。大虾得从尾巴吃起，再剥掉虾皮，两口咬掉，最后吃虾头。你把虾头送到嘴边，像挤牙膏一样挤它，吸走滚烫的脑汁。一小会儿的沉默，外面的山里传来微弱的羊叫声。这个男人笑了，暗示你吃得还不错。随即他又从一个燃木炉里取出一小堆炭，放到自制烤架下，把烤架调低，煽旺木炭堆里的余火，取出另一个自制的工具——一只看起来更像是筛子而不是炊具的炒锅。他往上面稍稍喷了点儿油，在炽热的炭火上加热了几秒，便迅速而小心地扔进一把半透明的鳗苗，撒上几粒盐。鳗苗在锅里稍稍扑腾了一两下，几秒钟后便盛出锅放到碗里。这是上帝创造的食物中最最稀有的一种，你得为此心存感激。每条鳗鱼都身形扁平，它们从马尾藻海一路游过来，在赶赴西班牙北部的路上被当场活捉。几分钟之前，它们刚刚被这男人用烟草毒死。因为捕鳗鱼期只有短短两三个星期，捉住的概率也不大，市价每公斤上千美元。专业的吃法就是这种微烤，几秒钟就端上桌来，火候一点儿也不能过。你用叉子把它们卷起来，送进嘴里。它们轻声述说着一个秘密，那就是，我的味道，是不能说的秘密。

四川火锅，见证了人性中的阴暗面。这家成都火锅店的大堂人头攒动，灯光亮得刺眼，食客们不停用冷毛巾擦着背上的汗珠，他们满脸通红，表情扭曲。有几个人捂着肚子，依然不屈不挠。我跟他们彼此彼此。夹着动物的内脏、鱼丸、蔬菜的筷子，在油锅边轻轻一蘸，坠下一溜儿邪恶的油。这里，有点像维多利亚时代的伦敦妓院，一台打屁股机可以同时解决四十个人的屁股。火锅就类似于这种感官上的变态刺激。一群人互不相识，因为欲望，共处一室。锅里浓稠的红棕色液体不停沸腾，冒着泡，就像女巫在熬制药水。多到令人发指的四川干辣椒在油里上下翻滚，看着都头大。油一点点被熬干，味道就越来越浓。你夹着一大片毛肚放进油锅里涮，看它沉入油汤收缩、变硬，就像被挑逗的乳头，然后你把它从炼狱一般的油锅里拯救出来，放进嘴里。你快被干辣椒辣疯了，但更猛的其实是油锅里漂浮着的小粒黑色花椒。它们个头不比自家亲戚，劲头绝不输给辣椒。花椒会让舌头首先失去知觉，接着，整个头皮都麻了。在四川这地方，花椒就跟花似的，味道四处弥漫，现在，它来得更猛烈了，它来拯救我们，就像冰块拯救受伤的皮肤。它可以抵消掉超出正常人承受范围的辣椒的刺激。你的衬衫全湿了，肚子痛得直不起腰来。但你，总算能理解受虐狂了。

因为，痛苦之后，便是解脱。

燃烧一般的痛苦，紧接着便是愉悦的、失去知觉的麻木，就像有美女一边在舌吻你一边踢你的蛋蛋一样。你以为自己的人生是完满的，你以为自己不好这口，你以为《爱你九周半》不是你的菜。

不管当年多调皮捣蛋，你也不曾自寻痛苦，哪怕是个穿着露臀皮裤的德国超模想要跟你来一点儿 SM[1]，你也没答应过。

你曾经十分确信，痛苦没什么意思，而愉悦总是好的。

直到这一刻，一切都模糊和凌乱了。

---

1 Sadomasochism 的缩写，是 Sadism（施虐倾向）和 Masochism（受虐倾向）的合成词。泛指通过痛感，获得快感的性生活。

肉

在我眼中，美式汉堡绝对是造物主的恩赐。牛肉末经盐和胡椒腌渍，压紧成块，置于烤架上，猛火烤制后，夹入松软的面包片中，佐以新鲜的生菜和番茄，稍加番茄酱作点缀，其出神入化的味道连上帝也没法挑剔。

当然，高档汉堡还可以加点别的东西，比如芝士或者培根。这样可能会更复杂，更有意思，可能也会更美味，但是未必就会更好。如果我正好想吃蓝纹芝士，蓝纹芝士汉堡或许不错，但真正的经典汉堡，必须是无法超越的"肉夹馍"款。

人类的进化自有其道理，比如眼睛长在头部正面，腿很长，有指甲和犬牙，这些特点都有利于捕捉跑得更慢、智商更低的生物。所以，我们天生就是食肉动物。而烹饪让我们成了更好的食肉动物。

但是，我们不是食屎动物，或者更准确地说，不是食粪大肠杆菌动物。在食品安全危机爆发之后，一些人提到"粪大肠杆菌"的时候总会有一些遮遮掩掩拐弯抹角。这种细菌每年令成千上万人患病，其中一些还因此命丧黄泉。

本来，我没觉得这有什么大不了的。人终有一屎嘛。但是最近，一则有关大肠杆菌O157:H7致命大爆发的新闻报道让我无法平静。整件事最让人光火的部分，倒不是乘虚而入跑到我们餐桌上的致命细菌，而是那些一时间不会致病的所谓"健康"的汉堡的制作流程。其实，我也没指望说那些超市冷藏柜里的现成汉堡里的肉有多优质，本来他们的销售对象就不是高端客户，但读完《纽约时报》的报道，我还是震惊了。文章说，食品巨头嘉吉公司旗下产品"美式安格斯牛肉馅饼"的配料包括，"来自内布拉斯加、得克萨斯、乌拉圭屠宰场的废肉碎"，加工厂是"一家位于南达科他州的使用氨水除菌的碎肉加工公司"。好吧，这还真长见识。

看完这篇文章，我对肉制品工业的信心瞬间跌到谷底。相比之下，我更信任在丛林里的防潮布上加工可卡因，或在棚户区里穿着内裤、戴着护目镜分装海洛因的家伙。虽然，我还不至于因此变成素食者，但我对肉类产品失去了信心。之前我一直坚信，肉，哪怕不那么优质的肉，也都是好东西。现在，我已经很难固执己见了。

你可以说我是一个理想主义者，说我是一个疯子，但是我坚持认为，如果你做的汉堡是准备拿给人吃的，那么你绝对不能用氨水或任何其他清洁剂来处理它。

我不觉得我是无理取闹。我的要求并不过分。我只不过要求你放进汉堡里的玩意儿，是普通人所理解的肉就可以了。

而且，不要忘了，这只是我的标准。我是什么人啊？我吃过肮脏无比的南方疣猪，吃过各种野生动物的内脏、耳朵和鼻子，吃过生海豹肉、天竺鼠和蝙蝠。尽管听上去恶心，但不管怎么说它们都是纯天然的肉，最差也不过是"尝起来像鸡肉"而已，比太空时代的"人造肉"强多了。

如今，美国绝大多数的汉堡肉里，都含有来自靠近动物体表的废肉碎。这种废肉碎以前只配用来做宠物饲料。现在，多亏了这家神奇的公司，将这些废肉碎加热、倒入离心机里去掉脂肪、再用氨水杀菌，我们再也不用浪费这些"上好的肉"去喂狗了。

《时代》周刊的记者在描述"美国大厨精选安格斯牛肉饼"的用料时，称其为来自不同屠宰场的肉类混合物。这意味着什么？

肉类加工业的发言人在回应大肠杆菌致病事件时，总要先声泪俱下地关怀受害者几句，接着信誓旦旦保证肉类供应绝对安全。如果问题是针对整个肉类加工业的泛泛而谈，他们的回应大多慎重、有条理，听上去很有说服力。但一旦触及细节问题，他们便开始吞吞吐吐遮遮掩掩。当被问到某品牌汉堡肉饼的原料时，他们总是一成不变地说那是里脊、肋排、腰部嫩肉。严格地说，你还真不能说他说的是错的。

但到底是里脊、肋排、腰部嫩肉的哪一部分呢？事实上，用来做汉堡肉饼的，通常是靠近动物体表的部分。它们脂肪含量更高，更有可能暴露在空气中，接触到牲畜皮肤表面的大粪，接触到其他动物和其他污染物。不如这样问吧：有多少肉，是几年前根本不允许用的？你们是使了什么花招把这些垃圾肉变成所谓的"安全肉"的？

绞肉行业有个现象很能说明问题。有些绞肉场在把肉放入绞肉机之前，是不做大肠杆菌检验的，他们会把来自不同屠宰场的肉混到一起，搅成谁也说不清谁是谁的一大团肉泥之后，才会做大肠杆菌检测。某些大屠宰场只愿意把自己的肉卖给这样的绞肉场。

这也就意味着，在混合多家屠宰场（有时甚至是三到四家）买来的垃圾肉并把它们绞成肉泥之前，是没有检验程序的。包括那些卖给学生的肉制品也都是这样做成的。一旦出事，屠宰场就能用

"你怎么知道是我?"搪塞过去。他们不想知道自己的肉有没有问题,因为一旦知道,他们就将被迫站出来承担责任,召回自己的全部产品。这些都是大麻烦,能躲则躲。

这就像你在和一个女人上床之前,要求她先和另外四五个男人搞一圈,这样就算她最后被查出来得了淋病,也不能说是你传染给她的。而鄙人以为,身体检查当然应该放在剧烈运动之前,而不是本末倒置,运动完了再去检查身体。

相比供货商,甚至学校,麦当劳等大多数快餐食品零售商检测食物更严格,也更频繁。这虽然值得表扬(对于他们来说这也是明智的),但解决不了根源问题。

肉制品工业的发言人宣称,出问题的、需要回收的肉占肉制品总量的比重非常小,但想想美国全国上下有多少人在吃牛肉,出问题的肉所占比例再小,也已经足够做许许多多的屎汉堡了。

我无意像艾瑞克·施洛瑟(Eric Schlosser)[1]那样,一天到晚没完没了地鼓吹更好、更干净、更健康,或者是更人道的肉制品工业,但嘉吉公司实在不像话。它是美国最大的私企,年收入一千一百六十亿美元。但他们还想从投放给低端市场的汉堡里省他妈几分钱,于是,他们去买那些屎一样的烂肉,这些杂碎肉必须得用氨水处理,经搅拌、分离、提取和精炼后才能做成汉堡肉饼。这些从世界各地找来的来路不明的肉,被放进一个大绞肉机里——就像让你在一张湿漉漉的带着体温的大床单上和一群素不相识的人群交一样。

我是一个普通的美国人,而汉堡是最地道的美国食物。我有权

1　美国记者,食物安全调查专家,著有《快餐国家》一书。

走进任何一家餐馆，享受一个五分熟的汉堡，不用担心吃完会生病。我不希望有一天所有的汉堡上都得贴上警告标志，提醒消费者要彻底煮熟以消灭所有可能存在的细菌。

我不希望每次做完汉堡都需要对厨房来个彻底的大扫除。

汉堡不是医学垃圾，我希望能以烹饪食物的方式对待它。

我希望"肉"跟"氨水处理"这两个词永远不要出现在同一句话中，最好也不要出现在同一个段落当中，除非你讨论的是处理尸体。

我不是麦可·波伦（Michael Pollan）[1]，也不想当艾瑞克·施洛瑟。众所周知，他俩在食品安全的问题上有洁癖。我和他们不一样，比如，我对热狗这玩意儿就没什么意见。热狗是伟大的美国特产。如果你想吃热狗，尤其纽约著名的"脏水热狗"，那只能说是一个愿打一个愿挨。那根肠里吃出什么来都不新鲜。有可能是百分百上好的牛肉，也有可能是动物园里死掉的动物，也有可能是失踪的甘比诺（Gambino）[2]家族成员的尸体。热狗到底是什么货色美国人都知道。热狗有风险，入嘴需谨慎。毕竟再怎么说，热狗是熟的，能出多大的问题？

汉堡就不同了，它与美国人的关系更亲密。热狗是德国玩意儿，而汉堡，或者说绞牛肉，则代表了美国。它们跟后院 BBQ 和家常肉包一样，是美国传统的标志。

我不想心惊胆战地吃汉堡，我想骄傲地站在自家后院（如果我有的话），为孩子煎一块美味的半熟汉堡肉，而不用担心那是一份"屎汉堡"。我不想随时随地监视我妈的一举一动，确保她不会一

1　健康饮食专家，著有《杂食动物的困境》和《食物无罪》，纪录片《食品公司》的制作人。
2　纽约的黑手党家族。

时冲动就给我的孩子喂上一块带屎的肉块。这要求过分吗？

这要求根本是天经地义。这权利本应是与生俱来。而如今，我们居然需要就此展开激烈的讨论。这是什么世道。我们没奢望在汉堡里能吃到上好的牛菲力，但至少那肉在绞碎之前应该是块新鲜血红、能把一只正常的杜宾犬馋出口水的牛肉。这本是所有的美国人长久以来达成的共识。那些正在着手破坏这个共识的人，照我说，都是卖国贼，不折不扣的卖国贼。

如果你真的故意把屎喂给孩子吃，或者明知他们有可能会吃到屎而不采取预防措施，如果这就是你的商业模式，那我坚决支持对你的蛋蛋施以电刑，并且乐意刮一勺猴子屎喂给你吃。我会踊跃报名，申请成为那个拿着勺子往你嘴里塞屎的人。

从这个角度来说，我也算与善待动物组织（PETA）和素食者达成了某种共识。他们希望我们一点儿肉都不吃；我，鉴于我国目前的肉制品工业现状，则希望大家少吃一点儿肉。

善待动物组织反对不给动物足够的活动空间，把受惊的动物关进狭窄的笼子里，任凭它们踩在没脚深的粪便堆里。他们认为人类根本就不应该屠宰动物，他们相信，未来的某一天，鸡也应该获得投票权。我也反对让动物受惊、把动物关在狭窄的笼子里，反对残忍不人道地对待动物，但我的理由是，这样不仅影响它们的肉质和口感，还可能导致疾病的传播。

很多人会用初中课本里所讲的"食物金字塔"解释美国人的饮食问题，是我们扭曲的饮食习惯害我们走上了慢性自杀的道路。以肉食为主的饮食结构，让我们的机场和道路上塞满了一团团行动不便的肥肉球，一路喘着粗气早早地走向棺材，因此引起的医疗支出也远远高于烟草和毒品。其实我倒不觉得肥胖是个大问题。吃什么是个人选择问题，就像抽海洛因一样，愿赌服输嘛。

这些年来，我自以为是一个自由主义者。我讨厌政府插手老百姓的生活，干涉我们该吃什么不该吃什么。一个完美的社会中，每个人在不影响其他人的前提下，应该有权利随心所欲地抽海洛因，吃反式脂肪酸。不过现在，食品问题显然已经影响到了无辜群众的生活。

对廉价肉无止境的需求，正在毁灭美国人。我们对一日三餐的错误认识正在从各个方面瓦解整个社会。无可否认，我们已经成为（用某个比我聪明得多的人的原话来说）"一个只会卖芝士汉堡"的国度。什么都是芝士汉堡。所谓商界精英干的，只不过就是贷款给那些卖芝士汉堡的人。

任何尚存一丝理性的人，都会对工厂化农场的丑陋、残忍，及其对环境的破坏感到震惊。但这并不是问题的关键。问题的关键是我们对劣质汉堡的纵容，无论它们多难吃，哪怕还不如硬纸壳或馊了的洋葱，我们都一副无所谓的样子，耸耸肩继续吃。这种无下限才真的可怕。

美国人一边病态地执着于低劣汉堡，一边不知不觉中，也被相继出现的"精品汉堡"（Boutique Burger）和"概念汉堡"（Designer Burger）慢慢改变。这种改变让我喜忧参半。

很多年以前，在那个大多数人可能都不记得了的年代，当时美国人对咖啡的要求，基本跟美国人一度对汉堡的要求差不多。当时的咖啡是装在纸杯或者马克杯里卖的，售价大约五十美分到一美元一杯，还能无限续杯。正宗、便宜，虽然不见得有多精致。当时的人们觉得喝这样的咖啡是一种与生俱来的权利。然后星巴克出现了。星巴克的过人之处，倒不是它的咖啡多么与众不同，也不是各种"拿铁""半咖啡因""摩卡""venti"[1]等花哨的概念，而是它意识到美国人愿意在咖啡上多花点钱，这能让他们感觉良好，不入俗流。《老友记》说得很对，那些嫌便宜的滴溜咖啡太寒酸的人，认为那是又肥又穷的穿着睡衣就敢上街的下三烂白人（或者是像那种成天为生计奔波的穷酸仔）的饮料。他们愿意在一杯咖啡上多花点钱，以免别人误解自己是那种居无定所或是毒瘾缠身的失败人士。星巴克意识到，美国人理想的咖啡时光，应该是在类似于在星巴克这种地方度过的。一群年轻靓丽品位不凡的人聚在一起，啜饮着咖啡，吃着蔓越莓松饼。当然，来几句诙谐幽默的俏皮话是过程中必不可少的，伴上纳塔莉·麦钱特（Natalie Merchant）这种不痛不痒的背景音乐，总共花费五美元。

要在以前，谁（而且此人肯定不敢给自己起一个"咖啡师"这样的装逼头衔）要敢把一杯咖啡卖到五美元，即便是再好的咖啡，那也准是找骂。而现在的顾客对此眼睛完全都不眨一下。一不留神，大家对咖啡价格的心理预期全变了。

我怀疑这趋势会在汉堡身上重演。时尚产业的前车之鉴是，买不起 Gucci 的人，会去买印有 Gucci 字样的 T 恤。同样，五年后，那些永远都吃不起 Craft 的人，会去买个汤姆·科利基奥的汉堡尝尝鲜。我猜，这个汉堡相比廉价的 T 恤会很不错。如果一切造此发展，这种"很不错"的，可以放心给孩子吃的，在朋友面前也拿得出手的概念汉堡，会卖到二十四美元一个。欢迎光临。

你可能会想，你们这些肉厂啊，你们就为了在每磅肉里省出三十美分偷工减料吧。看你还能得意几年。学校和快餐店再爆发几

1　意大利语的二十，这里指容量为二十盎司（约五百八十五毫升）的杯子。

场大肠杆菌危机，你们就得统统破产。到时候，CNN 新闻每日滚动播出死掉的孩子和被感染的动物的照片，家长们吓得半死，再不让心肝宝贝吃你们这些死肉。然后，在一系列成功的妖魔化宣传之后，加上人们对于饮食健康的担忧，加上饮食习惯的变化，到时候看还有谁去吃你们卖的这种黑乎乎的所谓的"肉"。

不过，如果我们仔细地考察近几十年的历史，就会发现，对于市场的风吹草动，食品巨头们总是能够先我们一步察觉到。就算是我们有朝一日真的对这些普通的垃圾汉堡心生厌倦失去信心，他们很有可能已经早早地做好了准备，张开双臂在另一端迎接我们重新投入他们的怀抱。纪实片《食品公司》敏锐地指出，许多市面上标榜着"健康、安全、有机"的食品，其实和那些不健康的垃圾食品是一个公司出的。道理跟把你的腿敲断，好卖你拐杖一样。"如果你因为我们的其他产品而得病，或者是不放心我们的其他产品，那请继续选择我们的最新产品吧。不过你也猜到啦，这次肯定要更贵一些。"

对于汉堡，人们的态度已经开始改变，但这里的所谓"改变"，既不是新兴的健康观念，也不是因为《快餐帝国》或《杂食动物的困境》这类畅销书的推波助澜，改变是因为某个邪恶又玩世不恭的厨师所发明的"神户汉堡"。

我们可不能把这位发明者当作替罪羊。当下一切条件都已成熟，这汉堡就算不是他发明的，也会有别人。当时，纽约城里的餐厅已经挤满了嘈杂聒噪的对冲基金经理人，他们穿着条纹衫，还不知道自己可能会因次贷危机而被起诉。他们渴望每一个炫富的机会，比如一百块一个的汉堡。而神户牛肉不是据说是世界上最好的牛肉吗？不是从那个什么，呃，什么日本运过来的吗？不是还能享受叫什么啤酒按摩浴的玩意儿吗？"我听说他们甚至给牛撸炮！！"

反正当时的坊间传言就是这样的。那些如日中天的金主们，死也想不到自己工作的投行或证券公司会在日后破产，他们像一群旅鼠似的一窝蜂地涌去，嚷嚷着要吃"最好的汉堡"。当然，这里的所谓神户汉堡里的肉，跟那个日本的神户可是八竿子打不着，充其量，也就是神户牛的远亲。而且，即便汉堡里真是那些被宠坏的神户牛身上最上等的雪花牛肉，把它放在汉堡里，也毫无意义，纯粹是浪费，甚至令人恶心。

　　神户牛肉的诱人之处在于它无可比拟的脂肪比例——50%，肉质柔软丰满，口感极度细腻，以及它那种微妙——注意，是微妙——的味道。但是，用它来做汉堡完全是一种浪费。因为第一，你本来就可以无限量地往汉堡肉饼里加肥肉，做出细腻的效果，完全没必要花几百块去吃一个汉堡，汉堡肉饼本来就应该是一块无比绵软肥润的肉；第二，把神户牛肉夹在两块面包中间，再涂上番茄酱，完全就是暴殄天物。神户牛肉的那种微妙的味道全被毁了。

　　一份六盎司的神户牛排，煎个三分熟，切成薄片，你一顿吃这么多差不多就是极限了。神户牛肉就是这么肥腻。丰润的脂肪强烈地刺激你的 G 点，足以把你推入高潮，而高潮之后再接着搞下去也没有快感了。而一个正宗的"神户汉堡"里面会有足足八盎司的牛肉，吃起来并不会让你更爽，只会腻味得你直恶心。

　　但总是有人偏不信邪。大城市里的傻叉团中的精英团员们，成群结队地去吃各种疑似神户汉堡，然后一路走一路炫耀。大厨和餐馆老板们迅速发现，奢侈汉堡是之前忽略了的市场。有一个收入阶层，显然愿意、甚至求之不得地想要在汉堡上花掉更多的钱。你要做的，只是在"汉堡"两个字前加上某个著名厨师的名字（这么做已经很普遍了），或者是加上个暗示高贵品质的词（比如说"神户"，就暗示了精心培育、得到人道待遇、有机并且性欲得到充分满足的牛）。然后，再往汉堡里加上鹅肝、松露、牛尾，以及来自世界各地的奇异芝士。

杰弗里·裘德洛（Jeffrey Chodorow）在纽约开的餐馆"神户俱乐部"，原本就是冲着这个概念开的。餐馆起这样一个名字，显而易见就是为了吸引来自全球的所谓事业有成的高端绅士们，供他们在这里社交、漫谈，与气味相投的精英人士分享一些与肉有关的段子。

裘德洛来晚了，纽约人已经吃腻了。

神户概念在新泽西可能还吃得开，但纽约的食客们已经不感冒了。他们对概念炒作本来就有戒心，再加上神户俱乐部本身山寨，所以很快就开不下去了。不过，神户概念的败退也可能是被裘德洛本人连累的。裘德洛从来就是食评人无法抗拒的话题人物。每次裘德洛有什么新动作，这帮写美食博客的人就一拥而上冷嘲热讽，不留一丝情面。通常他的店还没开张，就已经被批得体无完肤了。这就像新进的影评人总会对布雷特·拉特纳（Brett Ratner）[1]发表一些尖酸刻薄的言论一样，如此一番可以迅速获得社会认可，认为你是一个货真价实的有品位有见地的影评人。而裘德洛，也跟拉特纳一样，不在乎流言蜚语，甚至你越说，他越来劲儿：看他那个给电视真人秀捧红的垃圾餐馆、一个荒唐怪异的山寨版 Rocco's[2]，跟山寨巴西风的 Caviar and Banana[3]；还有 English is Italian（可惜他不是）。他最近为了一举拿下亚洲融合菜、寿司店和小酒馆市场而作的蹩脚

1　《尖峰时刻》系列导演。

2　纽约的一家墨西哥菜餐厅。

3　一家供应有机食品、寿司和法式吐司的开架式餐厅。

尝试，连食评界的资深人士都看不下去了，只要有可能，就会狠狠地踹裴德洛几脚，也不管话题是不是早就被说烂了。这货是一个经久不衰的笑话。

纽约的后神户汉堡时代，胡乱涂抹的鹅肝酱或自制配料都被齐齐淘汰，汉堡返璞归真。"纯正汉堡"的概念开始兴起。狂热汉堡控认为，一个纯粹的汉堡，必须使用原始的配料表，坚持传统，摒除任何外来或现代的口味，要让肉质本身的魅力散发出来。这样的汉堡，必须"正确"烹饪"正确"的原料，也就是指用最好的方式培育出来的最好的牛身上的最好的部位的肉。

纽约 Minetta Tavern 餐厅的黑标汉堡里的肉，是高端肉类品牌 Pat LaFrieda 家的秘制牛肉饼。牛肉来自 Creekstone 有机牧场，那里的牛可以在农场里自由散步，吃新鲜的牧草。这个汉堡的做法很简单，把肉饼放在烤盘上简单烘烤后，夹在面包里，加入洋葱、番茄和生菜叶。新瓶装旧酒，一切都回归到本来的样子，只是价格涨到了二十六美元一个而已。

这真的是一块神一般的汉堡。很难再找出比这个更好吃的汉堡了。如果你有钱，这还是值得的。而且既然你能到 Minetta Tavern 吃饭，那钱对于你来说应该不是个问题。

与此同时，声名显赫、引领行业潮流的顶尖大厨们正以一种惊人的速度开发着"概念汉堡"的市场，包括劳伦·杜朗铎（Laurent Tourondel）、丹尼尔·布鲁德、汤姆·科利基奥、休伯特·凯勒（Hubert Keller）、鲍比·弗雷，就连艾梅里尔都加入了进来。他们开发出的汉堡，都相当不错。"纯正汉堡"是当下最热门的概念，可以预见，这种热度将持续很长一段时间。这只不过是一个开始，一个应运而生的趋势。毕竟，汉堡是经济萧条时比较容易承受的奢侈品，恰好契合了弥漫全国上下的情绪：因为对以前的食物不满、厌倦，不想看到太多花花绿绿装腔作势的菜式，又想要吃到令人放心和安心的食物。而所谓最正宗最地道的汉堡，也恰好迎合了吃货中的吃货们对关于什么是最"正宗"的经典家常菜的热烈讨论。讨论这类话题也是一种装逼的方式。

概念汉堡大行其道，但是普通汉堡又是怎么回事呢？那种不算好也不算坏、理论上安全健康（至少我们曾经这么觉得）的纯粹用来充饥的汉堡命运如何？它的面包片耷拉着，油顺着面包下面的开口流出，里面夹着谁也不会吃的烂叶子、没熟透的番茄、干瘪的洋葱皮、一小片还没有怎么融化就又开始重新凝固的卡夫芝士，以及一块再不情愿也要免费奉送的绵软酸菜。这样的汉堡会与那些从Howard Johnson 酒店的菜单上消失的传统经典菜式殊途同归吗？会像带着方格状的烤架印、配着菠萝圈的烤火腿片一样消失吗？会像几十年前的酥皮鸡肉馅饼一样没了踪迹吗？

那些涨不了多少钱的低端汉堡还卖得掉吗？是不是需要先给消费者吃一颗定心丸？

"现在为您奉上来自于我们贞洁教友会农场的安格斯牛肉汉堡。我们的牛用全谷物饲养，严格控制抗生素的使用量，生活条件舒适，仅于屠宰前几日在黑乎乎、糊满屎的牛棚里遭受有限的不适。"

又或者，这些来路不明的汉堡，涨个一两美元之后继续千秋万代繁荣昌盛？

街角的那对开便餐店、卖普通汉堡的希腊夫妇必然已经意识到了，既然别处会有冤大头愿意花十八美元买一个汉堡，那我这里的汉堡涨一两块钱也是应该的。

汉堡的变化也许仅仅是美国餐饮业整体变化的一个缩影。在不知不觉之间，美国所有的日常食物都一个个地改头换面，先是逐个卷入到涨价潮流当中，接着升级，重新包装，重新定义，最后以更高的价格卖出。

不信你看纽约、旧金山、芝加哥最火的几个餐馆，富人们正用最昂贵的价格购买当年穷人们才吃的东西。猪肠、猪脚这些便宜货，现在变成了高级餐馆的主打菜。

现在，如果你想吃猪肠子猪脚，那你还真得上高级餐厅。二十美元的猪肠子，请到马里奥·巴塔利的馆子。去哈林区找猪脚，会失望而归，我劝你还是去丹尼尔·布鲁德店里碰运气更靠谱些。

传统比萨濒临灭绝，"工艺"比萨大行其道，甚至连纸杯蛋糕也打进了高端市场，普通的香肠现在成了纽约城最火热的单品。这年头，如果你在波特兰或者旧金山点一瓶喜力，你就等着受歧视吧。某个热衷于当地啤酒的技术宅会冲上来跟你聊些低醇、含麦芽的、小规模酿造、带有浓郁草莓和天竺薄荷清香的啤酒，酒窖就在当地的不远处。当然，你也可以搞怪，故意点一瓶帕布斯特蓝带啤酒（PBR），那么你就可以付着开瓶费，体会一番致命的嬉皮感觉了。

大卫·张的馆子里卖的"谷物牛奶"，十六盎司一瓶。这玩意儿，不过就是混合 Captain Crunch[1] 里的莓子干味的麦片，等你糊里糊涂地把上层的固状物吃完，瓶底剩下的就是一口甜丝丝的粉红色牛奶。仅此而已。这东西的售价，竟然要五美元。这恐怕就是今日涨价风潮中最夸张的例子。不过话又说回来，也许最后我们会发现，这跟其他的比起来完全是小巫见大巫。

就算最终好心人胜出了又怎样呢？最后，中产阶级经历了一系

1　美国谷物麦片品牌。

列希望、不安、失望和绝望，对餐饮业信心尽失、开始只信赖高价食品，他们会不会最终只不过用了更多的钱，买来了跟之前一样的屎？我更关心的是，我是不是也为整件事出了一把力？

我不会又是在不知不觉当中错手结果了我最钟爱的东西？

早期教育

我女儿在屋里装睡。我和我老婆故意走到她房门口轻声细语地说话。

"嘘——她听得见。"妻子故作狡黠，好像在演舞台剧里的特务。

"没有吧，她早睡着了。"我低声说，但其实故意说得让她能听见。我们再一次提到了麦当劳叔叔，说他可能与又一个小孩的失踪有关。

"不会吧，又有一个小孩失踪了！"妻子心慌地倒抽了口气。

"恐怕是的，"我流露出担心的情绪，"一个小女孩到麦当劳里买了份薯条、一份快乐儿童餐之后就再也找不着了……"

"他们还在找她吗？"

"是的，他们把整个森林找遍了，还搜查了汉堡神偷的家，最后觉得还是麦当劳叔叔的嫌疑最大。"

"为什么？"

"上一次，他们最后发现那个孩子尸体的时候，那个孩子是叫小蒂姆吧？警察在他的尸体上找到了虱子。"

一场声势浩大的心理战悄然拉开序幕。我们要用戏剧的力量感染一个两岁半的小女孩。

这件事关系重大，事关我可爱的独生女的身心健康。我得保证她远离罪恶帝国，为此即便不择手段，也在所不惜。

麦当劳对付孩子很有一套。他们熟悉市场，不惜重金讨好连路都不会走的孩子们。麦当劳叔叔的孩子缘向来很好，因为麦当劳深知，选择餐厅一事上，在汽车后座上大吵大闹的孩子，远比两个工作了一天精疲力竭的成年人更有主动权。于是，他们就用颜色鲜艳的麦当劳叔叔和五彩缤纷的玩具打造品牌形象。终有一天，这些长期生活在这个精心设计的彩色世界中的小孩，会长成一个无法抑制地啃食巨无霸的麦当劳控。麦当劳叔叔的模样，比米老鼠和耶稣还要深入孩子的心。

老实说，孩子认不认识什么米老鼠或者耶稣我根本就无所谓。我害怕的是她跟麦当劳叔叔走得太近。我想让她跟我站在同一个战壕——视美式快餐为敌。

麦当劳资助贫苦学校、修建学校操场，千方百计给孩子洗脑。他们很聪明，无时无刻不在宣传和推销。麦当劳把自己弄得跟迪士尼似的，跟孩子们抱成一团。我无法在法庭上跟他们对峙，他们太过强大。

并且，你要面对的不只是这个怪蜀黍，还有那位陆军上校，以及汉堡大王。他们在操纵不谙世事的小孩的心智方面，已经是炉火纯青了。如果试图在法庭上解决这个问题，根本就没有胜算。

不过，以其人之道还治其人之身，反倒很简单。

艾瑞克·施洛瑟的《快餐帝国》固然有其价值，但对快乐儿童套餐的目标顾客——三岁的孩子，没什么说服力。麦当劳叔叔、国王、上校，还有他们五颜六色的糖果朋友，是我面前坚不可摧的敌人。这可不是一场能摆事实讲道理的辩论赛。孩子们可不关心卡路里、工厂化农场是怎么回事；有关廉价肉对美国环境和社会健康的影响，他们更是不屑一顾。

但他们知道虱子。

孩子最怕什么？怕被孤立，怕跟别的孩子不一样，怕在学校被欺负。孩子的原始本能，就是寻找归属感。麦当劳用小孩喜欢的颜色、材质、电影和电视节目，吸引他们吃这些黑乎乎的肉。他们利用孩子们的恐惧和模糊的愿望，不择手段地来达到目的，并且毫不内疚。我也要跟他们一样。

"麦当劳叔叔有虱子。"每次电视上播放麦当劳广告或在开车经过店面时，我就这样说。我还说，"你知道吗，他闻起来臭极了，有点像……屎！"我的措辞总是很谨慎，每次都会用到"据说"这个词，生怕我对一个两岁的孩子所说的悄悄话会被人误解为诽谤。

"如果和他拥抱，会染上虱子吗?"女儿面露惧色。

"反正有人说……是的。"我不想太过于绝对，否则改天要是真的在某个小孩的生日派对上见到麦当劳叔叔，事情就败露了。这种律师般的含糊回答其实挺有效。"他们还说他身上有臭味。当然我不是说如果靠他太近这个臭味会蹭到你身上——但是……"我故意停下不说，制造恐怖的氛围。

女儿惊叫道："真恶心！"

我们安静地坐着。女儿想了一会儿，问："吃了那里的汉堡，真的会变傻吗?"

我会心一笑，给她一个大大的拥抱，安慰地吻了吻她的前额，说："哈哈，真不知道你是从哪里听来的。"

几周前，我有意无意地让女儿芭蕾舞班的同学蒂凡尼听我聊电话说到这件事，当然一切都是演出来的。然后我就等着她把这条信息说给我女儿听。这种伎俩就像是吞食钡餐：从整个系统的一端投放，然后静静地等待它沿着设计的轨道，出现于另外一端。太牛逼了。

美国烹饪学院把这玩意儿叫作"暗宣传"，我看这种低成本策略，很适合用来对抗那些我们强大的敌人。

我还清楚地记得小时候的那个谣言，说水果糖里有老鼠毛。虽然当时还没有互联网，传闻还是在全国各个学校里不胫而走，使得该糖果公司的销量大挫。我不知道谣言因何而起，总之事后证明没这回事儿。

我当然不是要建议大家去做这么道德沦丧、违法乱纪的事情。

我就这么一说，你们就这么一听。

《纽约时报》最近的文章说，在食物包装上标示卡路里含量并不管用。美国人的大腿一点儿没变细，得2型糖尿病的小孩子也越来越多。

但要明令禁止快餐，原则上很难说得过去。如果一个国家，发展到需要靠政府插手来阻止大家沉溺于快餐，那也太把人当小孩了，而且在这个过程当中还会践踏许多不应该被践踏的基本人权。但是，如果哪天我们找不到足够多的身体健康的人来保卫我们的国家，或者因为消防通道被大胖子卡住而对公共安全造成严重的威胁，那恐怕取缔快餐就不可避免了。

"肥胖税"可能即将出台，就像我们收"香烟税"一样。

他们先把香烟的税定得很高，高到离谱的境界。然后，烟民又被禁止在办公室、餐厅和酒吧抽烟，有时甚至在家都不能抽。烟民们被罚款、被魔鬼化、边缘化，像畜生一样被赶到阴冷的角落。最后，很多人只能戒烟，比如我。

我不希望有朝一日我的女儿会受到这样的对待。

我的意思是，那还等什么呢?

诚然，女性美不是指患有厌食症的骨瘦如柴的女星或是超级名模。没有人应该被逼着变成那样。

但是病态的过度肥胖也不是"可以接受"的。当你肥得需要人搀着才能下车的时候，这并不是一种"与众不同的人生"，也不是"有个性的外形"。

我时刻都在思索，如何在不诉诸社会压力的前提下让我女儿明智地选择食物。我不想说"看米莉·赛勒斯（Miley Cyrus）的身材多好"。这样做的副作用可能很严重，等于逼她每餐后跑到马桶边催吐，让她交上坏男友，最终把她逼上吸毒的道路。

我读到近期的一篇研究说，如果把猪肝、菠菜、西兰花这类孩子不愿意吃的健康食品用麦当劳的包装纸包裹一下，孩子们就爱吃了。我刚开始感到无比震惊，不过之后就有了一个主意。

与其利用麦当劳对孩子们强大的影响，换来眼前的蝇头小利，比如偶尔用麦当劳包装裹一口菠菜让孩子吃，不如反其道而行之。利用麦当劳叔叔奇异而邪恶的超能量来伸张正义。

我打算找一种极为恶心的东西，裹上诱人的巧克力酱，再仔细地用麦当劳的包装纸包好。强调一下，这不是什么有毒的东西，只是一些一个两岁半的孩子会感到反胃的东西。可以是一团浸满醋的海绵、一束头发，或是芭比娃娃的头。我把做好的"食物"装在熟悉的麦当劳纸盒里，放在一边，就像是不小心忘在那里一样，故意让女儿找到。我甚至会提前警告她说："如果你看见那恶心的麦当劳的东西，千万别吃。"然后再一边自言自语，一边慢悠悠地走去洗衣房："爸爸真笨，买了些巧克力，然后又找不到了！"

对于麦当劳的童年阴影，越早形成越好。

我在跳舞

我不想在酒吧里吸到嗨

我不想在汽车里吸到嗨

不求千金小姐跪倒胯下

只求心中女神伴我身边

舍此别无所求

——乔纳森·里奇曼（Jonathan Richman）《心中女神》

我在跳舞。

其实只是扭动——至少看起来和扭动没什么区别。我从来都羞于在别人面前跳舞，但其实屋里的其他人都跟我差不多。我周围还有九到十个菲律宾保姆，穿着裤袜，带着她们看管的小孩儿，在音乐中扭屁股。我的舞伴是个两岁的小女孩，穿着粉红色裤袜和芭蕾舞裙。我猜我指甲里的那一块红色应该是残留的培乐多橡皮泥。

这真是一点也不酷，我心知肚明。这简直是男人最不酷的时候。但我其实无所谓。不够酷这件事我早就习惯了。总之，这会儿与曼哈顿上东区的这群自命不凡、自以为是的人为伍，身处这群平日里习惯推着高档婴儿车毫无愧色地霸占整个人行道的家伙当中，我的自我感觉相当不错。在这个美好的周二下午，我是这里唯一的家长，周围除了扭动着屁股的保姆，就是什么小索菲亚、小范尼塞斯、小茱莉亚、小艾玛和小伊莎贝拉们。我女儿在我三尺之下的高度，拼命跳跃扭动，一边夸张地微笑，脸都要笑烂了。她很高兴我能在这儿陪她。"的确，我爱你，胜过所有这些母亲爱她们的孩子，所以我来了，而他们的母亲都没有来。她们都在涂指甲油，搞外遇，做普拉提，干那些坏父母才会干的事儿……而我在这里，跟你一起跳舞，跳得肠子都要呕出来了。这种事儿除了为你我是绝对不会干的。我是个好爸爸，超——级——棒——的爸爸！"

之后，如果她表现良好，我会赏她一个冰激凌。我会和她一起坐在路边的长凳上。她穿着她的小帆船牌套头衫。我会暗暗期望路过的行人注意到她的美丽，注意到这一对无比可爱的父女，注意到我这个绝世好爸。我会握着她的小手，或者让她骑在肩上，载她回家，一路陶醉在自我欣赏当中。

我已经过了装酷的阶段了。事实上，我不相信任何人还能指望在我身上或者我的周围发现一丁点儿酷的痕迹。任何一个当过父亲的人都能深刻地体会到，当你第一眼看到你初生的孩子，看到它朝你转过头来，你就知道你得把你身上任何残存的所谓酷的元素都扔到窗外去了。比如那件珍爱的黑色摩托车皮夹克，比如耳朵上的耳钉，都该迅速扔进离你最近的那个垃圾桶。你会突然觉得这些东西太不像样。

诺曼·梅勒把扮酷的欲望描述为"一种释放内心变态的自我的决定，视安全感为无聊和病态，只生活在当下，不在意任何过去、未来和回忆，不制定任何长远的规划"。

我这人大半辈子都是在释放内心的变态自我，尽管这么说其实是美化了我的所作所为，但我确实为此殚精竭虑。

酷的本质，就是全不在乎。

不过我现在毫无疑问开始有了在乎的事。我从没这么在乎过。其他所有一切，一切，都已不再重要。否认，或在行动上逃避掩饰，都是弥天大谎。我再也不会穿死男孩乐队（Dead Boys）的T恤衫了。开什么玩笑？他们迷人的虚无主义世界观再也不能让我共鸣。如果斯蒂夫·巴特斯[1]（Stiv Bators）还活着，如果他胆敢用他肮脏的手碰我的孩子，我一定立刻拧断他的脖子，再用婴儿湿纸巾把那块地方彻底擦干净。

嬉皮风也再不可能适合我了。

我朋友吉尔（A. A. Gill）说了，等你女儿长到某个年龄，好比说五岁，她能想到的最痛苦尴尬的事，就是发现她老爸还有那么点摇滚。你的唱片收藏也许的确比你女儿的收藏要酷，但是这根本无济于事。她根本不在乎，别的人更不会在乎。如果你足够幸运，等你死了很多年之后，你的某个孙子会无意中翻出那张《快乐房子》（*Fun House*）[2]的旧版专辑。不过这对于想要重温光辉岁月的你来说未免也太迟了。

你曾经酷过，但这件事本身一点也不酷。

我觉得这朋友说得挺对。历史曾经无数次证明，对长辈的过分崇敬几乎总是坏事。我希望我女儿爱我，但我不一定要让她分享我

1　美国传奇朋克乐队 Dead Boys 的主唱，死于车祸。

2　美国早期朋克乐队 The Stooges 乐队的经典唱片。

曾经的爱好，比如爱尔兰麦芽酒或夏威夷大麻。

看看那些音乐纪录片《音乐背后》(Behind the Music)里的永远都那么酷的人的孩子。这些孩子看上去都跟小羊般懦弱，而且看不出有什么未来。他们就像监狱看守似的，心不甘情不愿地摊上了这么一个满脸皱纹的长不大的极品怪咖爹妈。孩子们不一定知道什么更酷，但他们永远知道什么不酷。

没哪个孩子真心希望有一个酷爸酷妈。我还是孩子的时候，"酷"父母意味着允许孩子在屋里抽大麻，或者允许女儿的男朋友在她屋里过夜。按照这个标准，萨拉·佩林也算是个酷妈了。不过，如果我没记错的话，我们当时都觉得这些家长有点变态。他们确实是有利用价值，但他们到底是哪儿出了问题，会觉得看自己孩子鬼混，特别有娱乐效果？是因为他们没有自己的朋友吗？背地里，我们都不喜欢他们。

有一天，我突然发现自己已经三十岁了，残酷，瞬间击中了毫无防备的我。我一度把"千万别相信任何三十岁以上的人"以及"早死早超生"奉为人生的真理，并且坚信不疑。我从来没指望自己能活过三十。事实上，我一度竭尽所能让自己活不过三十——而当我突然间跨过了三十这道坎，我发现自己对此毫无准备。好在餐饮业的生活足够有规律，逼我每天早上起床，出门去做点事。如果这样也不行，那么我至少还有海洛因，来为日复一日的生活提供目的和动力。在我三十出头的日子里，我几乎每天都做的事只有一样：搞点海洛因。

在我的第一段婚姻中，我只有一次体会到内心的柔软。当时我在看格斯·范·桑特的《迷幻牛郎》，里面马特·狄龙演的鲍勃和凯利·林奇演的戴安娜的那段。这电影提醒我，幸福可以发生在最糟糕的时候，虽然那注定短暂。

快到四十岁的时候，我发现我还在游手好闲。我承认我对自己很失望，我迷失了方向，甚至认为我的一生将这样草草结束。"我到底要闹哪样？"我记得当时我这么质问自己。我戒了海洛因和美沙酮，也终于——终于——跟可卡因这个半生伴侣分了手。我变清醒了，可那换来的奖赏竟是自我否定。过去我花了二十五年企图用各种化学药品填满的空洞，慢慢清晰地浮现在眼前。

四十五岁时，就在我写完《厨室机密》后不久，我开启了新的人生。一分钟前，我还站在一口炸锅前摆弄灼热的胡椒牛排，一眨眼，我就在撒哈拉沙漠的一个沙丘上看日落了。我在马德望（Battambang）[1]大街上横冲直撞；在暹粒省被长着小脚的人在背上踩来踩去[2]；我还去牛头犬餐厅吃了饭。

在第一段婚姻结束前不久，我改造了公寓，其规模不亚于一次政府性大规模基础设施建设：新书柜、新家具、新地毯和新电器，我添置了一切象征"正常""快乐"生活的物质设施。这种生活，自从我离开父母后就再也没体会过了。在那期间，我写了本犯罪小说，里头的人物全都渴望过上白篱笆（white-picket-fence）[3]的生活。那心态几乎就是自我的写照，其写实程度超过我任何一部非虚构作品。之后不久，我忍痛作出了一个否定我之前整个人生的决定。

那是一段调整期。

1　柬埔寨地名。

2　指泰式按摩。

3　美国典型的中产阶级家庭的标志，一家人住在乡间小别墅，屋前的草坪周围用白色篱笆围起来。

我还记得我决定成为父亲时那一刻的场景。

想要孩子的想法，我其实一早就有，即使在我人生最糟糕的时候，我也总爱回想被我爸扛在肩上玩的美好时光。我五岁的时候，我爸一边吼着："来个大的!"一边扛着我冲进泽西海滩的海浪中。我会吓得惊声尖叫，但其实心里乐坏了。我想有一天我也要如法炮制，看看我自己的孩子会有什么反应。不过想归想，我一直觉得我并不是当爸爸的料。没错，小孩都喜欢我，比如我的侄女和侄子，但当你扮演的是放纵的"坏叔叔"的时候，让小孩喜欢你是再简单不过的事。

我所生活的环境根本不适合孩子健康成长，我也从来没觉得我适合过一种健康的生活。每当我想到这事儿，我就去照照镜子，心想："这男人也想要个孩子。这厮根本干不了这活儿。"我这辈子，从来没做过对别人有用的事；写完《厨室机密》后，更是一日不如一日。

改变从何时开始，我不知道。不过有时，我猜，这就像某种触底反弹。你犯过所有的错误，搞砸了所有的事儿，吸了足够的可卡因，然后当一个赤裸油亮的超级模特或天底下最好的超级跑车也没法让你高兴时，时机差不多也就到了。

觉悟的那一刻发生在我还住在第九街的时候。那房子在 Manganaro's Heroboy 餐厅楼上，也就是 Esposito Pork Shop[1] 隔壁那幢小公寓的四楼。我同当时还只是女朋友的女人一起躺在床上，我侧搂着她。突然间我起了个念头："要不然跟这个女人生个孩子怎么样？唉，我还真想要跟这女人生个孩子。妈的，我不仅仅是想跟

1　Esposito 肉铺。

她生个孩子，我还想做个好爸爸。我肯定会成为一个好爸爸。"

我们就此展开讨论。奥塔维亚（她的名字）也觉得这主意不错，但是至于能不能快速怀上孩子，她不太乐观。

"亲爱的，"她说（带着富有魅力的意大利口音——以一个繁忙的餐馆经理的口吻），"你老了。你的精子，呃，可能都死了。"

鉴于怀孕是个漫长的过程，需要提前计划，我们商量好等我拍完下一期节目就开始行动。然后我就启程去了贝鲁特。

有关那一期节目的故事，我在其他地方写过。总之，我和我的摄像团队被卷入一场战争。我们在酒店躲了大概有一个星期，听着周围的爆炸声，感受它们撼动地板的威力。这是一段特别戏剧化的经历。最终，我们被美国空军和海军的登陆艇分队从一个海滩转移到了地中海的货轮上，之后又被送往塞浦路斯。

后来，善良的"美食频道"派了一架私人飞机把我和我的工作人员接回了美国。我们这帮没坐过私人飞机的家伙，在上面睡觉、打牌，吃机务人员做的蛋卷，最后，飞机终于在一个阴雨绵绵、灰蒙蒙的早晨，降落在新泽西泰特波罗机场。我们穿过停机坪走进一个狭小的私人走道，在那里，"美食频道"的总裁派特·扬（Pat Younge）、奥塔维亚和其他工作人员的妻子和家人都来迎接我们。这是一个充满拥抱和哭泣的动人场面。

我把奥塔维亚带回我寒酸的小屋，开始了我们的造人计划。没有什么比连续八日的恐惧和绝望能够让人更好地集中注意力在该干的事情上了。几个星期以后，奥塔维亚陪我去洛杉矶担当《顶级大厨》的评委。我们正开着车，从洛杉矶国际机场赶往市区，这时我接到了奥塔维亚医生的电话。现在我还保存着一些照片，照片里面，我坐在马尔蒙庄精品酒店的床上，手里拿着五个不同品牌全部显示阳性的验孕棒，正咧着嘴傻笑。奇怪的是，我从未感到害怕。我脑子里从来没有出现过退缩的念头。我从没想过"这是要干吗？"

我是无痛分娩班上的明星学生。如果你在逛超市的时候羊水破了，而我正在附近的话，不用紧张，我完全懂得该如何应付。

糟糕的过去，就要真正成为过去了。我一点也不后悔。真的，要为人夫、为人父，需要改的东西有很多，尽管过程并不算是顺风顺水，但我正在逐渐变得值得尊敬。而且现在改变,时机再好不过了。对我们这些经常在电视上抛头露面的人而言，无处不在的社交网站、美食网站、厨师博客已经改变了整个游戏规则。这年头，你根本不用是一线明星，就可能在某个名人网站发现路人偷拍你丑态的低分辨率照片。你可不想让女儿的同学看到她爸爸凌晨两点在某厨师酒吧里发酒疯的样子，看到他从一个矮胖暴露的鸡尾酒女侍者的肚脐眼里喝酒的照片——这事儿我几年前都干过。这年头，随便一个路人都能轻而易举用手机拍到你手里夹着两本色情杂志从色情店里溜出来的照片，并立即发到网上。我想这样的可怕时代，恐怕是脱下皮衣，换上卡其裤的绝好时机。

"没人喜欢糟老头子，也没人喜欢乖小孩。"我喜欢这句话。拜我家庭所赐，我曾经很不幸地成了后者。现在我要改过自新，争取不变成一个糟老头子。即便不是因为要做一个父亲，我也应该改邪归正了。

这一切都是为了她。我意识到她还很年幼（我怎么可能意识不到呢）；我意识到她还是白纸一张，她的记忆就像一个柔软的表面，我的每一次情绪失控、每一次失态、每一次不小心，都会给她造成不可抹去的影响。而且，她还是一个女孩儿，我相信这更需要我付出加倍的关护。爸爸这辈子可能有很多时候活得猪狗不如，但爸爸再也不想这样了。这种事怎么强调都不为过。我作为一个哥哥，有过当兄长的体会，因此我无法想象让一个小女孩亲眼看见父亲向另一个女人暗送秋波的场景。这个小家伙儿很快就会出落成一个亭亭玉立的年轻女孩，这是我每天想得最多的一件事。

我计划先好好地彻底地毫无保留地宠爱这个孩子一段时间；然后，等她到了四岁，再把她送去学跆拳道。这样，等她上两年级时，后桌的小蒂姆要敢拉她的头发，就等着被封喉吧。我那小丫头也许长大后毛病不少，被宠过了头，对世界抱有许多不切实际的期望；也许还会因为童年旅行过多，有点文化迷失；考虑到她接触到的食物，她也很有可能对吃的东西挑三拣四；等她十六岁时，她老爸可能已经年老体衰了。不过，有一点可以肯定，她一定会自尊自爱。

最起码，她不会需要通过和一个混混约会来找自信。她肯定会跟很多混混约会。父亲们别指望能够管得了这个。我唯一的愿望就是，她就算是跟混混约会，也能选一个好一点儿的混混，一个真正能让她开心的混混，而不只是一个让她自我感觉良好的混混。

希望如此。

约翰·F.肯尼迪说过一句可怕的话，保证能让天底下所有的父母都不寒而栗，他说："生孩子不过是让命运有了更多要挟你的筹码。"

我希望我从来没有读到过这句话。我只是希望她快乐，即便有些古怪，我也能接受。她能感受到爱，衣食无忧，最好还能意识到这个星球上并非所有人都有她那么好的条件。有机会的话，她能去和越南乡下的渔民或农夫的孩子一同光着脚玩玩，能在每一片海里游泳。她知道怎么用筷子，也知道什么是最正宗的芝士。这会儿她的意大利语已经比我溜了。

除此之外，我也不知道我还能做什么。

"去问艾丽斯"

对他来讲，集市就像老板阶级的肚子，就像普通诚实老百姓的肚子，凸出来，欢欣鼓舞，在阳光下闪耀，宣布一切都是最美好的。

——埃米尔·左拉《巴黎的肚子》

艾丽斯（Alice Waters）[1] 其实是想来帮忙的。就在奥巴马竞选获胜后不久，这位"慢食之母"给我们的新总统写了一封信，向他提议上任后的首要任务应该是"一场饮食革命，伴随着一套完整的奥巴马改革方案，而这场革新应该从美国最为显眼、最具象征性的建筑——白宫开始"。

仗着自己同当时的《美食》杂志编辑露丝·雷克尔（Ruth Reichl）、餐馆老板丹尼·迈耶（Danny Meyer）等一帮朋友，都曾

---

[1] 艾丽斯·沃特斯，主厨、作家，旗下餐厅"潘尼斯之家"奉行只用当季新鲜有机食材的烹饪价值观。

经为奥巴马的竞选筹过钱，艾丽斯似乎觉得自己有资本提议奥巴马即刻把他们招进宫内，"组织一个类似于'厨房内阁'的小型咨询团体，负责为白宫挑选御厨——一个正直的人，一个致力于环保主义、健康主义和生态保护主义理想的人……"

艾丽斯似乎根本不把白宫现有的那位"正直且有理想"的主厨放在眼里。这位主厨多年来一直在为白宫提供土生土长的有机绿色食物，并且白宫早就有了自家后院的小菜园。不过这些事情艾丽斯都闻所未闻。依靠消费者的品位来判断厨房班底，显然犯了个错误。若靠观察或道听途说上任白宫之主的生活作风，那显然会对白宫的厨师班底作出最坏的评价。我猜艾丽斯对这事压根儿就没有过一丁点儿严肃认真的思考，不然她查一下谷歌就该知道了。

这事儿，就像其他所有事一样，到头来只不过是艾丽斯的又一场演出。"这个愿景我从1993年起就有了，我永远也不会忘记，"她激情洋溢地说，"那就是在白宫草坪上建一座美丽的蔬菜园。它将会向这个国家、这个世界展示我们土地管理的宗旨，一个真正的胜利蔬菜园！"

最终，尽管新总统抵住了让艾丽斯进驻白宫的诱惑，她还是如愿以偿地拥有了自己的菜园。

艾丽斯的这一次演出可以说是蠢到家了。她拙劣地试图将为民办实事的好意搭上她爆棚的自我意识一起销售出去。如果她过去四十四年都参加过总统选举的投票的话，或许此事的结果还不会这么糟糕。不管你的政治观点是什么，你必须承认，无论是在理论层面还是在现实层面，老布什和戈尔，或者小布什和克里之间的分歧，都是极其明显的。而他们在过去四十四年所有的大选对垒当中，还算是分歧较小的两对。不管你投给谁，你的这一票必然是有其深远影响的。你只需要读读报纸的头版，就能明白你的这个决定如何改变着世界，并因此影响未来几年的形势。所以，任何人，包括艾丽斯，都没理由说出"没什么区别啦，最后不都是军工集团嘛"那样的话。我承认，这句话一直让我耿耿于怀，一想到它我就胃疼。这件事让我心里对艾丽斯有了一个结。

艾丽斯大言不惭地声称自己从 1966 年以来从来没有投过票，然后她居然还好意思向我们今日的新任总统[1]进谏。要知道，摆在我们这位新总统面前的，是崩盘的全球金融系统、螺旋式上升的失业率以及令美国进退两难的两场战争。就在这个失业率再创新高的时候，我们的艾丽斯却在这里要求大伙儿在餐饮业上多花点钱。不过话说回来，把握时机、审时度势，从来也不是艾丽斯的强项。

老实说，我也希望有一天，世界能像艾丽斯理想中的那样。城市建造在山上，山脉围成一个城邦，周围是连绵不绝的乡村美景；小型的家庭作业农场欣欣向荣，种着有机时令可持续发展的瓜果蔬菜土特产。健康、愉快、不含抗生素的动物在草地上自由地吃草，它们完美无味的有机屎直接排出，开启新一轮的食物链，为其他奇妙生命的诞生培育沃土……市区的学童们每天吃的营养均衡的健康有机菜，全由快乐的、自我实现的、文明的工人精心烹饪至最完美的状态。罪恶的律师、证券经纪人以及布鲁克海默制作公司[2]的副总裁们都告老还乡，回到美好的农耕社会，劳作耕耘，重新找回做人的意义。在这个新的启蒙时代，快餐黑恶势力将会迅速销声匿迹，因为曾经为他们打工的穷忙族会炒了他们的鱿鱼，回到他们阔别已

1　本书写于 2009 年，时任总统的是奥巴马。

2　美国电视电影制作巨头。

久的家中，为孩子准备野荨麻意大利饭。一切都干净、安全，没人会再受到伤害。这一切就像来到了伯克利。

或者是意大利。注意，不是现实当中的意大利，而是红酒酒标上的意大利，那种周末档浪漫喜剧片里的意大利，寂寞又郁郁寡欢的离异少妇，邂逅了脖子上围着印花手帕、操一口迷人口音的年轻精壮肌肉男，并且发生了一段难忘的艳遇的意大利。或者是《我爱露西》(*I Love Lucy*)[1]里的意大利，当地农民亲手采摘葡萄，亲自上阵用脚将其踩成酱[2]的意大利。

你若在现实当中的意大利待上一阵，很快就会发现，他们压根不再亲手采葡萄了，也不再亲自上阵用脚踩了。他们不采番茄，不采橄榄，也不剪羊毛。一般而言，他们的番茄和橄榄全是那些报酬超低的非洲或东欧劳工采摘的，而且是季节性雇佣。这些人被带进这个国家就是为了干这些活儿，一旦完工之后，无事可做的他们就会被意大利人抱怨、被妖魔化。除非淡季的时候需要汽车司机，此时他们的身影会遍及意大利的各种犄角旮旯。意大利引以为荣的土质确实就如同传说中的那样，好不好完全取决于你所处的位置以及你的身份地位。如果你住在那不勒斯附近，那么你的农场是个北部有毒工业废料填埋场就不算什么秘密了。在这里，食物的提供者既不是主厨，也不是你们家外婆或什么慢食活动爱好者，而是位于那不勒斯的兄弟互助会——卡莫拉[3]。自己家后院种橄榄的基安蒂[4]老

1　二十世纪五十年代美国经典喜剧电影系列，反映了当时主流中产阶级的生活。

2　传统酿酒工艺。

3　卡莫拉秘密组织：1820年左右组建的一个那不勒斯人秘密组织，以实行暴力和敲诈而臭名昭著。

4　意大利红酒产区。

头可能根本不能靠卖橄榄油糊口，把房子租给德国人倒是收入可靠。

谁会是在艾丽斯的乌托邦里干活的人呢？除非他们被枪指着，否则肯定不是她那些平均家庭年收入八万五千美元的邻居们。那么到底是谁呢？就从艾丽斯热衷的口头禅，比如"纯净"和"有益健康"里，我们就能嗅到一丝高压政策的味道，不是吗？这种理所当然的、过分自信的片面言论，在历史的长河中，向来都是打着"共有利益"的旗号。诚然，要把艾丽斯比作"穿着穆穆裙[1]的波尔布特[2]"，那是有点夸张。不过提醒一下，波尔布特也曾修行过佛教，上过巴黎索邦神学院。甚至在他发起惨绝人寰的大屠杀时，也可能一度是真心要做些好事。

那么，那里到底谁会干活？

真的，这问题早晚得有人回答。

即便成功地把孟山都这种极度邪恶的农业企业逼入绝境，解放出大片可耕土地，把它们转变为小规模的季节性可持续农庄，那到底谁来种田呢？我们只有两种选择，要么指望大批从来没干过农活儿的人，每天五点钟起床喂鸡，整天耕地。要么，更有可能的是，我们回到传统的办法，引诱大量绝望贫困的有色人种，为我们这些舒舒服服过日子的白人主子耕种美味香甜的蔬菜。到时候，动物的权益的确有保障了，足以让付钱吃它们的人良心安稳，那在马厩铲屎的外籍劳工就不管了吗？

好吧，假设整个美国经济出人意料地华丽丽地崩盘，一夜之间，美国人把对炸鸡块的强烈欲望瞬间转移到了新鲜蔬菜上，假设孟山

1　一种夏威夷风格的宽松长裙。

2　发动红色高棉运动的柬埔寨前总理。

都、卡吉尔、康尼格拉食品、泰森食品和史密斯菲尔德加工厂[1]的董事会成员和高级经理人全都被起诉、定罪、送进监狱（我倒是巴不得这一点能够实现），罪名是……我也不知道……犯罪水平平庸吧。假设农民突然间成了新一代理想主义美国人的首选职业。那我当然是求之不得。

我是个大言不惭的说一套做一套的人。我两岁半的女儿只吃有机食物。我妻子是意大利人。我们全家都举双手赞成在屋外开一个蔬菜园，等到明年吃自家种的新鲜西红柿。我们喜欢换季，喜欢哈德逊山谷[2]丰富的馈赠，当然我也吃从西班牙和意大利进口的食物，它们可以从我们位于纽约上东区的小区里非常不错的但却价格死贵的意大利超市买到。当明星厨师的好处真是不少。

但假设我住在密歇根上半岛怎么办？又或者是底特律边上一个什么地方？又或者我是个失业的汽车厂工人，靠政府救济或只有份兼职工作？好，你说，那我至少有时间去打理一个"胜利"蔬果园吧。请问艾丽斯，那如果我不住在旧金山湾区，我家的田都被科罗拉多河的水淹了，又怎么办？

没问题！"你所需要的是创意。"艾丽斯说，"你可以吃干果或坚果。你可以用罐装西红柿做意大利面酱……你可以吃各种各样的谷物，比如混合蔬菜根茎的杂粮麦片。所有的根茎类蔬菜都随处可得，而且种类丰富，即便在冬天也不会单调乏味……生菜色彩多样，形状各异，萝卜有白的、红的、橙色还有粉红的！你可以在煮肉时加点卷心菜，这又是一种新式发明。"

---

1 美国大型肉类和快餐类食品公司。

2 纽约市北部的一个山坡畜牧区。

基本上，她的意思是，你可以学学俄罗斯农民的伙食。我不知道密歇根上岛区或者水牛城的人听完后会做何反应。

艾丽斯还建议我们，尤其是有小孩儿的人，去购买健康无污染的有机食物。但我要是个老婆不工作、收入一般的执勤警察或者中层经理呢？普通牛奶一加仑卖四块，有机牛奶价格要翻一番；超市里普通葡萄售价大约每捆四块，有机的就要卖六块。如果我是个靠微薄工资勉强糊口的普通服务员，我要怎样才买得起这些有机食物？

艾丽斯对这个问题的回答依然很强大。她说："那就别换手机了，或者少买一双耐克鞋吧。"

这话说得太妙了，而且真是直击穷人之所以穷的问题核心。穷人真的是在耐克鞋和手机上浪费了太多钱。要是他们早点听艾丽斯的话，那他们早就过上梦寐以求的富足生活了。

还有什么可干的？艾丽斯说我们应该立即花费二百七十亿美元来保证每一个美国学生都能吃上健康的有机午餐。最近，这个数字可能又变大了，因为她又觉得有必要给午餐桌添上鲜花。

"这比治理街头犯罪还重要。这跟国土安全问题不一样，这才是最需要解决的国土安全问题。这是天底下最最重要的事。"

我又不太搞得懂艾丽斯了。对于我，一个纽约人来说，不管你觉得国土安全这个概念是如何的陈腐，不管你觉得国土安全工作做得有多么糟糕，但它至少是在致力于阻止自杀性袭击者开着飞机往咱楼上撞。你可能觉得学校有机午餐的事儿比伯克利的街头犯罪重要，但巴尔的摩的穷学生可能完全不那么想。一顿健康的午餐倒是挺好，但如果咱小蒂姆在上学的路上就被枪杀了，那这个午餐又有什么意义呢？况且，给小蒂姆们提供价值二百七十亿美元的有机午餐，可能完全是搞错了方向，因为到目前为止，我们连教他识字这件事儿都还没有做好呢。要是他连话都说不清楚，那他还有什么梦想可言呢？如果他连自己要什么、怎么要都说不清楚，那他怎么打造自己的世界？在我看来，如果蒂姆能吃上一顿相对营养均衡又新鲜的烘肉卷，再配点西兰花的"无机午餐"，我就很满意了。省下来的钱，用来教他识字，给他创造一个美好的未来。等他受了教育，具备了基本的生存技能，他才更有可能挣够钱自己埋单去潘尼斯之家（Chez Panisse）餐厅[1]吃饭。

　　我现在就在离伯克利不远的地方奋笔疾书，在桥对面的旧金山 Mission 区。穷人们每周二在大力水手炸鸡店门口排队，等上四十五分钟到一个小时，为的是一份 1.99 美元的特价鸡块。他们可不在乎什么健康鸡、有机鸡或者良心鸡——甚至不在乎这是不是好吃的鸡。他们排队是因为这三块鸡一共才卖一块九毛九。艾丽斯，这就是我们需要正视的现实。否则，我们什么也得不到。

　　我还记得我十一二岁的时候参加反越战游行的事情。当时，我爸和我先去华盛顿，然后我再和我的朋友到纽约会合参加游行。结果，在这次游行当中给我印象最深的反倒不是游行本身，而是那些建筑工人、警察和消防员——那些受战争影响最严重的人——对我们是如何的深恶痛绝。他们完全不愿去理会我们在游行当中试图表达的诉求，哪怕我们是在为他们呐喊申冤。因为他们看到的仅仅是一群养尊处优、靠爸妈付学费的学生仔在那儿吵吵闹闹。这帮学生仔所上的学校，他们的孩子根本就上不起。我们这群吵来吵去以为自己什么都懂的空想家，完全就不了解他们所生活的世界，但却总是有事没事就站在哥伦比亚大学的教学楼台阶上，大谈"工人阶级"

1　艾丽斯所拥有的一家位于加州伯克利的餐厅。

遭遇的问题。只有那些真正的工人阶级才知道什么叫早出晚归，什么叫"工人阶级"面临的问题。而这帮抱怨找不到工作、胡子不刮脸不洗、身上散着大麻味儿的浑蛋，挽着娇滴滴的女友，居然好意思在这里大谈特谈什么生产方式？生产什么？你们这些浑蛋什么都没有生产过！

就这样，一个很好的诉求因为发起者的问题而被大众所忽略了。

同样的道理，让艾丽斯来支持你的诉求，就像让亚历克·鲍德温（Alec Baldwin）或者芭芭拉·史翠珊（Barbra Streisand）这类大牌明星站出来支持你的候选人一样。我太了解这种感受了。他们说的可能都很好，但你真心想让他们闭嘴。那些独立选民们可能的确已经对共和党失去了信心，但是他们依然不会喜欢让那帮住在好莱坞别墅区里富得流油的"艺人"对他们指手画脚，告诉他们应该选谁不应该选谁。这些人高高在上，根本不懂得老百姓的辛酸痛楚，无法体会他们面对一大摞未付账单的心情。

艾丽斯最近在《六十分钟》节目上的表现是费力不讨好的最好例证。一开场，艾丽斯就被奇懒无比又容易上当的莱斯利·斯塔尔（Leslie Stahl）介绍成了"慢食之母"（你用三十秒钟谷歌一下就知道这种说法有多荒谬）。整个节目当中，这位来自伯克利的圣·艾丽斯摆出一副优雅姿态，俯瞰着苦苦挣扎的凡夫俗子，就像从某个昂贵的有机农贸市场当中徐徐飘过的仙女，煞有介事地指点江山，憧憬着她所崇尚的可持续、有机、人道的饮食方式。

然后，她在伯克利的家中为莱斯利煮了一个鸡蛋，为此她专门还劈了柴生了一堆火。我不知道你会怎么想，但我没看出为了煮一个鸡蛋而生一堆木炭是一种可持续的饮食方式。伯克利对燃烧木材的规定尤其严格。就我所知，就算是想在曼哈顿生这么一堆火，你也得先花老钱弄一套挡板、触媒转换器、过滤器，外加排气系统，此外在安装前还要办理各种许可证，准备法律文书。伯克利对于这个问题更加敏感，毕竟全世界一半的碳排放量都来自木材的燃烧。如果艾丽斯每天早餐都自己生火煮鸡蛋，配上她的燕麦和鲜榨橙汁，那她的邻居就相当于抽了一整包长红二手烟。

节目的后半部分，他们开始谈论潘尼斯之家餐厅。艾丽斯继续表达自己对农产"当地化"的痴迷。她自豪地介绍说，自己饭馆里的五颜六色的蔬菜都是从"奇诺农场"运来的。如果我没记错的话，奇诺农场在圣迭戈，距离潘尼斯之家有十二个小时的车程，喷气式飞机也要开上个把小时。这到底是有多"当地化"和"可持续"呢？

不过你也没办法，你得接受这个现实。艾丽斯能做的，你不见得有资格去做。这就是《六十分钟》节目透露出的重要信息。除了斯塔尔，大概每个人都看得出来。

不信你可以看看艾丽斯为庆祝奥巴马就职，在华盛顿操办的几场晚宴。这几场被媒体定义为"小"场面的活动，实则每道菜价格为五百美元，目的当然还是宣传可持续、坚持本土食材的理念。华盛顿本地的大把优秀厨师被艾丽斯弃之不顾，她宁愿让各种名厨团队千里迢迢飞去现场，料理那些从全国各地运来的食材。这些外援的厨艺明显比当地的乡巴佬好得多，所以过程当中的碳排放量必须忽略不计。

可能接下来要说的对她的确有点儿不公平，也显得太过于斤斤计较，不过我依然不得不提一下。她和汤姆·科利基奥还有食谱作者琼·纳森（Joan Nathan）一起吃过一顿饭。当时，纳森被一口食物噎住了。艾丽斯的第一反应是冲出去，问在场的其他人"有谁知道海姆利克急救法"。问题来了。潘尼斯之家餐厅1971年就开张了，是全美最长寿的餐厅之一。据我所知，艾丽斯是这家餐厅的"行政总厨"。这样的头衔意味着她人生的绝大部分时间都是与"如何救助一个被噎住的人"海报朝夕相处的（法律规定，所有专业厨房必须张贴）。全美所有主厨脑中都深深印着这样一份海姆利克急救法的图解，只有艾丽斯除外。

经验老到的汤姆·科利基奥当然知道怎么办。他果断挺身而出，正确实施了海姆利克急救法，清除了她喉咙里的梗塞，救了纳森女士的命。

这样就引发了一个问题：艾丽斯到底有没有当过主厨？当然，我指的是传统意义上大家所通常理解的"主厨"。就我所知，不论是官方资料还是非官方评论，艾丽斯在潘尼斯之家餐厅的经历，不能证明她曾经是个主厨，但是长久以来，她却始终是人们心目中的优秀主厨。

如果说她不是主厨，那她是什么？为什么她可以叽叽喳喳说个不停？为什么我要忍受她的聒噪？为什么我要理她？

有个微弱的声音，一直在我脑海中回荡："艾丽斯是对的。"

"艾丽斯说……什么……都是……对的。"

我觉得这个声音非常熟悉。当年我总是跑去一个拥挤不堪的、里面全是墨西哥劣质大麻味的馆子里听热鲔鱼（Hot Tuna）乐队[1]的现场，一听就是几个小时。如果说那个声音听起来似曾相识的话，那应该就是大卫·克罗斯比（David Crosby）[2]唱《差点剪了头发》（Almost Cut My Hair）的声音，这首歌至今仍能让我陷入失控的伤

---

[1] 二十世纪七十年代布鲁斯民谣乐队。

[2] 美国歌手和吉他手。

感。这个声音挥之不去。它告诉我："管他妈的现实，老兄，梦想万岁，怪胎理想万岁……"

二十世纪六十年代反主流文化运动的梦想和希望全都破灭了，最终被沉重的"体系"击垮。"体系"是不可渗透的。在它的面前，梦想是脆弱的，但这并不意味着它们不曾美丽过。二十世纪六十年代以后，某些事情确实变好了，不是吗？虽然具体是啥，我现在也说不上来，但我肯定这个世界从某个角度来看确实是变好了那么一点点，尽管这世上还是有这么多扯淡和纵容，尽管目前的状况也着实令人担忧。

人工致幻剂（LSD）的确提高了我的觉悟，有些事，我过去肯定理解不了。就光听《紫色迷雾》（Purple Haze）和《克里穆国王的宫殿》（Court of the Crimson King）[1]的开场，我就知道我有点开窍了，外加上另外几张专辑，它们是二十世纪六十年代留给我的馈赠。艾丽斯也许就像LSD。虽然我不喜欢她，但是她的存在，也不是件坏事，没准还能让我继续开窍。

我总在脑海里模拟自己与艾丽斯争论的场面，永无止境地说着吵着——结果总是她赢。现实中也是她赢。有一次，我们要一起参加一个专家小组讨论会。我为这场艰苦的遭遇战做了充分准备。我重读了她的传记，采访了她的同僚，记下她干的每一件蠢事，计划要在会上跟她摊牌。

但是，真到了那时候，她抱着满满一怀（一点也不夸张）的农产品，以一种优雅老妇人的形象出现在会上，露出一种只能形容为肃穆静谧的表情。她穿过房间走向我，双手紧紧地握着我的手，露

1　两首迷幻摇滚。

出温暖的笑容。那一刻我就死心了。我永远无法扣动手里的扳机。

也许，最重要的是艾丽斯的梦想，而不是这个梦想最终的结果，就算它最后适得其反，我们都要承认梦想最初的伟大。

也许，真正从艾丽斯的梦想当中挖出金子的大赢家是 Whole Foods[1]。那里有五十多个收银台，销售着价格不菲的伪善。坏人总是笑到最后。不是吗？艾丽斯不可能预计到自己的想法会产生这样的结果。

如果这么想的话，就没那么痛苦了。

谁在乎潘尼斯之家今时今日有多"好"？谁又在乎艾丽斯有没有做过真正意义上的"主厨"？回首在伯克利的那段黄金年代的革命故事，孰是孰非已不再重要。当年是谁创造了加州菜、新美国菜系和季节性区域性饮食？这个颠覆了传统餐饮的天才，到底是艾丽斯、耶利米·托尔（Jeremiah Tower）还是乔·鲍姆（Joe Baum）？已经不再重要！

不论到底发生了什么，我们可以确定的是，它发起于艾丽斯的餐厅。她创造了一个汇聚天地灵气的圣地，吸引了众多富有创造力的天才。这些人在别处可能就泯然众人了。先不论她本人到底有没有直接参与到这场革新中，就革新发生的地点来看，毋庸置疑，艾丽斯的馆子一定是一切的原点。

另外一件可以确定的事情是，她当年特别欣赏法国菜，当时几乎没人喜欢法国菜，她却对此投入空前热情。那个年代，艾丽斯的梦想刚刚起步，潘尼斯之家刚刚开张，那是个民主包容的地方，虔诚追求着梦想，基本无法盈利。随便哪个有点商业头脑的人，都不

---

1 有机食品连锁超市。

可能做艾丽斯做的事。当然，这是件好事。

艾丽斯认为吃很重要。我同意。她认为吃是全世界最重要的事，我不同意。不过我可以肯定的是，我们生命当中的许多重要决定，有很多都是基于食物而作出的。我们认识新的朋友，或者失去旧的朋友，很多时候也是缘于食物。

艾丽斯认为农民应该挣得更多，尤其那些种出好吃又营养的东西的农民。当然没人会反对。我很喜欢农场，但我不想当农民。我怀疑艾丽斯也不愿意去农场工作。这一点也是我们的共性。

她希望人们能重视自家后院，种种蔬果，自给自足。这一点我也同意，但问题是她有后院，我没有。

令人震惊的是，艾丽斯一直以来都是肉食动物。她之于鹅肝酱的态度尽人皆知。几十年来，她一直在伯克利市中心，坚定不移地拥护食用动物，而不是给动物选票。从这个角度来讲，艾丽斯对发生在她周围的事情的麻木反倒是帮了她的忙。

艾丽斯用伪善的假象，掩盖了她自己真正的美德，感觉至上才是她身上最棒的一点。她喜欢长篇大论地对人说教如何吃得地道，比如北海道的海胆卵或法国加斯科尼的鹅肝。她是真心喜欢这些好东西。为莱斯利·斯塔尔在炭火上煎的那只新鲜的有机鸡蛋，也许在战略上有点蠢，但我敢打赌，味道一定不错。

艾丽斯的乐观和热情都很有感染力。她让欲望、贪婪、饥饿、自娱自乐和恋物癖都变得那么美好。即使艾丽斯向你展示一捆萝卜，你都会馋涎欲滴。你会想：这么些年来，我人生中错过的那些萝卜去哪儿了呢？我需要它们！

谁在乎她到底懂不懂得海姆利克急救法？甘地知道海姆利克急

救法么？波诺（Bono）[1]知道吗？

有一次，我碰巧匆匆扫了一眼某人的最新自传，里面说到艾丽斯以站在别人的肩膀上、抢别人功劳为毕生的事业。

对于这个问题，我要问一句：哪位厨师没有或多或少地剽窃过他人的成果？潜台词是，如果不剽窃他人成果，一个神神道道的嬉皮小妞怎么可能凭一己之力引领烹饪界的新潮流？不要忘了，这么多男主厨都靠踩着下属的尸首爬上食物链的顶端，也没有招致什么非议，为什么要对艾丽斯的成功纠缠不休。敌意显然来自那些当年一起嬉皮过，最后没能成功的伙伴们。她有赚钱的胆量，她有接受现实的勇气。现实就是，梦想是不能与伙伴们分享的。共同的富裕和繁荣是不可能的。真正的赢家只有一个。

如果你到现在还在试图寻找"整件事背后真正的天才"，仔细研究潘尼斯之家的菜单，研究托尔离职之前和离职之后的变化，那你就像是在检查拍摄小草堆的模糊照片，根本没有意义。这就像追查暗杀肯尼迪的真正幕后黑手一样，虽然理论上确实存在这种可能，但花费太多的时间来研究这个问题，你就跑题了。

艾丽斯还屹立在这里，耶利米·托尔已经不在了。

艾丽斯赫赫有名，而且必将永远地以"慢食之母"被世人所铭记；而耶利米·托尔放任自己沦为历史的注脚。

他们说，历史总是由胜利者书写的。

1　U2乐队主唱。

英雄与恶棍

弗格斯·亨德森（Fergus Henderson）是个英雄。

英雄从来不爱听表扬。弗格斯是英格兰人，对赞誉唯恐避之不及。亨德森的餐馆叫圣约翰（St. John），看起来也是低调朴实：一间由烟熏房改建成的简单白色屋子，同样低调朴实的英国人在里面一边吃着传统的英国食物，一边喝法国葡萄酒。亨德森写过一本食谱集《从头吃到尾》（*Nose to Tail Eating*），附了一些他的小感想。我敢肯定，以他的个性，对出版的热情也不可能太高涨。

然而，《从头吃到尾》现在却成了烹饪书里的经典，成了每个有追求的厨师的掌中必备；对于越来越多以动物内脏为特色菜的餐馆来说，这本书就是他们的圣经。《从头吃到尾》打响了这场没有硝烟的美食战争的第一枪，时至今日，这场战争依然在改变我们的美食界。圣约翰看似一间普通的小白屋，做的是不加修饰的英国乡村菜，却位列许多奢华餐厅之首，享有"全世界最好的美食殿堂"的美誉。弗格斯为皇室服务过，受到过英国女王的表彰。你可以想象这有多了不起，一位前建筑师，辞了职，在茶餐厅做菜，做着做着就成了烹饪专家，煮的还是奶奶辈人士才弄的乡村菜。

他是个英雄，我对他的仰慕之情抒发不尽。自从第一次吃过圣约翰，第一次踏进他的厨房，情不自禁地叫唤了半天"真牛！"后（那天晚上他根本不在餐厅里），我就厚颜无耻地抓住各种机会表明身份：我是他的粉丝、拥趸、死忠，我全身心崇拜他，我是亨德森的脑残粉。

弗格斯·亨德森是个厨师，是个有功于整个社会的厨师，这点没有几个厨师比得上。因为，即便你没去过圣约翰，没吃过他的菜，没看过他的书，甚至不知弗格斯·亨德森是何方神圣，你的生活都难免不被他影响。他无意中为几代厨师树立了榜样，鼓励他们追随理想，大胆创新。几年前，这些都不可想象。弗格斯可能只是在老老实实地做自己，但他做的事，让别人意识到，原来菜还可以这样做、原料还可以这样用。然后，渐渐地，一传十，十传百，人们的观念变了，餐馆里的菜单也变了；只是人们并不知道，一切都始于我们的这位英雄。

马里奥·巴塔利、克里斯·科圣迪诺（Chris Cosentino）、马丁·皮卡德（Martin Picard）、爱普罗·布鲁姆菲尔德（April Bloomfield）、盖博·汉密尔顿（Gabrielle Hamilton）的思想显而易见是被弗格斯解放的。我之所以会说"显而易见"，是因为他们都活跃在一线。其实，还有许许多多美国、英国及澳大利亚的默默无闻的厨子，都踮着脚尖指望受到弗格斯的点拨。

多年前，弗格斯在英国郊区、老工业区的小馆子里做图书巡回宣传。那些屋子里的味道我永远都忘不了。所有在镇上干活的年轻人都来了。他们大多在这些破旧压抑的小餐馆里工作，身上还散发着炸薯条的油烟味，这味道充斥着整个屋子。这些孩子中的多数人都没有去过伦敦，但他们知道弗格斯，而且也知道弗格斯所代表的一切。他们脸上的信心和勇气，让人深受鼓舞。

弗格斯陪我一起回我的母校美国烹饪学院的回忆，也弥足珍贵、感人肺腑。

我起初有点担心，当然对象不是自己，而是弗格斯。三百座位的礼堂会挤满我的支持者，这里是我的母校，我的主场。一帮二十出头、刚刚打上"要么自由烹饪，要么去死"的文身的毛孩子，对我构不成什么威胁。我担心的是弗格斯。弗格斯是个地道的英国人，他的上层社会英国腔，在这儿估计会被当成古怪的英国乡绅。他说话声音很轻，还有点儿口吃。他当时患有严重的帕金森综合征，并且还没有接受后来那个实验性手术，来帮助他缓解症状。他的身体会时不时抽动几下，或者突然把手举到半空中，就像机器人一样。他状态最好的时候也会被人形容成"长得很有特点"，而他戴的圆眼镜又老让人说成"像猫头鹰"。

我担心台下这些蠢货有眼不识泰山，不仔细听他讲话，不尊重他，没过几分钟就开始发呆，或者索性直接开溜。

我唠叨完战争故事和黄色笑话，把话筒递给弗格斯。

他开始演讲，声音微弱，脸上紧张泛红，手臂颤抖，但那屋里的孩子个个身体前倾，屏息危坐。

就这样整整四十五分钟，没人打岔，学生们听得全神贯注。弗格斯是谁，他们一清二楚。演讲结束后，他们还向弗格斯提了一些富有智慧、深刻、激情澎湃的问题。我默默地站在后面，尽量忍住不像婴儿似的抽泣。这场面就跟《扬基之光》(*The Pride of*

Yankees）¹ 的大结局似的（我看那货儿还真的会哭）。

那是我一生中最受鼓舞的一刻。

也正因为弗格斯，我要把盖尔·格林（Gael Greene）² 放在恶棍名单上。倒不是因为她写的东西有多糟，相反她写得不赖，只要她不提和猫王上床的事情就好。如果不是她在这行开了先河，我可能现在还不知道在干啥呢。厨师圈的人老喜欢笑话格林，称她为美食界的佩珀中士，一会儿说她穿得像彼得·佛莱普顿（Peter Frampton），一会儿像迈克尔·杰克逊（Michael Jackson），一会儿又像美剧《爱之船》（*The Love Boat*）里的长官高福（Gopher）。我说她是恶棍，当然也跟她整天莫名其妙的打扮无关，要是换一个角度来看，格林还可能是个英雄。

盖尔·格林被列入恶棍名单，是因为她曾经有幸在纽约第九十二街举行的研讨会上和弗格斯·亨德森分在同组，却居然没怎么理他，甚至还老是搞不对他的名字。整个过程当中，格林只顾滔滔不绝炫耀自己，却把这个仅离她几英尺远的近十年来最伟大的烹饪家晾在一边。她不尊敬我的朋友，不珍惜这个机会，不给这位伟人应有的待遇。就凭这一点，可以把她归入恶棍的行列。

《洛杉矶周刊》的美食作家乔纳森·高尔德（Jonathan Gold）是个英雄。

1　一部拍摄于 1942 年的美国电影，讲述美国棒球史上最伟大的天王巨星鲁·盖里（Lou Gehrig, 1903—1941）的故事。该片结尾处，在热情观众的欢呼声中，盖里在扬基球场完成了他人生最后的完美一击。

2　纽约美食评论家，从 1968 年就开始写食评，并以古怪的着装著称。

这话可不是我第一个说的。因为他为美食评论作出的杰出贡献，乔纳森·高尔德得了普利策奖。他是第一个报道洛杉矶地区无人关注的美食的恶人，也是第一个得普利策奖的美食作家。高尔德尊重开在购物中心里的家庭式小面店，不论泰国菜、越南菜、廉价的墨西哥菜，或更不为人知的地方菜，高尔德一律严肃对待，一视同仁，把它们当作高级料理来评价。他那平民美食评论激情四射，是对势利眼们无声的抗击。从长远来看，对高级料理的怀疑态度，必然有益无害。

而且，这家伙还真他妈会写。描写食物的原创句子是稀有资源，高尔德手到擒来。他是个作家，是个真英雄，他提高了人们鉴赏美食和美食评论的水准。他的美食评论，改变了人们的饮食方式和习惯。任何一个高尔德评论过的不毛之地，都有可能成为你下一个关心的饭馆。

既然我们写到了洛杉矶，就允许我把沃尔夫冈·普克（Wolfgang Puck）写进恶棍名单里。在过去几十年里，普克是美国厨师史上最重量级的人物，而正是他的这种地位让他荣登恶棍名单。我这儿说的跟他的机场比萨无关。普克多年来的丰功伟绩，早就确立了他的伟人地位。他是美国食品改革的中流砥柱。他身体力行地诠释了新的理念：主厨不是领班，而是餐馆里最核心的人物。从普克厨房毕业的大厨小厨，构成了一个数量惊人的庞大阵容，构成了美国厨师界族谱的主干。

天知道普克王国里有多少餐厅、供货商和餐饮供应链，总之，他一定赚足了钱。普克是无可争议的行业老大，大鱼群里的吞拿鱼。这位大厨赫赫有名，也深受圈内人爱戴。

正因为他的地位，当他屈服于反鹅肝人士时，当他宣布旗下所有的餐馆停售鹅肝时，我痛心疾首，心有不甘。

在美国所有的厨师中，普克是反抗黑暗恶势力的最佳人选，但他袖手旁观，眼睁睁地看着小字辈厨师势单力薄地抵抗。这些资历浅薄的厨师十分脆弱，他们被威胁，家人被恐吓，但普克什么都没干。

普克有钱有势，可以想象，他的朋友也会是一帮有钱有势的人。

我猜普克很聪明，他算了一下，决定妥协，因为这是最轻松简单的解决方法，但这也等于背叛了厨师界。我听说，情况其实挺复杂，有些内情外界不一定清楚。普克身上扛的压力，不单单来自外界，还来自公司内部。他的合伙人和同伴都把压力转嫁到普克头上。沃尔夫冈·普克全球责任公司，并不是普克一个人说了算。这事儿被某些股东们弄得很棘手。

也许普克是"受害者兼恶棍"呢？我已经没有那么生气了，但难免黯然神伤。因为，除了普克之外，还能有谁来力挽狂澜？

杰米·奥利佛（Jamie Oliver）是英雄。

在你喷出口中的面包渣，把书翻到封面，重新确认作者名字之前，让我先解释一下。我也讨厌《原味主厨》（*The Naked Chef*），因为那烂节目玩的都是假亲热和装腔作势那一套。我也讨厌所有那些把杰米捧成明星的什么塞恩斯伯里超市、乐队和踏板车这些狗屁东西。

但设身处地想想杰米的生活。假如某一天，我随便谷歌一下"我讨厌安东尼·波登"，就能搜到上百万条结果；或者某天早上醒来，发现有成千上万人愿意花费一半工作时间或者全部休闲时间，专门为我建一个 FatTonguedCunt.com[1] 的网站，不吃不喝地 PS 各种电影海报、歪解各种人说的各种话，来嘲笑我、挖苦我和讽刺我。换成是我，到那个时候，恐怕一步都不敢离开屋子，生怕被唾沫淹死。

再说了，如果我有杰米那么多钱，那我也肯定不去干他现在正在干的事。

而杰米·奥利佛真是说到做到。他花了很多精力关注学校午餐，教育孩子如何烹饪，如何合理饮食。这些事不但无利可图，而且大多费力不讨好。

相比赚钱，杰米更喜欢婆婆妈妈，不厌其烦地提醒我们太胖了，我们不健康。虽然他仍然会用好多生面团做菜，但你不得不敬佩这家伙，他敢跟英国政府单挑。杰米在他的电视节目里，展示英国的学生每天都在吃些什么东西。这种尴尬的节目早晚会让他不得人心。很多时候，有良心跟事业有成是组反义词。

根据我的经验，电视观众往往不想知道现状有多么糟糕，不想知道我们有多不健康，也不想听人说我们已经末日临头，更不想知道我们其实正拽着我们的孩子们踏上一条不归路。（除非节目以控诉阴谋论的形式出现，并指出阴谋背后的所谓主谋作为替罪羊。）把各种糟糕可怕的现实问题抖出来，是做生意的大忌。人们爱听用温柔嗓音（嘹亮高亢的更好）播出的一切正常的消息。孩子可以继续吃苏打和薯片，脖子被肥肉淹了都没问题。他们好着呢，完全没必要担心。对了，我这儿还有个油炸土豆比萨的食谱。

杰米·奥利佛自告奋勇，知难而上，所以，他是个英雄。这些事他并非非做不可。多数我认识的厨师，如果混到了杰米的地位，

1　杰米·奥利佛有点大舌头，网站名"大舌头蠢货"是对他的讽刺。

肯定会聚在某个四季酒店里，找来四个人妖妓女，让她们互相喂食海洛因呢。

布鲁克·杰克逊是"美食频道"的老板，此人绝对是恶棍，没得商量。

她是恶棍，因为她总是对的。自从她掌舵整个帝国，"美食频道"的节目越来越庸俗、虚伪、毁灭灵魂且低俗不堪，但这不是她上榜的理由。布鲁克·杰克逊之所以是恶棍，显然因为她总是对的。

她一来，"美食频道"的观众份额急速增长。广告商最看重的男性观众数量，呈指数式上升，连较年轻的男观众数量也每季增长，令其他所有频道瞠目结舌。她对节目所做的每一个蹩脚的、虚伪的、饱受非议的改动，不管最初看起来是多么没有前途，最终都奇迹般地获得了收视率上的回报。

连她的"美食频道"杂志都卖得风生水起，在全国的平面媒体一片萧条的环境当中异军突起。杂志也越做越厚，加入了越来越多的广告页。

不论异见的理由多充分，无论对方的见解多深刻，她只用回应一句"它管用"，你就彻底无话可说了。

布鲁克·杰克逊做什么都管用。那些抱怨节目质量下滑的人，就像过去好莱坞黄金时代的念旧者，一味地谈论约翰·福特、刘别谦、塞尔兹尼克和塞拉伯格。其实可能根本不知道自己在说什么。

杰克逊才懒得听你顾影自怜，也不在乎自己是不是恶棍，所以，她就是恶棍。

怀利·迪弗雷纳（Wylie Dufresne）是英雄。

因为他的一生都在做跟布鲁克·杰克逊相反的事。迪弗雷纳几乎每晚都待在自己的餐厅WD—50里，但他却根本不关心食客的态度。即便你再讨厌他的菜，他也依旧我行我素。让客人多点牛排，可能能让餐馆多赚点钱，也特别省事，还能讨大家的欢心，但这种违背他原则的事根本不入迪弗雷纳的法眼。他深知，即便你喜欢他菜单上的每一道菜，他的餐馆也不是那种你会每周来的地方。

怀利·迪弗雷纳是个真英雄。他技艺超凡，不断求新，胆子大得跟豹子似的。他总是不惜一切代价，挑最难的路走。有他这等条件的厨师，完全可以过得舒舒坦坦平平稳稳，想多有名就多有名，想开什么饭馆就开什么饭馆，但他却喜欢干费力不讨好的事，不惜将自己置于危险的境地，探索新的未知的领域，不停地挑战底线。他发明新技巧、新想法，承担了所有的成本和风险，最终被世界各地的厨师不费吹灰之力地疯狂抄袭，通常还得不到任何的认可。

因为同样的原因，格兰特·阿卡兹（Grant Achatz）也是英雄，而且比迪弗雷纳有过之而无不及。在创新实验方面，阿卡兹的成就令所有其他厨师望尘莫及，他还为此不惜赌上自己的性命。这世上没人比他更专注于自己的手艺了，几近疯狂，坚定不移，不怕牺牲。

相反，阿伦·杜卡瑟（Alain Ducasse）就是个恶棍。穷极浮华之能事的纽约阿伦·杜卡瑟餐厅，也就是人们所熟知的ADNY（Alain Ducasse New York），几乎一手毁掉了美国高级料理。虽然不至于被彻底毁灭，但大众心目中欧式或米其林星级料理的形象，却被杜卡瑟糟蹋了。杜卡瑟带来的创伤至今难以愈合，让高级料理元气大伤。

走进 ADNY 之前，我还对高级料理充满信心；从 ADNY 出来之后，我已经开始对高级料理产生了怀疑，就像是在恋人心中种下一颗怀疑的种子。不只我一个人有这种感觉。ADNY 破坏了许多高级烹饪和服务的规矩，让事情变得有点漫无边际，不成体统。他餐厅的房间和服务并没有给他的菜加分，反而是需要他的菜来挽回这些东西给人们留下的糟糕印象。

ADNY 标志着高级料理走下坡路的开始。杜卡瑟跃跃欲试，想要在餐饮界放开手脚大干一场，结果却把这个行业引向了死亡。

杜卡瑟刚刚进驻纽约时，态度恶劣、傲慢无比，声称自己的新餐厅只欢迎那些去过他摩纳哥和巴黎分店的纽约人。纽约的法式料理界早就挤满了比他聪明、比他更懂得人情世故的法国大厨。杜卡瑟这么做，无疑在挑衅同胞，可想而知，他的这一举动并不讨人喜欢。

一般情况下，法国人不说自己人的坏话，至少不在外人面前说。杜卡瑟不一样，他几乎把所有人都得罪了。

餐馆里事无巨细，杜卡瑟都仔细斟酌，亲自过目，比如给女士们放包的小椅子，可供选择的各种牛排刀，戴着白手套在桌边为食客切菜的服务员，装饮料的小推车，甚至还有让顾客可以更优雅地在支票上签名的万宝龙钢笔。整个餐厅弥漫着一股子黑暗、丑恶和自命不凡。这种死气沉沉的拘谨环境，谋杀了一切食欲。在这种狂妄和傲慢的环境当中，任何美好的东西都无法生存。本身非常不错的美食，也完全无法抵消掉环境的破坏力。

你要是看过《走夜路的男人》《天国之门》或随便哪部有关膨胀的自我意识的电影，你就会明白我的意思。杜卡瑟餐厅里的各种弄巧成拙，叠加在一起，不单单是好不好的问题，而是一种冒犯。你会愤怒地离开 ADNY，觉得就这样的玩意儿还好意思来纽约撒野，还有脸不把人放在眼里。

纽约人不喜欢被当作乡巴佬，这会让他们心里不爽。这种不爽会让他们开始质疑奢侈的高级料理，质疑这种奢侈本身的意义。ADNY 的出现，让这些沉溺于自我的纽约法国文化爱好者，怀疑起这一切。

ADNY 关门之后，杜卡瑟还是没学聪明。因为他的法式小餐馆（brasserie）没有收到正面回应，杜卡瑟竟然公开抨击纽约人的品位，认为食评家们有责任给纽约人普及一下什么是白汁烩小牛肉和酸白菜。这话对于为普及法国料理已经在纽约摸爬滚打了几十年的法国厨师来说，无疑是一个笑话。

阿伦·杜卡瑟，一个狂妄自大，还差点毁掉整个美食圈的蠢货，绝对是恶棍。

特伦斯·布伦南（Terrance Brennan）是个英雄。早在石器时代，他就愿意为奶酪不惜血本了。这位纽约 Picholine 和 Artisanal 两家餐馆的老板兼主厨，是第一个认真对待法式奶酪的美国人。当年，美国根本没人要吃奶酪，更没人理解口感松软多汁、价格昂贵的奶酪的美。就算是今天，也依然没几个人会喜欢"臭奶酪"。

诚然，英勇的罗伯特·卡尔菲（Robert Kaufelt）也为奶酪的繁荣昌盛作出了贡献。他开的奶酪店默雷奶酪（Murray's Cheese）名字很响，售卖来自世界各地的顶级奶酪，几十年来一直生意兴隆，但这跟在餐馆里卖奶酪完全是两码事。

想当年，奶酪拼盘只够勉强登上有限的几类餐厅的菜单，并且存在的价值也纯粹是走个过场。这类餐馆一般会雇佣操着法国或意大利口音的服务生，桌上铺着精致的餐布，桌布上摆着精美的水晶和刚修剪完的鲜花，还提供法式和欧式两种菜式的菜单。毕竟这里的客人经常去欧洲，知道在主菜之后按惯例是应该有奶酪的，如果餐厅没奶酪，会显得很奇怪。不过，没有人会真的特意去点奶酪。要是真的有人专门点奶酪，那么他们将会得到一堆敷衍了事的东西：不熟（或是太熟）的布里干酪（Brie），也许还有一块卡芒贝尔软奶酪（Camembert，卖相则更加糟糕），一块长得可怜巴巴的山羊奶酪，一块硬硬的大概是瑞士奶酪的东西，外加一团蓝蓝的看上去就没有食欲的玩意儿，很有可能是做别的菜用剩下的一块罗克福（Roquefort）蓝奶酪。其实，所谓一道奶酪拼盘，也就是凑合一堆其他菜里用剩的奶酪。

奶酪很贵，容易变质，而且稍不注意还可能弄砸。适当发酵、储存、处理过的奶酪就更加昂贵。一旦一块完整的奶酪被开封，倒计时就开始了。每次从专门的冷藏仓库里把奶酪拿出来，你都在悄无声息地毁掉它；每次从冷柜里把奶酪拿出来再放回去的过程，也是在毁掉它。你的厨师要是刀工不够精细，切得歪歪扭扭或者一不小心留了点脏东西，那你的奶酪生意就铁定血本无归了。事实上，想要提供一份每块奶酪都发酵得恰到好处的、温度也刚刚合适的奶酪拼盘，你必须要舍得扔掉一些奶酪，或者是想个办法把剩下的残次品都用到其他菜里。奶酪拼盘里的种类越多，能把用剩的残次品都做成开胃菜的可能性就越小，这就意味着损失会越大。

你指望有人在甜品前再单点一道奶酪，几乎不可能。对于多人聚餐的场合来说，奶酪小推车的到来很有可能会造成一种尴尬的局面：我们是要等这个贱人先吃完他的奶酪配葡萄酒，再一起点甜品呢，还是干脆不理他直接点甜品算了？

奶酪既不能鼓励顾客多花点，本身又贵得难以出手。它们既不给餐馆赚钱，还有可能得不偿失。冰激凌和奶油点心的成本低廉，如果顾客决定把奶酪当甜点，势必利润率反而降低了。

所以，愿意投身于奶酪事业的人，一定是爱冒险的浪漫主义者，而浪漫这件事在餐饮业意味着风险很大。"教育顾客"这种事，基本等于自杀。如果你的合伙人说要"教育顾客"，那通常情况下你都会朝他翻一个白眼，恳请他冷静下来了再来讨论。

可是，特伦斯·布伦南的"顾客教育"，竟然成功了。他在 Picholine 餐厅引入奶酪概念，又在 Artisanal 扩张他的整个奶酪生意。多年来，他一直是这行的先驱。他英勇地挑战长久以来颠扑不破的传统观念，并最终打了胜仗。他是这个本不存在的奶酪市场的开拓者。

老百姓可想不到小小的奶酪会有上百个品种，更不知道缅因、俄勒冈和新泽西州那些名不见经传的小奶酪作坊。布伦南不但开辟了奶酪市场，更为美国本土奶酪制造业带来了新生。那些犹豫着要不要进入市场的奶酪制造商，看到世界上居然还有餐厅来帮他们卖奶酪，全激动坏了。

特伦斯·布伦南是一个英雄。他的疯狂冒险，造福了美国人。

吉姆·哈里森（Jim Harrison）是英雄。

没人能跟他相提并论。他是李伯龄（A. J. Liebling）的接班人。他热情四射、知识渊博，但从不摆架子。他会去一家米其林三星餐厅吃上一份牛肚或一份烤牛肾，边吃边呷喝此生足矣。哈里森出过不少好书，还写了不少好诗。早在"牛逼"这个词发明以前，他就把所有的牛逼事儿都干尽了。他懂烹饪，识美酒，知美食。

不久前，在他纽约的新书签售会上，他撇下一屋子冲他来的有钱有势有名望的人，陪我在会场外聊了整晚。我们站着一根接一根地抽烟，聊美食。在此之前，我只见过他一次，而他根本不认识我。他七十二岁了，头发已然花白，饱受痛风等病痛的折磨，可在法国却依然风光不减当年，就像一个摇滚歌星一样，走在路上，必遭人围堵。他活得也像摇滚歌星。法国人一眼就能认出他这种伟人。

有些蠢人为图方便，把吉姆·哈里森比作海明威。这显然不公平，因为海明威根本比不上他，无论是文字或是为人。

伟人没有几个，但吉姆肯定能算一个。他抽烟喝酒，违法乱纪，打各种法律的擦边球。他是一个传奇。

说起老流氓，那詹姆斯·比尔德（James Beard）肯定要被列入恶棍榜。因为这家伙弄了个詹姆斯·比尔德之家（James Beard House），给恶棍们提供了一个庇护所。一群无足轻重的老流氓们在那里舒适度日，沉浸在自我陶醉的幻觉当中，都把自己当成餐饮界的元老人物，但却对自己声称钟爱的事业没有一丝一毫的贡献。这个餐饮业小团体里的成员，全都老得快尿失禁了。他们就像纽约修士俱乐部（Friars' Club）[1] 里的僵尸似的，自己一个笑话都讲不出，却喜欢同喜剧演员混在一块儿。

比尔德基金会主席因盗用公款而被捕一事，没让人感觉大惊小怪。这么多年来，哪怕是那些非专业的围观者，都应该知道这是个"只收钱，不做事"的地方。没有人在意。但得知这个无名鼠辈一直以来都在悄悄建立自己的小金库，所有人都震惊了！有什么好震惊的?！然后还忙不迭地跟基金会撇清关系，煞有介事地发表声明谴责这一无耻行为。有什么好谴责的?！这不就是这个基金会存在的意义

1　好莱坞老牌喜剧明星的俱乐部。

吗？把工作和权力赐予那些本来不会有工作也不会有权力的人。

我永远不会忘记我的朋友马特·莫兰（Matt Moran）的经历。马特在悉尼也算是一个有头有脸的人物。他的 ARIA 餐厅是澳大利亚最好的餐厅之一。比尔德基金会有一次邀请他去总部烹饪。于是，他不惜成本，带上自己厨房里最好的厨师，带上所有食材和行李，飞到纽约。他早就听闻比尔德之家的厨房只是一个摆设，根本没法用（一个优秀厨师聚会的地方有什么必要非得建一个真正的厨房呢？）。因此，他动用了纽约所有的人脉，借用大家忙碌的厨房，准备了一顿晚餐。我也助了他一臂之力。

我们终于搞定了这桌饕餮盛宴，菜式十分讲究，又有新意，全是澳大利亚最好的海鲜、肉类、奶酪和葡萄酒。之后，马特被请进餐厅，开始答谢环节。我在旁边看着。

马特走进房间，指望着场内应该有纽约顶级的美食媒体的出席，或者至少有那么几家也行吧。但他发现真的是一家媒体也没有。那好吧，没关系，如果在座的食客是纽约最有名望的美食家，也算是不虚此行了。他可能也能够接受。但就连这样的小小愿望，也没有得到满足。

场内的不过是一群什么都不懂、傻傻地眨巴着眼睛瞪着马特的笨蛋。显而易见，马特被耍了。他到底为此白白浪费掉多少钱？把所有食材、厨师，不远千里从地球的另一边空运过来，安置在酒店？一万、一万五，还是两万美元？再加上这个过程当中所消耗的人工呢？而就在这时，第一个提问者出现了。对，就是那边那位绅士，一个像是刚从乡村高尔夫俱乐部的冷餐会上赶过来的男人。

这个男人睡眼惺忪地看着马特，背靠在椅子上，拍着吃撑的肚子，问了个问题："主厨，你不是澳大利亚人吗？怎么菜里没有袋鼠或类似于考拉的东西呢?"

我从马特的内心深处,听到有什么东西被掐灭的声音。他终于觉悟了。他看到了真相。

比尔德,你这个禽兽。

阿里亚纳·达甘(Ariane Daguin)是英雄。

创业前,阿里亚纳在一家法式熟食店工作。直到二十五六年前,她决定单干。她想给当地厨师提供鹅肝酱和一般法式厨师们需要但弄不到的食材。一辆卡车、一个梦想,她就上路了。

四分之一个世纪后,她的 D'Artagnan 成功了,但是代价是惨重的。为了维护经营鹅肝等传统食材的权力,她投身到这场没有硝烟的昂贵的战争当中。她在法律上和公众舆论中寻求支持,其实她早就不单是在维护自己的兴趣和生意了。她几乎孤身一人,与激进的反鹅肝运动者对抗,以一己之力支持着主厨和供应商。在芝加哥对鹅肝下禁令后,她为了鹅肝的解禁奔走呼告。在一些厨师受到威胁、餐厅被恶意破坏的时候,她为他们提供支持和帮助。她拿自己的钱,去帮助那些永远不会买她东西、也不会知道她名字的人。她孤军奋战,保卫了一个追溯到罗马时代的饮食传统:人工饲养鸭和鹅,直到它们的肝足够肥美为止。这些动物生前得到的待遇远比肯德基鸡场里的任何一只鸡好。

在这个问题上,阿里亚纳·达甘比我知道的任何厨师都要勇敢。

马里奥·巴塔利、埃里克·里佩尔和何塞·安德雷斯(José Andrés)都是英雄,因为他们热衷慈善事业,为此付出的精力、筹到的钱远远超过比他们富有五十倍的电影明星和公司总裁。

何塞·安德雷斯是一个英雄，因为（我强烈怀疑）他的真实身份是西班牙外交部一个非常酷的部门派来的卧底探员。他是一位非官方的大使，致力于宣传西班牙、西班牙美食和西班牙厨师。他几乎三句话不离本行，开口五分钟内，必提及西班牙火腿、西班牙奶酪或者西班牙橄榄油。何塞每次说话，都好像被费兰·阿德里亚、朱安·马里·阿萨克（Juan Mari Arzak）、安多尼·阿杜里斯（Andoni Aduriz）中的某一位的附体。就像有人通过他的肉身向你传达某种讯号，只是你永远都不知道是谁。你唯一能确定的是，这是一个将会让你有口福的讯号。

雷吉娜·史兰布灵（Regina Schrambling）既是英雄又是恶棍。事实上，她是我最喜欢的一个恶棍。

史兰布灵是前《纽约时报》和《洛杉矶时报》的特邀美食撰稿人。如果要评选美食界的咆哮帝，那么这个头衔非她莫属。她每周在网上大倒苦水，表达她对当今世界的不满、无奈、鄙夷和失望。她憎恨这世界上的每样东西每个人；如果她找不到东西可以喷，那她就会憎恨自己对这个世界太过宽容。她很记仇，从不放过任何一个惹她的人。她总会数落旧东家《纽约时报》，斤斤计较于每个排版错误和每篇低质文章。一有机会，她就大肆嘲讽。

雷吉娜讨厌艾丽斯·沃特斯，也讨厌乔治·布什（就算是多年之后布什老死，可以想象的是，她也不会善罢甘休）。她也从没对露丝·雷克尔、马里奥·巴塔利、弗兰克·布鲁尼（Frank Bruni）[1]、

---

1 《纽约时报》首席食评记者。

马克·比特曼（Mark Bittman）[1]，包括我有过什么好感。她厌恶这个堕落、腐朽又自私的社会，她厌恶自己不得不在这个世界苟且偷生。她在这个世界每日遭受折磨，再在一天结束的时候详细地把自己所经历的折磨一丝不苟地记录下来。她愤世嫉俗，鄙夷伪善和谎言，她坚持自我，从未停止过憎恶这个世界。

雷吉娜很幽默，又有见地。我尽管跟她观点时有相悖，也不得不说她值得一读。她的美食评论从不乏味。

不过，她从没有胆量在评论中指名道姓骂人，总是给人起一些可爱的化名，哪怕其实所有人都知道她说的是谁。就冲这点，她是个恶棍。如果你打算每隔一星期就损一次马里奥·巴塔利，那么请大大方方地说"马里奥·巴塔利"，而不是什么"摩尔托·埃戈"（Molto Ego）[2]。如果你有种，就直接站出来说说你为什么那么讨厌马里奥·巴塔利，以及他做的所有东西。其实，这也是我把她归为恶棍的理由之一：作为一名食评家，你可以批评马里奥，但如果说他的东西一文不值，那就太过分了。

她的文章里提到的那个搞笑的名字"潘其多"（Panchito），其实是弗兰克·布鲁尼。史兰布灵女士对潘其多在小布什参选时的言辞有意见，她抱怨他对布什的批判言辞不够给力（布鲁尼绝对不是唯一一个犯下这项罪行的人），因而他在《纽约时报》上所发表的食评就变得一文不值了（反正对于雷吉娜来讲是这样）。

艾伦·里奇曼是个蠢货，我就在这本书里专门开一章骂骂他，骂得我浑身舒服。雷吉娜也应该指名道姓地骂，而不是转弯抹角指

---

1 《纽约时报》的专栏作家、美食记者。

2 意为非常自大。

桑骂槐。

雷吉娜·史兰布灵肯定不在乎自己是恶棍还是英雄。她古怪、不公、报复心重。她是美食圈的一剂苦口良药，她的话发人深省。如果屋子里太挤了，她会是那个大叫"起火了!"的人。我们应该尊重她发自内心的经久不衰地对世界的蔑视。至少我是这样认为的。

雷吉娜是那种几乎绝种的食评家，她喜欢美食，却憎恨所有的厨师。

虽说骂人是她的本能反应，但说实话这并不令人愉快。不过，有人骂，就有人提心吊胆，这不一定是坏事。就算是骂错了，至少也提个醒儿。我们需要有一个人站在那里，带着鄙视的眼光，监视着我们的一举一动。不如就让雷吉娜来干这个活儿吧。

我已经迫不及待想要读她的下一篇博客了。

艾伦·里奇曼是个蠢货

主厨、写手、美食评论者、公关人员和记者所共处的圈子，是一片沼泽地，圈内的道德准则、是非界限，灵活而有弹性，彼此心知肚明，不必说穿。就好似一个永远都讲不烂的乡巴佬笑话：我们都操过对方的妹妹。大家都心照不宣。

在这个丑恶贪婪骄傲虚荣的大染缸里，《纽约时报》苦苦挣扎，想要洁身自好。他们尽可能匿名刊登文章。评论员使用假身份、戴着假发和各种伪装，只求掩人耳目，尽量在去餐厅的时候不被认出来。当然，这不可能总是管用。任何一家真心想被评上四星级名单的餐厅里，都会有几个能隔着人堆发现弗兰克·布鲁尼和山姆·斯弗顿（Sam Sifton）[1] 的人才。不过，微服私访是否真的一点儿用都没有？这点值得探讨。但说句公道话，我从未听说过任何人通过提供特殊待遇或赠送贵重物品等方式，明目张胆地贿赂过《纽约时报》的全职评论员。就我所知，在他们的评论员身上动脑筋，不仅风险

1　另一名《纽约时报》美食评论员。

大，还未必有回报。认出评论员的唯一意义在于，你可以多加小心，以防出错，而不在于走后门。那些有胆量给评论员赠送额外餐点的主厨们，得确保写手周围的其他桌的顾客，也得到了相同的额外优待。微服私访不能保证绝对不受到特殊对待，但它就像一件游泳衣或是生化服一样，增加道德败坏的难度。

美食记者的工作其实就是逗人开心，文章以引人入胜又轻松为主，最好还能旁征博引，或来点有人情味的段子。更重要的是，美食评论最大的使命就是视角新颖。如果你能写出一个所有网站和美食博客上都没写过的视角，那就更好了。老实说，这的确很难。专业美食评论家——意味着所有非美食类的话题都被排除在外——会痛心地发现其实美食评论就那么几种写法。描述烤五花肉的形容词总共也就那么几个，只要多写几次，你就又会回到"油滋滋"这个词上去了。一个写了十年色情小说的老手，也许最能体会描写色拉时的痛苦："脆脆""滋滋""酸""丰厚"，就像"逼""穴""小妹妹""鲍鱼"一样轮番出现在你脑中，毫无新意，令人沮丧。更丧的是，有一天，你的编辑让你在一周之内交出一篇"皇后区特色美食"的综述，但你一调查发现，某个寂寞空虚的吃货，早在几年前就已经挨家挨户把整个皇后区的所有餐馆一家家全吃过了，而且还都记在博客上。

大厨们也很悲哀。在这个美丽新世界里，大厨的职务说明当中又增加了一条：利用、腐化、收买任何一个可以团结的美食评论家。讨好第四权（The Forth Estate）[1]——以及它的衍生物：美食博主——变成了任何一个想要光宗耀祖的大厨的必备技能。光会烹饪，或者

---

1 指新闻界。

光会管理厨房，已经远远不够了。主厨必须眼观六路，耳听八方，时刻准备使出浑身解数化解危机。一篇负面评论可能会让餐厅苦心经营的声誉毁于一旦。覆水难收就是这个道理。网站上一条刻薄的评论，会演变成阻碍餐厅长远发展的致命污点。

如果你老被"食街"（Grub Street）或是"吃货"（Eater）[1]损得颜面尽失，你再怎么求神拜佛都可能没什么用了。杰弗里·裴德洛的餐馆不就这么被毁了吗？一些专业毒舌食评家，会在杰弗里·裴德洛新餐厅开张前，就把丑话说尽。这一行里，就连毫无根据的闲话和谣言都会被郑重对待，任何一个会打字的人都可能是潜在的敌人。

但是，一般来说，要"转变"记者的观点也不是件难事，只要请他们吃饭就行了。之后，你还要时不时把这顿"免费的午餐"挂在嘴边。相信我，这很管用。就好比请流氓警察吃圣诞烤鸡。即使警察不能直接帮你，至少他们不会再想着法儿害你了。如果某位记者或是博主成了你的"特别好友"，你就拥有了一位强大的盟友。他们会一早起来就爬上自家屋顶，为你大唱赞歌，还能作为你的代理人，为你两肋插刀，帮你在舆论战当中抢得先机。

每个新餐馆开张之前，主厨和老板都要跟他们聘请的公关公司开个会，罗列出一份名单，推测哪些人是朋友，哪些人不是。大多数餐厅都有一份或几份这样的名单。名单上的人，都必须在餐厅开张前请来"试吃"一次。然后他们就不会再对你的餐馆评头论足或指手画脚了。这就是这个圈子的道德标准。

这个圈子的人，在经过那位拿着名单的笑眯眯的公关女士身旁时，都会上前瞄一眼。没人希望看到自己的名字被划掉，所有人都

---

1 均为著名美食博客。

希望自己会是所有新开高级餐厅开张时的座上客。他们会想："好吧，我恨这地方，但我也不能骂得太不留情面，否则下次他们再开新店的时候就不会请我了。而那家新店要是非常不错的话我就后悔莫及了！"或者"我真想每次来×××（总之就是一家永远订不到位子的高级餐厅），它能为我预留专座。我可不能搞砸了"。

你问，那我写的能不能信？那我告诉你，你还真别抱什么希望。我本来就不是什么食评人，也不给杂志写餐厅点评，我从来就不保证能告诉你全部的事实。

我在这浑水里蹚了太久。我跟许多大厨交情很深，有些即使算不上朋友，但对他们的处境也感同身受，至少怀有起码的尊重。所以，我不可能把许多行业里的秘密跟外面人乱讲。我不算个可信的美食评论家，因为我在这一行里待的时间太久了，对那些兢兢业业的厨房工作者心存同情。我和主厨们的关系太过复杂。我收了人太多的好处。如果我在马里奥·巴塔利餐厅的厨房看见一些不能说的秘密，比如什么动物祭祀、撒旦仪式之类的，或是什么不卫生的东西、一些令人极度不安的事，我也绝对不会写出来的。

我两边都干过。我曾是渴望与记者和博主们交"朋友"的主厨，后来又成了立场不坚定的写手。一位与他理应客观评价的写作对象有太多私人交情的不可靠的写手。

圈内的糟糕事，我的确见过不少，我自己也干过不少。但作为食评家或记者，我从没宣称过自己是一头穿梭在魔鬼中的雄狮，一位精于组织语句的作家，有敏锐的味觉、精致的上下颚或几十年的行业工作经验。我跑题了。言归正传。

艾伦·里奇曼这种人，我管他叫蠢货。

里奇曼，备受尊敬的元老级餐厅评论员、詹姆斯·比尔德多项奖项得主、*GQ* 的专栏作家，一位整日忙于维护自己在美食报道界"院长级"地位、忙于将他历久弥新的手艺的光辉传统延续下去的大人物。

他为我这个小人物曾经工作过的小餐馆写了一篇食评。

比这更丧的是，他为一个我离职很久的餐馆写了一篇食评。

我离开 Les Halles 将近十年，这点他也知道，还自鸣得意地在檄文的第二段里提到了，但他并未就此善罢甘休。他事无巨细地对餐厅的每件事展开了粗暴尖刻的贬损，包括室内装潢、灯光、服务和食物。他唯一看得上眼的是一道甜点，但他接着又说这道甜点之所以还不错可能是因为我离开了这家餐厅。那篇评论从头到尾都是酸溜溜的贬损，诸如"脏兮兮""刺鼻""无味""脾气差""油腻腻""难以下咽"这类词在短短的几段中反复出现。

主流媒体留给美食评论的版面有限，因而通常只关注以下三个主题：（1）广受好评的大厨又开了新的餐厅；（2）一位新主厨出色的处女作；（3）某家十分知名的餐厅又推出了新理念。不管你怎么穷尽脑汁，也找不出 Les Halles 餐厅跟以上三点到底哪一点沾边。它已经开业了十六年，从没有过什么雄心壮志。不管它有什么特点，都跟当今餐饮界的趋势和热点风马牛不相及。这里的菜单好几年没改过，主厨也好几年没换过。到底为什么要写这篇评论，里奇曼没有给出明确的解释。

他也没有交代一个真正能说明问题的事实。就在这篇评论发表的几星期前，我反复地骂他蠢货，确切地说是"年度蠢货"。那是在南海滩美食节上，我在一群喝得醉醺醺的吹着口哨的人面前，提名他为"年度蠢货"（补充一下，里奇曼获奖当之无愧）。

在这个二逼的山寨颁奖典礼上（颁奖嘉宾其实就是一群穿着短

裤和夹脚拖的家伙），我们颁出了众多奖项，"年度蠢货"只是其中之一。这件事在网上疯传。我猜里奇曼因此感到很受伤。

他应该是非常生气，气到脱去浴袍，刷掉外套上的猫毛，冲到曼哈顿的 Les Halles 餐厅，发表他对这家卖牛排和炸薯条的小馆子的看法，在我已经离开那里多年以后。

好，让我问你一个问题：如果我管你叫……叫浑蛋，你的反应，应该是回敬我一句浑蛋吧。或者你花点儿心思，想一句更高级的，"你他妈的浑蛋"；或者来句更有针对性的："你这个吵得要死、自以为很了不起、永远都拿腔拿调的浑蛋，你那本弱智到家的自嗨的书早就过气了，快给我闭嘴吧！"

这个逻辑很正常，很公平。我给你起了个绰号，你以牙还牙。我侮辱了你，你承认你受到了侮辱，并且予以直接回击。

但里奇曼不这样想。他毕竟是个有地位有身份的人，"元老级"美食记者、评论家、教育家和仲裁者。他可不会跟一个半文盲斗嘴。他没种跟我公开吵架。这种胆小鬼只会玩阴的。就像去偷偷跟踪我多年不联系的高中时代女友，然后伺机给上一拳。

你以为这样就可以教训我了，是吧？

"我伤不到你，但我可以伤害你爱的人。"这就是他的逻辑。而更可悲的是，用这种阴招的里奇曼先生，先不说他是不是蠢货，毕竟也是受过高等教育的人。按道理他应该熟知各种恶语伤人的技巧。他本来可以直接找我算账。而这是很容易做到的。在那篇评论里，他把我比作四肢发达的动作明星史蒂芬·西格尔。很有意思嘛。要是他好好地在这方面下功夫，那才是正大光明的报复，那才是有水准的回击，才会真正伤害到我。

里奇曼严重中伤了我无辜的前同事。他的偷袭既不合适也不道德。我一开始就说了，里奇曼是超级无敌大蠢货，而这位广受爱戴的食评界元老的反应又再次验证我的评价，这不是他的偶然失误，而是他一贯的行为模式。为什么这么说，下面就是原因。

新奥尔良飓风之后的一年，整个城市还未从灾难中走出来。这是美国历史上最严重的自然灾害，一千八百三十六人身亡，一千亿美元的损失，不计其数的市民流离失所，多少人积攒了一生的财富化为泡影，承载着他们一生记忆的照片和纪念品再也找不到了。更糟的是，这里民心涣散。整座城市的居民们意识到，灾难来临时，政府根本不在乎他们。整座城市还没从惊慌中恢复过来，居民区还是一片无人区，只有一家医院能够正常运作。餐饮业是洪水退去后最先恢复运营的产业之一。虽然生意下降了至少四成，但大家都在努力维系各自的团队。

这时里奇曼登场了。他感到这是对这座灾后城市发表尖刻评论的最佳时机。他坚定地认为，新奥尔良完全是罪有应得。也许是受到泰森辩护团队[1]的启发，他的核心论点就是"是那贱货自找的"：

> 把一座位于海平面以下的城市建造在毫不设防的海岸线上，本来就是个糟糕的主意。居民们早就该未雨绸缪了，但是他们放纵狂欢、自恋、懒散、堕落。悲剧只会降临在不懂得防患于未然的人身上。

他说，发生在新奥尔良的悲剧，是由糟糕的品性和败坏的道德直接导致的。在他的眼里，这糟糕的品性和败坏的道德的一个具体

---

1 影射拳王泰森的强奸案。

体现就是他们太过于沉湎于美食。这句话，竟然是一个几十年来一直靠美食为生的人说的。他不就是那个成天写各种文章、费尽心机地煽动食欲的人吗？现在我们爱上你所说的美食了，然后你又说我们爱过头了？这种自相矛盾的话从里奇曼嘴里吐出来，简直是太他妈虚伪了：

> 专注于美食表面上无害，但这确实是一种放纵。任何一个沉溺于美食的社会，成员都必然大腹便便。这样的人又如何能够跨上战马，抵御外敌呢？

也许是我过度诠释了，但里奇曼难道是在暗示："只要这群胖子少吃点，他们就能跑得赢洪水？"

他把自然灾害直接归责于受害者，把卡特里娜飓风描述成上天对道德放荡的惩罚，声称这是他们沉迷于声色犬马的报应。

这还不算完。他继续质疑说，新奥尔良的食物到底是不是像传说中的那么好。那里最出名的克里奥尔菜系（甚至克里奥尔人[1]）到底是否真的存在过。他说，新奥尔良城已经不再是观光胜地，也许，它从来都不是！

> 按理说，新奥尔良城里或者城周围有很多克里奥尔人，但我在这儿时，从来没遇到过一个。我怀疑他们就像是童话里的矮妖，并不是一个真实存在的种族。你想要尝

---

1 Creoles，路易斯安那州的法国或西班牙移民后裔，指父母一方是黑人，另一方是法国人或西班牙人的特殊阶层。

尝正宗的克里奥尔菜简直就是痴人说梦……

他妈的什么叫"正宗"的克里奥尔菜？"克里奥尔"文化和他们的饮食习惯一直在变，他们不停地在融合其他文化和其他菜系风格，跟新加坡或是马来西亚菜系是一个道理。这些菜系的味道和原材料一直在变，跟不同菜系联姻，味道就完全不同。相信里奇曼自己也知道，"正宗"这个词，不论是谈论印度咖喱还是巴西黑豆饭，都是毫无意义的。唯一的好处，就是听着很专业，很有见地。

卡特里娜飓风过去后没几天，Herbsaint 餐厅的主厨唐纳德·林克（Donald Link）就回新奥尔良了。他是最早一批回城的老板。当时洪水还没完全退去，他回到他的餐厅，收拾整顿，重整旗鼓。并且他还当机立断，力排众议，克服种种难以想象的困难，又开了一家新店。他召集了他能找到的所有人力，还招募了志愿者，在大街小巷尽其所能为市民们提供食物。他的举动是在表明，新奥尔良城还活着，还是一个值得来的地方。就是这家餐厅，成了里奇曼眼中合理的凌辱对象。

顺便提一下，我在里奇曼的文章刊出后一年，去了一次新奥尔良城。整座城市仍然百废待兴。安东尼餐厅（Antoine's）[1]位于法国区，之前非常受欢迎，但当时巨大的晚宴大厅还是空荡荡的，而餐厅的工作人员基本全都在。老板不愿意解雇这些为公司服务了几十年的人。每个同我聊天的人，只要回想起他们痛失好友和亲人的经历，都会止不住痛哭流涕。有时候，你会觉得整个新奥尔良城经历了一次集体精神崩溃。他们先是受到了这场史无前例的灾难的打击，随

---

1 新奥尔良有名的克里奥尔菜餐厅，位于法国区波旁街，开张于 1840 年。

后又遭到了背叛。他们的祖国在全世界人民的眼皮子底下，任由他们的邻居在恶臭的体育馆当中，像畜生一样蜷缩在草坪上过夜。而且过了那么长的时间，也没有人去搭理这些人。天理何容？

在这种景象下，即使最严苛冷血的记者也难免扪心自问："他们已经如此困难，我真有必要在这时候落井下石吗？"况且，里奇曼既不是在报道"水门事件"，也不是在揭露伊朗秘密核项目。对于一个急迫需要餐饮业来重建地方经济的城市，在他们最脆弱最低潮，经受了美国历史上前所未有的大灾难之后，他有必要这样煞有介事地评论一家餐馆吗？而且，他这文章还不是登在《华盛顿邮报》上的，刊登他这篇文章的是一本介绍各种领带、配饰以及如何挑选长裤的杂志。

不过没关系。向读者揭露真相永远是最重要的。艾伦·里奇曼知道"正宗"克里奥尔菜的意思，而且他一定要告诉你。

光这一点，就足以让里奇曼进入"年度蠢货"比赛的决赛阶段了。然后，我们再来说说他的另外一个专栏"餐厅戒律"。里奇曼在戒律里自以为是地罗列了一堆他自己看不惯的事情，以供那些尊崇他、拜倒在他膝下的餐厅负责人铭记于心。美食评论家都很爱写这种文章，尤其是像里奇曼这类名人。因为一旦将自己的喜恶公之于众，那些急于讨好他的人就知道该怎么伺候他了。在"戒律19"中，里奇曼写道：

> 我要见主厨：
> 如果某个餐厅的人均消费在两百美元以上，那我们就有权要求主厨亲自下厨。声名显赫的主厨如果某天晚上请假不在，餐厅应该贴出告示，就像百老汇剧院外经常见到

的那种一样："我们最著名的主厨今晚不在，代替他的副厨威力·诺金曾参加过一学期的家政课程，烹饪水平有限。"

虚伪！懒惰！找不出比里奇曼更标准的又虚伪又懒惰的美食评论员了。这种廉价的民粹主义出自里奇曼之口，尤其令人恼怒。他理应比任何人都清楚，主厨根本就不在厨房工作，也不太可能在厨房出现，并且在可预见的将来，情况也不太可能改变。里奇曼又不是活在象牙塔里，也不是在什么与世隔绝的小木屋里写作。他和其他靠写作为生的作家、记者、博主、美食家、出版商一样，混迹在这灯红酒绿的现实世界中。这群人彼此认识，而且多多少少都与主厨们保持着协作共生的关系。多年来，他无数次亲眼见证了餐馆被欺负，比如为各种慈善活动、基金会、所谓的专业协会、市民活动、杂志座谈会或他的同行，免费提供各种服务。无疑，大家已经私底下直接找他抱怨过很多次了。我敢确定，里奇曼也无数次对着一瓶斐泉（Fiji）矿泉水（主厨大会通常由该公司赞助）和一盘塔塔吞拿鱼冷拼（出于各种原因，主厨通常被逼无奈做这个），目睹一堆主厨们忙得团团转讨好各路他们开罪不起的神仙。我想里奇曼连餐厅的运营成本，也一定一清二楚。

然而，他却要求，并且希望我们相信，只要在鲍比·弗雷的餐厅里花上两百美元，就能指望弗雷亲自出场，为你包裹玉米粉蒸肉，并在甜点时间过来和大家寒暄两句。按照里奇曼的理论，托马斯·凯勒早就累积了足够多的飞行里程数，不惜血本地穿梭于东西海岸的法式洗衣房和 Per Se 餐厅之间，恭候随时可能光临的里奇曼先生。

这是一个弥天大谎，由里奇曼亲自散播，推波助澜，目的是让它日渐深入人心。你懂的，把食物与名厨联系在一起，那么文章的可读性会增加不少。撒谎的不止里奇曼一人，美食评论圈里大大小小各路诸侯也在撒谎。他们先把主厨捧红，把他们吹成名人，接着有意无意地暗示主厨是要真正下厨房的。他们让你相信，你只要随便走进吉恩·乔治（Jean Georges）旗下十几家餐馆中的任意一家，乔治本人正在厨房里忙活着，亲自打理你点的比目鱼，用拇指和食指测量刚刚切好的蔬菜。类似"巴塔利先生喜欢强烈浓郁的风味"（尽管这的确是真的）或是"吉恩·乔治对蔬菜有独到的处理方式"这种句子，就是为了暗示巴特利和乔治都亲自下厨。其实，这是巨大的误导，因为它回避了厨房里真实的运作体系。这个弥天大谎，看似帮了主厨，也有利于品牌宣传，但却因为混淆了主厨和普通厨师的概念，间接否定了主厨的价值，那就是：这个世界上有很多伟大的厨师，但是却没有几个伟大的主厨。

"主厨"这个词的核心在于"主"这个字。一个主厨的主要工作是统领其他厨师，是领导、指挥、激励，是把活儿分配给其他人做。这些里奇曼都一清二楚。但是为了赚取眼球（同时也方便自己写作），他不惜先散布谣言，然后过一段时间，等大家都相信这个谣言的时候，再装出一副义愤填膺的样子。

我们不得不怀疑，里奇曼说这番话的真实动机是嫉妒。这帮名不见经传的小厨子，还胆敢开这么多家餐馆？也不照照镜子，看看自己几斤几两！当然是我们这些遣词造句的大师、讲美食段子的鼻祖——简直就是美食界的诗人——才应该得到赞誉，赚到大把大把的票子，才有资格在隐秘的小包间里享受口活儿。那帮粗鲁、龌龊、没文化的家伙有什么资格得到这一切？要不是我里奇曼当初赏你们几分薄面，帮你们写了几篇文章，现在你还不知道在哪儿呢！

"戒律19"中还有一句话说"副厨威力·诺金曾参加过一学期

的家政课程，烹饪水平有限"。这话要是一个外行人说的，我们也就权当是一句玩笑话，但是从里奇曼口中说出来，就不可原谅了。

高级料理行业体系从爱斯克菲时代起，主厨不在场就根本不是问题。不管高级餐厅的主厨出不出名，餐厅管理培训体系的核心都是必须确保主厨在场时和不在场时，食物和服务品质严格一致。法式洗衣房、Per Se 就是这类餐厅的典型。里奇曼清楚，如果哪位主厨有名到值得他写，那他就几乎不可能下厨。在你上他店里吃饭那会儿，他有可能在国泰航空飞往上海的航班上躺着，但绝不可能在厨房里忙活。如果哪家餐厅因为主厨不在，就慌了手脚，那就根本算不上高级料理店。

里奇曼的"戒律 19"，是在侮辱给他做过菜的所有人。最气不过的是，这个吃饱了撑着的蠢货，完全是明知故犯。这家伙一边心安理得地朝真的做菜的厨师们竖中指，一边还指望那些他认可的"名流"主厨能把他当回事。要知道，他可喜欢走后门占小便宜了，比如说可以进厨房小小地参观一下啊，比如说提前看一眼下一季的菜单啊。还有各种没开张的餐厅的试吃宴啊，故意走漏的八卦消息啊。免费的冷拼啊，装满礼品的袋子啊，餐后额外附送的餐点啊什么的。他喜欢受关注，喜欢听奉承话。所剩无几还在继续向里奇曼献媚的主厨们，里奇曼会胡言乱语，你们也脱不了干系。

咱也别单揪着里奇曼。

利用评论家的身份假公济私的队伍当中还有约翰·马里安尼（John Mariani）。这位仁兄一直顶着《时尚先生》的旗号，到处招摇撞骗。他的各种喜好——包括需要在免费奉送的酒店房间里准备专门的浴帽、配备性感的服务员，以及提供专门的泊车服务——总能神奇地在他到达之前就被转达给主厨，就像是心灵感应一样。这个不要脸的家伙，每到一个餐厅，都会交给主厨一份预先打印好的食谱，上面有他喜欢的戴吉利鸡尾酒的详细制作方式。这人吃了几十年白食，好几次被当场抓了现行，但《时尚先生》还是一次次包庇他。他的主编似乎总是不明白一个道理，那就是再多的好话都无法改变餐饮业的所有人——真的是所有人——对他的看法。大家对他的为人都心知肚明。

简单来说，因为这些人的存在，只要是头脑灵活的餐馆，就都有了活路。无论是在克里夫兰还是芝加哥，问这些人"买"一份有全国效应的正面评论都不是难事儿。当然这事只能暗箱操作，别像赫马洛·坎涂（Homaro Cantu）那样意气用事，爆出内幕，搞得两败俱伤。之前，坎涂公开指责马里安尼，爆出他每次到达餐厅前都会提出各种要求。随后《时尚先生》杂志的编辑辩护说，马里安尼并不知情（不是他干的那难道是公关公司吗），还巧妙暗示马里安尼一直是自掏腰包写食评的。那好，就算这顿饭钱是自费的，那交通、住宿、浴帽的来源呢？他们并没有给出任何解释。

经济杂志《探访》（Crane）的资深评论员鲍勃·拉普（Bob Lape）在业内很有名，他有个绰号叫"海绵宝宝"。起这个名字不是因为他可爱。据说他会厚颜无耻地逼迫"友善"的主厨为自己的婚礼准备食物。我已经没兴趣评论"佩珀中士"[1]了，让她一边凉快去吧。和里奇曼一样，她在事业如日中天的时候也还干得不错，也许够她多买几幅她男友的画作了。也许，所有杰里·凯奇姆（Jerry Kretchmer）的餐厅都真有她说的那么好。不管怎样，她总归是一个热情似火的敢于吃第一口螃蟹的人。

1　上一章提到的美食评论家盖尔·格林，穿着打扮风格类似于"佩珀中士"的专辑造型。

里奇曼知道自己在说什么，他不像他的大多数同行那样口无遮拦。他有写作天赋，有经验，有专业知识，有食物鉴赏能力和妙笔生花的写作功夫。他同那些满脑子想着蹭吃蹭喝的骗子不一样，但就因为跟我有过节，就对我曾经工作的餐厅吹毛求疵，有必要么？

小心《纽约时报》炒了你的鱿鱼。

本·金斯里在电影《性感野兽》(Sexy Beast)里把一个英国流氓演得惟妙惟肖。他在里头常常骂的一个脏字对英国人来说可能已经习以为常了，而美国人还不太好意思讲，通常用"叉"来代替。英格兰和爱尔兰人很爱说这个字。就其使用方式和语境来看，它并不是在侮辱女性的某个器官。相反，这是个很直白地形容男性的名词——通常会和"傻"连用。

如果你比白痴还烦人，比蠢蛋还冥顽不化，但叫你浑蛋又显得太严肃认真的话，那你就当之无愧了。

所以，我可能说错了。

艾伦·里奇曼不是个蠢货。他根本就是个傻逼（cunt）[1]。

1　流行于英国的极脏的骂人话。

"我在顶级大厨上失利了"

艾瑞克·霍普芬格（Erik Hopfinger）现年三十八岁，入行二十年。他站在过道口，右手拿着一摞下菜单，催促厨师们快点出菜。这会儿是周日早晨，地点是旧金山玛莉娜区的 Circa 餐厅，餐厅里人满为患，大家都是来吃早午餐的。吧台边挤满了人，喝着无限畅饮的含羞草鸡尾酒。

把"蛋饼总汇"写上菜单，实属战略失误。他现在算醒悟了。没错，这菜广受好评，特别好卖，但卖的过程实在痛苦。顾客每单可以在六种蛋饼中选择两种，而且鸡蛋还可以选不同的生熟度，加上不同配料的选择，等于一道菜有二十多种可能性。结果可想而知，一张点菜单就他妈有你的整个手臂那么长。

一号桌要的是新款火腿蛋饼（Nova Benedict）加墨西哥火腿蛋饼（Mexi-Benedict），但想把普通荷兰酱汁换成藏红花色荷兰酱汁，鸡蛋要全熟；对面三号桌的家伙也点了新款火腿蛋饼加墨西哥火腿蛋饼，但是熟度和配料的要求不同，而且点了四份。整个餐厅大堂和二楼的顾客全在那边玩排列组合。想象一下厨房里的厨师，他们刚刚应付完昨晚忙碌的周六夜班，下班后喝的那几轮酒还没醒，就要来面对这繁复杂乱的菜单，他们内心有多郁闷，多恐惧。

除了这个蛋饼总汇之外，早午餐的菜单上基本都是些特别老套的东西。经验告诉我们，某些传统菜式，是早午餐生意的灵丹妙药，比如火鸡牛油果三明治、给素食者准备的素三明治、马苏里拉奶酪串、法式烤面包、烤牛肉条、墨西哥奶酪焗鸡肉玉米卷、黑松露和布里干酪。炸鱿鱼、奶焗龙虾、水果拼盘和经典恺撒色拉也必不可少。至于是否往恺撒色拉里加鸡肉粒，则完全取决于你。

不过，如果连鸡肉恺撒色拉都上了你的菜单，那你已经自动跨越了厨师的道德界限，等于自我宣布是厨师中的罗恩·杰里米（Ron Jeremy）[1]。如果你在这一行已小有成就，这种行为形同自毁前程。

但艾瑞克·霍普芬格不一样，他可是明星厨师。

艾瑞克·霍普芬格虎背熊腰，光头脑袋跟子弹头一样亮，浑身打着各种环各种钉，还披覆大面积文身。公交车上、公告板上和杂志上，他的身影无处不在：他双手交叉胸前，一脸凶相地站在一群个子矮小的主厨的正中间，怒目圆睁地瞪着这个世界。他是《顶级大厨》第四季的主打明星，这一季最好看、收视率最高。很明显，他是这群厨师中的"坏小子"，这个角色是设计好的。他年纪稍长，经验更丰富（至少从业时间更长），一脸犯罪分子相。从节目的海报就看得出来，大赛的组织者对他期待很高：他们总是把他拍成乐队主唱或者顶级职业摔跤选手的样子（说实话，他两样都有那么一点儿像）。比赛本身是场漫长激烈的较量，节目制作人把霍普芬格当作其中的一个噱头，希望借他来吸引眼球，也在情理之中。

---

1 成人电影男明星。

结果，霍普芬格的表现差强人意，差点在第一集就被淘汰。

我知道这些，是因为我是那一集的评委。

到节目第三集的时候，他终于还是没能力挽狂澜，不得不打道回府了。即便如此，这小子依旧赚得些名气，至少他的朋友圈都很认他。比如坐在这张椭圆形吧台旁的、三三两两满身文身的厨师们，全都是他的弟兄。想一眼认出厨师，要看他们喝什么。普通人喜欢喝免费的含羞草鸡尾酒，圈内人喝菲奈特（Fernet）[1]。艾瑞克最好的朋友、女朋友和他妈妈都在餐厅里。他的工资很可观，而且是按照一周五个工作日来付的（在这个行业里几乎闻所未闻）。Circa 的晚餐只供应到十点，早到令人难以置信。十点后这里就变成了一家夜店，这才是这里真正的主营业务。

"我没当成汽车修理工。"在 Circa 马路对面的一家酒吧，艾瑞克手里端着一扎啤酒，在黄昏的灯光下，看着啤酒上方漂着的浮尘。最终，他成了一位职业厨师。

来说说他的长相吧。他高大威猛、胸膛宽阔，两只耳朵上都戴着银制的大耳环，手指上有各种戒指，蓄着山羊胡子，身上有文身，跟海盗似的。但其实他人很好，这点照片上看不出。他的声音很难让人联想到眼前这个人。他说话时眼睛会转向一边，看上去有点害羞。艾瑞克像是一个随时会哭的小男孩，他那半海盗半雅利安兄弟会[2]成员的彪悍外形下，掩藏着一颗容易受伤的心。他其实非常惹人怜爱，你在和他见过后不久，就会忍不住想要抱抱他。

十七岁时，他看到广告上一份兼职，开始在纽约布莱尔克利夫

---

1 一种意大利苦酒。

2 美国一个黑帮组织。

的大陆庄园（Chateau Continental）餐厅洗盘子。

"这个餐厅就两个厨师。"他说是"可恶的阿尔巴尼亚人"。他们一晚上做四十道菜，没什么意思。无非是些伪欧洲菜，像是希腊色拉、红酒炖牛肉或者是带馅儿的小牛排一类的东西。除此之外，他还要洗盘子、刷锅刷碗、给番茄去皮，这样的粗活儿他干了一年半。后来，他终于在塔里敦的星期五餐厅找了份更体面的工作。

他又解释道，这所谓的体面其实是"开始交桃花运"的意思。他一小时十一美元，主管烤肉台，还能喝免费饮料。凭着他出色的汉堡手艺，艾瑞克十八岁就晋升了，晋升到一个在日后的简历上会称为"副厨"或者"厨房经理"的职位。

差不多就在那时候，艾瑞克认识了日后的好友兼球友斯科特。斯科特当时在约克镇的哈克贝利（Huckleberry's）餐厅掌勺，艾瑞克则在还算是小资的星期五餐厅打工。斯科特的待遇让艾瑞克自愧不如。

艾瑞克回忆说，斯科特出入有香车，左右有美女。受到斯科特的影响，艾瑞克离开星期五餐厅，转投朋友麾下。在哈克贝利，他成了一个油炸仔，职位确实是比之前低，但收入据说涨了。艾瑞克已经记不清哈克贝利的菜单了，就隐约记得有鸡肉饼、牛肉派和天妇罗这些。他还说自己在一年半里被炒了两次鱿鱼，跟厨房里每个人都掐过架。

仔细看艾瑞克二十岁前的简历，我们很容易发现他头一段工作经历与后一段之间总有一些说不清道不明的空白，这个现象相当普遍，从我们那个年代起到现在都没什么区别。有整整一年时间，艾瑞克彻底消失了，那是他离开哈克贝利之后，到去康涅狄格州格林尼治的 Thataway 咖啡店工作之前。把离开哈克贝利的日子稍微往后挪一点，再把在 Thataway 开始工作的时间也相应提早些，你就可以偷偷跑去做一年的庭院设计师。一个年轻放荡不靠谱的年轻人，一瞬间就变成了一个踏实工作兢兢业业的好青年。或者，取决于到底是谁来看这份简历，你还可以把你在星期五餐厅或者在 Thataway 咖啡厅工作的经历，换成"去法国游学"。

除非，你像艾瑞克一样，在 Thataway 一待就是三年，整日喝得不省人事，闲着没事就跟人瞎扯淡，做些毫无新意难度系数为零的菜，像什么汉堡啊、鸡肉沙拉啊，或者是牛腩排之类的。

二十世纪九十年代初的时候（具体日子当然是记不清的），艾瑞克·霍普芬格又从广告上找来一份工作，在曼哈顿第一大道上的爱罗斯（Eros）餐馆负责食品储藏室和烤肉台。他说这是他第一次在像样的餐厅工作。那儿的主厨曾经在 Quilted Giraffe 餐馆（到现在仍然是举足轻重的地方）工作过。他们有特制的招牌烧猪肉、烤全鱼和烤新鲜沙丁鱼。这些东西现在听来可能微不足道，但在当时都算新鲜，对当时的艾瑞克来说，就更是耳目一新。二十年后说到这事，他放下手中的啤酒杯，眼睛出神地望向远方，陷入无限的沉思之中。这是他跟我谈话中，第一次对食物表现出激情。

"爱罗斯是全新的体验，我以前从来没在城市工作过，真有点不知所措。这里的香料、卤水、宰杀方式，以及这座城市本身，都让我措手不及。我平生第一次全力以赴来应对挑战。我每天从下午两点干到凌晨两点。有不懂的就问。我这辈子从来没问过那么多问题。"

"但不久后，你就去他妈的加利福尼亚了。"我质疑他。"你终于在爱罗斯开始学到些东西了。好戏才刚开始，你在这里做了这辈子第一份正经的菜。好吧，就算这份工作没那么重要，但至少你开始上路了。但紧接着你就走了，这是为什么？"

"斯科特。"他回答说。好像这就可以解释所有的事情。

"我离开爱罗斯去旧金山，心里是有点不好受。不过，我已经下定决心要做主厨。然后我想，我已经在纽约干过，这份经历会让我比那些加利福尼亚懒虫更有优势。"这个理由听上去很不靠谱。他还不如说是他最好的朋友去了旧金山，告诉他应该一起过来，告诉他那里很有意思。然后他就从了。

总之，艾瑞克·霍普芬格 1996 年到旧金山，立刻当上了城市酒吧（City Tavern）餐厅的副厨师长。不久后的一个周五晚上，主厨没来，他发现自己已经能独当一面了。

两年后，他已经是一家酒吧的主厨了。这家酒吧名叫翻筋斗（Backflip），开在藤德龙区的一个怀旧风格的汽车旅馆里，深受潮男潮女的追捧。《旧金山纪事报》评价翻筋斗的酒吧料理过人，艾瑞克开始受到关注。他的职业生涯在这里正式起步，往后平步青云，工作过的酒吧餐厅全不是无名小卒。根据我毫无依据的猜测，他也是在这里学会了耍手段、控制别人的期望值、面对媒体，并且就此建立了自己的公众形象。

后来他又去了蝴蝶（Butterfly）餐厅——一家相当气派又有野心的亚洲融合菜餐厅，酒吧的规模相当大。

我第一次遇见他就是在那儿，这事儿我在《厨师之旅》里提过，只不过当时没有提到他的名字。

当年是 2001 年，当时的艾瑞克还留着一头金发，他给我和摄制组做了一餐美食，还邀请我去厨房，向我倾吐了他遇到的管理上的问题。我当时建议他炒了副厨，好像就是斯科特，我印象中他好像对我的建议表示接受——然后给了我一杯烈酒。

再遇到艾瑞克，就是一年多以后了，在排骨之家（House of Prime Rib）餐厅。我两喝得酩酊大醉，还吃了很多牛肉。

离开蝴蝶餐厅之后，他又去了一个叫勺子（Spoon）的餐厅。他隐约提到在墨西哥监狱待过一段（斯科特的名字又出现了）。然后是一个叫考茨墨街角烧烤（Cozmo's Corner Grill）的餐厅，最终，他来到了 Circa。

再之后见他，就是在《顶级大厨》上了。我受邀担任节目的特邀评委，节目组想知道我和霍普芬格的交情到底有多深，因为我很有可能会在接下来的节目当中面对他。他们要确保我不会偏袒他。

我向他们保证我绝对一视同仁。

按照艾瑞克的说法，他是在一个名叫"主厨争霸"的活动上，被《顶级大厨》节目组发现的。这种活动旨在推广餐厅，通常在百货商场里进行。活动本身愚蠢至极，但深受公关人士青睐，因为这种方式看上去好像特别有效果，非常方便他们交差。这种活动的逻辑是，各位主厨来到百货公司，忙上忙下，向来往的顾客发放免费的食物。接着，按照他们的设想，这些潜在的消费者就会觉得这里的食物很不错，进而光顾他的餐厅。其实，这种活动只吸引游手好闲的家伙。这些人无事可做，只能在百货公司四处游荡，搜寻各种免费食物，他们自然也不可能和朋友去餐厅花上一大笔钱吃香喝辣。然而，那次活动却吸引到了两个电视节目制作人，"一个显而易见的怪咖，外加一个火辣的金发女郎。"

令艾瑞克不解的是，他们根本没有尝他的手艺。

他们只是想要知道："你怎么看汤姆·科利基奥？"（标准答案："他是厨师界的活佛。"）

"你对什么事有热情？"（标准答案："烹饪！以及成为一个有故

事的人物，热衷于在比赛中挑起各种戏剧化的冲突。"）

得知好消息后的艾瑞克，去马掌（the Horseshoes）餐馆好好犒劳了自己一顿，一边开始幻想起出名之后的生活。

不久后，艾瑞克·霍普芬格来到了芝加哥的某个地方，同其他十五名参赛选手一起，他们被严加看管，不能看电视，不能上网，打电话都要经过批准和监视。他们的安保措施之严格，连国家安全局的人都只有羡慕的份儿。

我也签了一份评委保密协议，到现在也没好好读过。我隐约记得的字眼儿有"百万""美元"以及"宣誓绝对保密"之类的。我想，这份协议有可能至今有效。所以，我像艾瑞克一样，有些东西不能随便讲出来。比如节目安保措施的具体细节，节目当中到底有没有使用过管制药品，评委里到底谁脑子好使而谁比较笨，评委桌下到底有没有摆着几杯金汤力之类的。这种事情要是没有根据就胡言乱语，都是不负责任的。

我当了五集的特邀评委，我只能担保自己公正严明。意思就是，就算是这个节目的制作人再怎么希望某个身世凄苦的（或者波特别大的）选手留下，但如果他做菜不行，我就毫不手软。在《顶级大厨》节目里，只要汤姆·科利基奥当一天主审，那么规则就一定是做得好的留下，搞砸的滚蛋。"你到底为我们献上了什么东西"是评判的唯一标准。并且，鉴于特邀评委每一期都会换，不可能看到选手之前的表现，那么之前的一切努力和表现都不影响当期节目的最后结果。我有时真为制作人感到难过。想象一下，一位表现一直都极其出色、长一张明星脸、又有观众缘的选手，仅仅因为一次表现失常，汤姆就要极不情愿地淘汰掉他。想象一下制片人此时此刻的心情吧，那个内心痛苦的嘶吼啊。

他们在中控室里无力地念叨着："不要啊，不要是特尔（Trey Wilcox）[1]，不要啊！！"然后眼睁睁地看着另一个万人迷被扫地出门。

所有的评委，包括常任评委和特邀评委，都很重视他们所投下的一票。我曾经和汤姆、帕德玛（Padma Lakshmi）和另外几位特邀评委花上数小时，讨论当期节目选手的去留。这是一个特别认真的过程。凭良心说，《顶级大厨》的参赛选手很不容易。他们被一同关在一个封闭的场所，远离家人朋友。他们没有菜谱，通常只有极短的准备和思考时间来做出各种奇怪的菜式，包括"用自动售货机里的垃圾食品做一道点心""用陌生的食材做一道传统的夏威夷餐"，还可能是"给埃里克·里佩尔设计一桌四道菜的高端晚宴"。再想象一下，你得在军用便携式炉具上烹饪，天上还飘着雨。比赛的要求完全无法预测，给人极大的压力，有时候甚至会显得疯狂。而植入广告只会让比赛变得更加艰难，比如必须用某个品牌的冰冻意大利面作为末盘中的原材料。这样的比赛，任凭你经验老到，都难免是场严峻的挑战。

如果我是一名参赛者的话，实话讲，就算我运气好，再施以我多年累积的经验、小动作、计谋和策略，也顶多勉强支撑几星期，总之，绝对无缘总决赛。

天才参赛者急得鸡飞狗跳，急中生智，最后突破自我，要么索性手足无措，一筹莫展，这种事专业厨师最爱看了，看起来真是赏心悦目，欲罢不能。一开始，他们的想象力、技术、策略、成熟度和经验，都捉襟见肘，但是，等挨过一阵，他们突然峰回路转，柳暗花明，最终突破了从前的自己，达到了一个未曾有过的高度。这

---

1 顶级大厨第三季的一名热门选手。

是吃货眼里最好看的肥皂剧。厨艺高超不一定能赢。技术最好、最有创意和灵感的厨师，反倒有可能画蛇添足，搬石砸脚，犯下不可原谅的致命错误。这是《顶级大厨》最值得看的地方，它就跟生活一样真实（至少我是这么认为的）。要想笑到最后，你得有创造力、技艺纯熟、有领导能力、灵活机动、成熟稳重、泰然自若、有幽默感、能屈能伸、有忍耐力。这正是一名在现实当中最好的大厨所应有的品质。

艾瑞克·霍普芬格差一点点就直接出局了。

在那一期节目当中，我和洛卡·迪斯布莱图（Rocco Dispirito）是特邀评审，帕德玛和汤姆是常任评审。这次的任务，是改良所谓的经典菜，比如蒜蓉大虾意大利面、千层面、黑椒牛排和香橙鸭胸。参赛者用抽刀决定任务。艾瑞克抽到了蛋奶酥。

蛋奶酥可不是好对付的。大部分厨师在学艺的时候都接触过蛋奶酥，但不做糕点师傅的话，很可能这辈子都不会再碰它。做蛋奶酥费时费力，这年头也没几个客人会点这个玩意儿，因而，现在已经几乎没有几个餐馆还在卖它了。没有菜谱的情况下，突然让你做一道蛋奶酥，几乎没几个厨师可以做到。而且，就算有配料表，绝大多数厨师也应该会搞砸。至于我？兴许可以吧。但这只不过是因为我曾在彩虹厅（Rainbow Room）餐馆一心一意做过六个月蛋奶酥（用的是水泥一样的调味酱、廉价的面粉和调和蛋白，所以成品又难吃又难看）。蛋奶酥这东西，就算送进烤箱前一切顺利，最后依然很有可能会出问题。烤的时间太短，那你还来不及把它摆上餐桌，它就已经干瘪掉了；烤得过久，蛋奶酥会烤焦，中间全是气泡。关烤炉的时候太用力、忘记在模子上涂糖浆、温度调节不正确或者是蛋奶酥在烤炉中受热不均匀，都会前功尽弃。更有甚者，因为摄影机要重新调整机位或者某位靓丽的评委需要补妆，你的蛋奶酥被放凉了，也算你制作失败。在《顶级大厨》这种高压环境下，就算是你平日里闭着眼睛都能做出来的东西，都有可能失败，蛋奶酥本来就难做，抽到它只有死路一条。

我坐在舒服的评审椅上，手里拿着一杯刚刚倒上的金酒，眼看着艾瑞克被分到蛋奶酥，我想这小子有麻烦了。在比赛正式开始之前，他就已经一脸苦瓜相了。

回想起彼时作为参赛者的感受，他说，那些叼着根大麻躺在沙发上看《顶级大厨》的人根本不能体会。

艾瑞克最后做出来的东西，根本就对不起蛋奶酥这个名字。这所谓的蛋奶酥外面的确有一个蛋奶酥的模子，但其实更像玉米面包或是玉米布丁。艾瑞克用尽各种方式来点缀他的蛋奶酥，以掩盖它本身的不足，就像小狗给自己的粪便盖上树叶或是一层泥一样。整个盘上都糊满了鳄梨酱，就像是在盘子上颜射了一样。最糟糕的是，他还把蛋奶酥埋在一个油炸装饰物下面，把本应膨松饱满的蛋奶酥给整个压瘪了。当然，他很有可能是故意的，为了掩饰自己从来就没有把酥起好。他那悲伤落魄的样子，就像是一个初次作案的连环杀手，于慌乱之中，找了些小树枝遮盖尸体，结果被第一个遛狗路过的人发现了。

艾瑞克本来应该被淘汰的，不过另一个参赛者的蒜蓉大虾意大利面实在太不堪入目，让艾瑞克得以死而复生。艾瑞克还可以找借口，说自己的这道菜太难，但那个搞砸蒜蓉大虾意大利面的，实在没理由推卸责任。她犯的错误再低级不过，虾烧过了头，搭配意大利面的果馅饼凝固成了一团团像阴茎垢一样的恶心玩意儿，令人毫无食欲。更不能忍的是，她连盐的量都没有掌握好，咸得要死。

这种事情在比赛中也时有发生，总有表现糟糕的选手因为表现更糟的选手而免于淘汰。

但是两周后，艾瑞克还是像落水狗一样被送回家去。

"你有没有指望过赢得比赛？"我问他。

"没有，我压根没指望过。"他说他被扫地出门后，就再没看过比赛。

他难道没怕过？他回答说："真正令我害怕的事情是长大，然后生孩子。我非常害怕有孩子。可能是因为我自己都还是一个孩子。"他喝完啤酒，凝视着空啤酒杯，继续说，"不过我可能是个好爸爸。我喜欢迪士尼，那些海盗什么的。我爱迪士尼，这让我有冲动去生个孩子。"

他没有抱怨《顶级大厨》。"他们没有强人所难。"他也没有抱怨当厨师这条路，没有抱怨人生。"我喜欢这一路的经历，也喜欢现在的生活。这活儿不错，生活质量很好，能和朋友一起玩，享受美食。"

他接着说："你看，我还是没放弃烹饪，我还是喜欢烹饪。世界上总有这么一群变态，注定要成为厨师。"

"不是你，是我。"

不久前，我在一次公共研讨会上遇到了马可·皮埃尔·怀特，他是我心目中的英雄主厨。那次经历并不令人愉快，但却非常有启发性。那是一个专业论坛，地点在纽约兵工厂。这类活动每年都会有一次，各地主厨聚集一堂，吃着各种芝士样品，喝着一小杯一小杯的果味啤酒以及产自厄瓜多尔的葡萄酒。毫无戒心的迈克尔·鲁尔曼（Michael Ruhlman）[1]居然打算在这种场合宣扬自己的自由理论，想给马可洗脑，简直痴人说梦。马可是厨师界的"六百磅大猩猩"，他想坐哪里坐哪里，想干吗干吗，你管不着。马可是主厨界的第一个摇滚明星，所有名厨趋之若鹜的模仿对象，他是第一个拿到米其林三星头衔的英国人，也是最年轻的获得者。我同时代的厨师里，没人不把他当偶像。马可出身贫寒，小时候孤苦伶仃，还有阅读障碍。他爸是利兹一家低价酒店的主厨。相对于那个当厨师有可能被揍的年代，他现在可有出息了。尽管过了职业巅峰期，但马

1　美国美食作家。

可赚到的钱已经多到不知怎么花了，想要的女人都唾手可得，并且一直享受着扮演"马可"的乐趣。

他会花大把时间待在英格兰乡间，攥着那把价值七万英镑的猎枪到处捕猎，思考大自然的奥秘。他一半是乡绅，一半是流氓，但并不亏欠任何人。他心直口快，从不拐弯抹角。

那天，在研讨会上，我问马可对那些特别厚的、包罗万象、大江南北什么菜都有的菜单怎么看，会不会觉得这样的菜单太过头了。我知道他最近才去吃了格兰特·阿卡兹的餐厅阿里尼（Alinea）。阿里尼在芝加哥，是众多食评家眼里的全美最佳餐厅，我知道马可对此颇有微词。我初衷无辜，只想搞清楚他为什么不喜欢这家餐厅。

阿卡兹是大家公认的全美顶尖主厨，费兰·阿德里亚的追随者，爱创新、勇于实验、思想前卫。曾几何时，马可也爱标新立异，追求精致、菜式正规的法式高级料理，后来他的想法慢慢变了。他曾经向我反复强调说，他现在追求的不过是"一份像样的主菜加布丁"。这么看来，我的问题尽管挑衅，但也不失公允。

事情的结果大出所料，马可对阿里尼破口大骂。谁也想不到他会对那顿饭恨之入骨，我想不到，可怜的鲁尔曼就更不可能了。马可甚至没工夫去记主厨和餐馆的名字，但他提到的这家无名餐馆分明就是阿里尼。他对阿里尼的愤怒，就好像阿卡兹亲手宰了马可的爱犬，把尚有余温的尸首端到他面前一样。马可充满敌意，紧咬不放，轻蔑地挥了挥手，就把阿卡兹所有的实验性烹饪技术全盘鄙视了。他口无遮拦，越讲越带劲。大家都没注意到，美食界倍受推崇和尊敬的阿卡兹，就坐在我们的面前。

第二天，会场当中弥漫着一种受伤的情绪，反唇相讥的欲望蠢蠢欲动。鲁尔曼同阿卡兹合著过书，他对阿卡兹厨艺的敬佩，如滔滔江水连绵不绝。他被阿卡兹的粉丝们指控为"纵容"别人在公众场合中伤阿卡兹。鲁尔曼能做什么呢？碍于马可的可怕气场、摇滚明星般的自负，还有他那庞大的体型压阵，谅鲁尔曼也没胆阻止他的冷嘲热讽。想想也不可能。况且，阿卡兹最近刚刚从舌癌中康复过来，险些永远失去味觉，这让整件事显得更加尴尬。鲁尔曼完全被吓倒了。（我算是鲁尔曼的灾星了。上次，我碰见他时，他本来有机会在"美食频道"大有发展，就因为我的参与，他最终被踢出了节目。）

第二天，阿卡兹在研讨会上直接回击了。他站起来，慷慨激昂、有理有据地为自己的料理理念辩护，发言时还顺带提了行业里其他几位大佬的名字。他的这番陈词，大体上我是毫无异议的。离开实践性的突破、强烈的求知欲和尝试引入新食材的动力，料理就必然停留在千篇一律、停滞不前的状态。阿卡兹在厨师界的地位无可取代，这点他没必要跟在场的任何主厨解释。

我有没有提到过格兰特·阿卡兹是个天才？他是全美最一流的厨师，不仅厨房装备顶级，就连整个厨房团队都是顶级的。他们全是美食的虔诚信徒、美食界的英国空军特别部队、料理界的绿色贝雷帽。马可以前的厨房也是这样。

我这一生中吃过的最棒的一顿饭，是在法式洗衣房餐厅。当时，格兰特·阿卡兹和托马斯·凯勒还在那里一起共事。

但是，我也很讨厌阿里尼餐厅。老实说，是鄙视。

不过，你也别太把我的话当真。没准我不喜欢的餐厅，你去试试会有不同的发现。阿里尼餐厅做事绝不马虎。一群严肃认真的人，做着严肃认真的事，他们旨在为料理作出巨大贡献。

但是，我在这家餐厅吃了有生以来耗时最长又最不愉快的一顿饭。二十分钟过去了，眼前还是只有那张小小的菜单卡。我一边数着还有多少道没上，一边思量着这顿饭到底要吃到猴年马月，才能还我自由身。这是一个太拿自己当回事的餐厅。这种做派毫无意义，愚蠢，令人讨厌，从头到尾都是煎熬。我快被折磨死了。

当时，我正在做签售，这种旅行通常百无聊赖。但那晚上我正巧遇上一位既有思想又有趣的记者，所以特地为这场精彩的聊天选择了美国最棒的餐厅。这似乎是一个绝佳的选择。

我错了。

在这里，每隔二十分钟，就会有一个服务生跑来，在你手边摆弄点啥，打断你们的谈话。比如要求食客咬断一股包扎细线；把餐盘压在一个气垫上，这个气垫会像放屁一样一点点释放出迷迭香气；或是把一块厚厚的五花肉挂在玩具晾衣绳上晃来晃去。每一道创新菜式都跟着一段冗长的介绍，你还非听不可。

每回上菜，服务员都像个刚入会因此对一切充满热情的统一教会教徒似的，充满希望地站在我们桌边，盯着我们，让我们不得不停下谈话。然后，他就开始那段奇长无比的菜式介绍和食用步骤指南。一般情况下，我都等不到他讲完，就已经把这道菜吃掉了。

我默默地坐在那里，盯着我右手边的小菜单卡，心中暗数着已经上过的菜。我记得有一道龙虾堪称完美，因为它和这里的其他东西不一样，特别朴实，没有什么花里胡哨的东西。我边吃边想，以阿卡兹的技术和创新能力，绝对能称霸美食界，只要他把菜单上那些形式大于实质的菜都撤下，就可以所向披靡、成为下一任的美食教皇、下一个凯勒了。

我是极少数不喜欢阿里尼餐厅的人。有许多我敬重的人，都很迷恋阿里尼，比如我老婆，其实通常她比我更挑剔。这个疯狂的女人一读完我这章的草稿，就一个人飞去芝加哥的阿里尼餐厅独享了一顿晚饭。她说完全不理解我在抱怨什么。她的体验和评价与我截然相反。我记得她用"太棒了""美味"和"很开心"等一系列词来形容那顿饭。回来后她对我咆哮道："这是我这辈子吃过的最好的一餐！"

所以，我大概真有必要反省一下。

我真是个爱在鸡蛋里挑刺的刻薄鬼？还是阿里尼餐厅真的一塌糊涂？或者说，有没有第三种可能，解释我对阿里尼的不满？

实事求是地说，我目前的状况，就是个自视甚高的"美食家"，也就是我曾经非常鄙视的那种人。吃遍世界各地的米其林星级餐厅，然后还要大肆抱怨"怎么又吃鹅肝""怎么又是松露"！

总而言之，我已经变成那种很怕长菜单的人。我起初还不承认，现在总算不纠结了。不过，就我所知，那些精心准备长菜单的主厨们，内心比我还恨长菜单。

你也许会问："那么……好吧，你这个贱人，既然你知道自己不爱吃大餐，干吗还去阿里尼，干吗还去 Per Se 餐厅呢？干吗还去这些装逼的馆子吃饭呢？"

这个问题问得好，我还真不知怎么答。

如今，我经过 Per Se 餐厅大门的时候，内心会有一丝惶恐。这跟我多年前路过法式洗衣房餐厅时的那种肃然起敬很不一样。当时，二十道菜的大餐还会让我觉得特别新奇特别有意思。我想，我是个浪漫主义者。我曾经坚信爱能战胜一切。

请理解这一点：托马斯·凯勒是我最尊敬的美国主厨，他在我心中无人能及。我坚信他是全美"最伟大"的主厨——在任何方面都是"最伟大"的。

我人生中最好的一顿高级西餐，就是在他的法式洗衣房里吃的。

我断定，这世上没有比法式洗衣房的科里·李（Corey Lee）或是 Per Se 的乔纳森·贝诺（Jonathan Benno）更好的厨师了。他们烹饪技术一流，有天赋，又知道努力。

凯勒很早以前就已达到了那种至高境界。不论他是否在场，他旗下所有餐厅提供的食物和服务质量都不受影响。这证明他在管理团队上能力超群，对所有细节的要求都毫不妥协。

纽约的 Per Se 餐厅，被《纽约时报》评价为四星级餐厅，还享有米其林三星称号。Per Se 对此当之无愧，要在全美国找一家比 Per Se 好的餐厅，你真得费点工夫。

那么，为什么我昨晚从 Per Se 餐厅回来之后会那么难过呢？我回来后都好几个小时了，依然被一股无法言说的莫名悲伤笼罩着。就像一片乌云悬在我头顶，跟着我回到家中。就像一个魔鬼小人站在我的肩头，不停地在我耳边说着坏话。这种问题就像我腰间的赘肉，恕我无法正视。

但再不愿意正视，这事也终归需要解决。也许，如果我悄悄地尾随这条侵蚀我的内心、威胁我的幸福、把我变成一个坏人的蛔虫，悄悄地接近它，举起餐刀，横下心又死它，兴许我可以消灭它，让生活恢复到从前无忧无虑的样子。

为什么总有声音在我脑子里回荡，问我一些奇怪的问题？

比如说：当一餐饭结束之后，"这顿饭是否有趣"能否成为衡量一顿饭好坏的终极标准？

意思就是说：在餐厅吃完一顿丰盛的大餐之后，你和你的约会对象坐在回家的出租车里，问："这顿饭是不是吃得很好？"回答会是"是啊！是啊！这真的太棒了！"还是："其实我宁愿窝在家里的沙发上，看着电影吃比萨"？

也许，考虑到在外面吃饭的花费，以及你必须为晚宴大费周章特意打扮一番等因素，一个更准确的问法是："这是不是比一次真的很棒的口交还要爽呢？"鉴于这是大多数夜生活的最终目的，请问你是否愿意在沙发上垒成功后，还要再特地劳师动众地爬起来出门吃饭？

好吧。这有点风马牛不相及。这是两种完全不同的体验，两种情境，这样的比较不公平。就好比问你，是想现在来个背部按摩，还是宁愿这辈子从没见过塞尚和雷诺阿的画。

那么，这样如何？同样的场景。假设你正在从用餐地点（或者随便他们怎么称呼它）打车回家的路上，你正坐在同一辆出租车的后面。现在，你问自己一个简单的问题：

"我现在感觉如何？"

这个问题很公平，不是吗？

你感觉很好？

你的肚子感觉如何？

你刚刚所吃的那一餐饭，假设是和你的女人一起吃的，是否足够浪漫呢？请不要自欺欺人。我知道你刚才那顿花了很多钱。但看看你对面的那个女人，你会真心觉得吃了这一顿饭之后，她就会忍不住想跟你回家翻云覆雨吗？还是她正在一点一点计算秒数（就跟你一样），等待一个机会可以把那个忍了很久一直没有机会放的屁给放掉？比起翻云覆雨，难道她不更想倒在床上，翻滚呻吟，祈祷自己别把刚才那顿价值四百美元的山珍海味给吐出来？

还有你自己——你真的还有精力去搞她吗？你不觉得所有的性冲动都在上奶酪之前就消失殆尽了么？

198

用这个标准来评论高级料理，算是无可厚非了吧？如果连这个功能都不能满足的话，那还要高级料理做什么呢？

这并非没有先例可循。我们先说说西班牙费兰·阿德里亚的牛头犬餐厅。这家餐厅的菜单也许是全世界最长最有名的了。在那里体验完了一整套流程，大概花了我五个小时。但这并没有让我感到疲惫不堪，于是我又继续在那里待了两个小时，喝金汤力。在这样一个冗长的过程之后，我相信我还有回去和人上床的精力，完事之后还有心情可以去再吃点夜宵。这就是我想要的最佳的高级料理体验。

纽约的贝尔纳丹（Le Bernardin）海鲜餐厅提供一项"主厨试菜菜单"，我每次吃完都觉得神清气爽。这两家餐厅的用餐经验都很具标杆意义。芝加哥的劳伦特·格拉斯（Laurent Gras）的L2O餐厅和安多尼·阿杜里斯开在圣塞巴斯蒂安的马格拉兹（Mugaritz）餐厅也都深知人的食欲极限，不会把人撑到想吐。

我之前提过，主厨们最怕试菜菜单。

想想费兰·阿德里亚的悲惨命运。我说的不是身为主厨、餐馆老板或是创新艺术家的费兰，而是作为美食家、"吃货""空中飞人"的费兰。他在劫难逃，注定尝遍各种令人崩溃的试菜菜单、各种玩过头的"分子料理"[1]（Molecular Gastronomy，一个他再也不用的专业术语）的折磨。他所去的每一个城市、每一个国家，都有大把崇拜者，想要膜拜他，讨好他，无休止地向他奉上贡品。想象一下你是费兰·阿德里亚。各种美食节、美酒节、主厨会议、巡回书展、专题报告会，没完没了。走哪儿都是事儿，走哪儿都不消停。一会儿

---

[1] 讲究把科学试验的精神带入厨房，烹饪的过程中往往使用精密仪器来创造视觉与口感。

被拽到当地展览会上抒发情感，一会儿被墨尔本、密尔沃基或哪个当地大佬强迫去当座上客。他永远无法轻轻地来、轻轻地走，不带走一片云彩。他永远都要陷入无休止的局当中。

粉丝们招待费兰，就是用这种二三十道菜的试菜菜单，一遍又一遍地折腾他。模仿者个个认真努力，却东施效颦，不知所谓，表现的内容包括简直要烧坏舌头的液氮、早就被费兰舍弃的泡沫元素，还有那些他们从没亲身体验过就敢来山寨的加泰罗尼亚传统菜。

费兰想吃的，不过就是个他妈的汉堡包。

费兰·阿德里亚进了家酒吧……这听上去像个笑话。不过，我猜，费兰本人可能一点也不觉得这件事好笑。他现在根本没有可能走进一家酒吧，吃一个简单的汉堡包。因为一进这家酒吧，别人就会给他奉上一顿免费大餐，即使他根本就不想要。

相同的痛苦，托马斯·凯勒也一定体会过。传闻是这样的：如果凯勒要外出用餐，必定要有个助理先打电话给那家餐厅，要求无论如何不要额外赠送任何菜。没有商量的余地。他不希望看到你对于他自己的招牌菜"牡蛎与珍珠"做出特别演绎。他就是来吃你家鸡肉串的——那真的很好吃，否则他不会特地来吃——所以拜托了，饶了他吧！

你一定在想，噢，你们还真会装可怜，全世界的大厨都想把昂贵的精致菜往你们脸上砸吗？你们真他妈贱！但是拜托，想象一下，日复一日飞来飞去，从这家旅店的床换到那家旅店的床，视线模糊、反应迟钝、疲倦不堪的时候，你不过想吃点妈妈肉圆或是简单的烤鸡——但是，一次又一次，他们就是不让你有休息的机会，每每都是三个小时的菜式狂轰滥炸，而且那货色还比你平日自己做的东西差那么一点。这就好比一个加班过度的色情明星，好不容易下了班，人们还纷纷跑过来抓住你的阴茎，叫你赶紧再来一炮。

坐在这里，我一边纠结着昨晚在 Per Se 餐厅的经历，一边又忍不住追忆往事。我想起了我一生中最完美的那餐。当时在法式洗衣房餐馆里的，有我、埃里克·里佩尔、斯科特·布莱恩（Scott Bryan）和迈克尔·鲁尔曼。我们面前一共二十多道菜，每个人的菜式不尽相同。天晓得我们喝掉多少葡萄酒，整整五个小时，疯狂、刺激、完美，中间偶有上厕所的小休息，其余时间一直在喝。那是一餐饭的最高境界了。每道菜都耳目一新，原料新鲜，理念新奇。那是一个神奇的夜晚，充满了一个个神奇的时刻。我最先想起来的是这么一些东西：那道著名的"三文鱼锥形塔"端上来时，所有人都傻眼了。我们终于见到了庐山真面目，那道菜和我们事前设想的一模一样。连和凯勒合作写过菜谱的鲁尔曼也惊呆了。

"万宝路烟草香薰咖啡奶油馅的烤鹅肝"最让我惊喜，这道菜是特别为我设计的——我当时还是个一天要抽三包烟的家伙——总之上菜时，我还在忙着扔烟蒂。

当我最后尝到那道"牡蛎与珍珠"时，我简直战栗了。以前我只在五彩缤纷的美食书上见过它的介绍。这道菜不仅名不虚传，还超出了我的预期。上菜时，紧张的服务员端菜的手一直抖个不停，以至于把一颗巨大的黑松露掉在了我们的意面上。不过我们相视一下后，都决定让这个小插曲过去吧。

上甜点前的那轮休息，我们四个像过万圣节的孩子，悄悄跑到厨房的窗户边，羡慕地偷看凯勒和他的团队在厨房忙活。

餐后酒在花园进行，主厨也加入进来。我们喝到很晚，直到餐厅关门。凯勒是我所见过最生动的主厨。他看上去快乐又不安分，坐在那儿，周围的一切、这个他亲手打造的世界，全那么生机勃勃。

凯勒是个著名的工作狂，我问他有没有打算过休息一段时间——找一个月什么事都不做——他的反应就像我说的是乌尔多语[1]一样，他歪着头，似乎努力想弄明白问题的意思。我记得我们一行人最后挣扎着爬进来的加长豪华轿车里，意识到自己刚才享用了一生最棒的晚餐。

就这样，我们在充满田园诗意的葡萄酒王国纵情享受了五个小时，享受了偶像大厨精心准备的无尽华丽的一餐。但是现在我又想起来另外一个细节，一个我一直逼迫自己不要想起的细节。这个细节跟我刚才动情描绘的那幅图景格格不入。

我强迫自己去回忆之后的事，回忆我们坐上豪华轿车之后的事。当时，车里并没有太多的欢声笑语。我只记得车里回响着厚重的呼吸和一阵阵的呻吟。大家都努力 hold 住不要吐出来。

很明显，我们都纵欲过度（口腹之欲）。这样的结局，是你在去法式洗衣房或 Per Se 餐厅用餐之前，应该料到的。如果明智的话，你应该提前做点准备工作，至少要提前一天。要用晚膳的那天，你最好一早起床，靠喝水舒展肠胃。用餐后的那天也得妥善安排，那是饱餐一顿后的恢复期。

这样一顿饕餮大餐，到底有没有本质上的伦理错误？"非洲人都快活生生饿死了。""单单在上个月就有两万五千个美国人失去了工作。"如果你嫌这些老生常谈，那听听这个：为了确保你吃到桌上这一小块美味佳肴，人类要扔掉捕杀到的鱼啊鸟啊的身上 80%的部分。这是基本事实。何况，这样一顿饕餮大餐所含的食物和酒精量远远超过人类的承受度。在享受完这样一段时光后，你会扑通

1　巴基斯坦的官方语言，在印度西北部也广泛流行。

躺倒在床，胃部搅动翻滚，脑袋天旋地转，然后像一个中世纪修士那样放屁打嗝，努力挣扎着不要在厕所里把晚上吃的松露都喷出来。

这样的结局合适吗？这难道就是天才厨师们想要的吗？

就算这样的晚餐不可能每天吃，每月吃一次都够呛，但就算是每年来上一次，你都要为自己的下场未雨绸缪吧？

我们都知道九道菜的组合很合理，但我们偏要暴饮暴食。一旦进了法式洗衣房或是 Per Se 这类高级餐厅，你就不愿意错过任何一道菜，结果就一直吃一直吃，直到扶墙而出。反正我是这样的。

昨晚，夕阳的余晖照进 Per Se 餐厅，弄得我浑身不自在。也许是我太挑剔，总之我觉得天不暗下来，就根本不能用餐。餐厅跟舞台一样，是个精美的幻象，是魔术师在四墙之间变出的戏法。Per Se 的用餐环境在全纽约数一数二。从那里可以俯瞰到哥伦比亚住宅圈和中央公园。厨房和餐厅之间有一块颇为宽阔的"清风廊"，这块场地可以让服务员们把菜从厨房送到餐桌之前稍作休息。

如果专业烹饪的精髓是控制，那么品鉴食物的精髓就是任人摆布。你要放轻松，随波逐流，最好是别动脑子。你什么都不用留意，忘记服务员的存在，只需略微感受时间的流逝。如果你还要在食物上桌时拍照，一边想着应该在博客上如何描述这道菜，那你就大错特错了。那个时候，你要做的是感受，不是思考。

我呢，始终做不到难得糊涂。夜色不降临，餐馆看着就很怪，比如服务员的统一装束，有的地方因为洗了太多次而被磨得发亮，感觉破破的，多少令人不快。他们此刻看上去就像服务生，而不是我一直以来心目中料理界的奥林匹斯山[1]所派来的使者。服务员操

1　奥林匹斯山，希腊神话中诸神的住所。

作台那里，有一张固定在墙上的桌子，向地面微微下斜。家具上的木制镶边，露出斑驳的痕迹，虽然并不明显，但依旧被我发现了。桌上的玫瑰花已经开始凋谢，花瓣的边儿已经有一些蔫了。这里的用餐环境可是美国数一数二的啊，真是令人失望。我为自己觉察到这些细节感到愧疚。

也许，我还从服务员的声音里，听出了悲伤。几星期前，这里的执行厨师长乔纳森·贝诺（Jonathan Benno）刚刚宣布离职。也许一切只是我的想象吧，但我之前在法式洗衣房餐厅和 Per Se 餐厅感受到的那种位于世界之巅的气势，那种自信，那种生机勃勃的活力，那晚被其他东西取代了。

今天的菜式里有炸鱼。两片小小的填满芝士的鲶鱼块。

还有那道大名鼎鼎的三文鱼塔（Salmon Tartare）。虽然"她"还是一如往常的色味俱全，但我对"她"却有点厌倦。"她"就像是个谈了好几年的女朋友，新鲜感已经荡然无存。如今没有比各种"塔"（Tartare）更烂俗的菜了。我很好奇主厨贝诺怎么看这件事。这个让我们一度像孩子一样为之魂牵梦萦的"塔"，像一座监狱，束缚着所有的后来人。这道菜太出名，太受欢迎，每个主厨都对它恨之入骨。

我点的夏季西班牙凉菜汤很一般，而我妻子点的胡萝卜甜汤还算不错，里面还加了龙嵩叶和大茴香。

我点了法式洗衣房的经典菜"牡蛎与珍珠"，这是凯勒最著名的经典自创菜：用树薯粉做的"珍珠"配上牡蛎和鱼子酱做的意大利萨芭雍。服务员会在桌边帮你倒上多得过分的鱼子酱，感觉很像在给一个老女人化浓妆。菜一上来，我就差不多感动哭了；那之前，我不知为何，一度怀疑自己会见不到"她"。这是一道真正的现代美式经典菜，我个人的最爱，一道让我感怀不已的菜。我感觉整个过程就是在同这老女人分享我的人生。这就是食物的神奇之处。但是，服务员放的那好几大勺鱼子酱，让我特别沮丧，他好像在说："我们才不放心让这个老女人素颜就出来见人，我们得为她多涂点唇膏。"我真想替"她"说声：放尊重点。

配以花椰菜、胡萝卜和豌豆苗的扇贝生鱼片日式军舰实在是无可挑剔、毫无瑕疵。现在，每家餐馆都吃得到这道菜。

用天妇罗和香蒜酱配佐的腌制大西洋鱿鱼是一道全新的菜式。别等了，再不吃，那鱿鱼又要活过来了。

一道用黑冬松露置顶的白松露油蔬菜炖肉，是凯勒那本菜谱里一道我最爱的菜式的改良。整道菜相比之前欢快了许多，而不再忐忑不安、缺乏自信。这道菜味道醇厚冰凉，余味徐歇直到我回家。我妻子点的配以法式焦化奶油的煮鸡蛋和烤法式甜包味道更好，浓郁香甜，登峰造极。

但真正的惊艳刚刚开始——我的是配以萝卜青菜、紫朝鲜蓟和芥末的意式肉肠（mortadella），我妻子的则是猪头肉火腿（Coppa di Testa），用烟熏猪脸颊肉（guanciale）和黄瓜制作而成，配以酸辣酱料。菜虽然精致，但仍然保留了意大利乡村日常菜的朴素，口味粗犷前卫，吃完嘴里好像吃了一整天腌制品，真是前所未有的口感。我希望接下来上的菜能沿着这个方向继续下去。我想，这真的是很不错，简直是天下一绝。

然而，我被两个慢慢靠近餐桌的烟雾缭绕的圆拱状玻璃容器，狠狠地拉回了现实。两个容器里面，一个装的是腌制牛舌，另一个是大块五花肉。把菜装在这样的容器当中，完全是噱头，让我食欲顿减。这种用小型烟枪制造特殊效果，当今餐饮业没有一个大厨能够抵抗它的诱惑。我看这根本是画蛇添足。牛舌那部分没怎么受到烟雾的影响，可五花肉完全被烟雾给破坏了。这整个噱头的目的根本就是把我惹火。

然后是果汁冰糕，接着是鹌鹑，还有长岛条纹鲈鱼。我妻子吃软壳蟹的时候，我又加了一份传说中的奶油水煮龙虾。这些菜看上去都很不错。

接下来是一盘意面，半边是长形细面，半边是菠菜管面，两边都被服务员堆满松露。我又一次想破口大骂："你他妈在干吗？放太多了！"但我还是忍住了，默默看着这盘口味精致的意面被四溢的菌菇味所吞噬。这一次，我觉得有点伤感，好像自己成了脱衣舞娘，面前一位财大气粗的客人醉醺醺地扔给我一堆钱，好像这样我就能爱上他一样。

几块无可挑剔的酱汁牛肉被我们填进肚子之后，这顿饭的第二轮高潮来临了。

一个巨大的盘子被端上来了，这绝对不是凯勒的风格。盘子上面铺满了纯种西红柿片，中间随随便便的一堆布袋芝士上，被滴上几滴优质橄榄油。这种最最简单朴实的菜式恰恰最能引人遐想——尤其是对我妻子这种在前几年才离开意大利的人。这道菜以我多年来对法式洗衣房和 Per Se 餐厅的了解，完全是一个异类。它无疑是整餐饭中最受欢迎的一道料理，没有任何菜能与之匹敌。

接下来是甜点，很多甜点。这是第一次，史上第一次，我还有胃口每样甜品都至少尝上那么一口。值得一提的是，甜品师傅总是最倒霉的，尤其在这种"试吃"风格的餐厅里，顾客在品尝他们的杰作之前，通常都饱得没有任何食欲和心情。他们总是被忽略的一群人。

我到底该怎么去评价这一顿饭呢？直到第二天，这个问题还是挥之不去。我一直在试图解读自己的想法，在脑海中重演昨晚的整个用餐过程，尝试在我昨晚众多反应中分辨出哪一些批评意见是出于自己的变态和龟毛，而哪一些批评意见才是真正有道理和公允的。

也许我该把托马斯·凯勒看成奥逊·威尔斯。无论他现在做什么，或是将来做什么，都不重要。拜托，他创造了《公民凯恩》，这一项成就就已经足够给他豁免权了。他的地位将不会被动摇，他永远都是个伟人，就像穆罕默德·阿里一样。我为什么要对他吹毛求疵？！

我很喜欢凯勒那家休闲概念餐厅昂土菜馆（Bouchon）。他终于放下过去过度严苛的管理，扩展新领域，我希望这种转变于人于己都是好事。

我越回忆昨晚，越无法忘怀那美味的意式肉肠和猪头肉火腿，还有那盘超级棒的西红柿和芝士。让我告诉你，那真他妈是超赞的芝士和西红柿。

第一次在法式洗衣房餐厅吃饭那次，尤其是头几个小时里，我感觉整个过程中，一直有人在我耳边浅吟低诵，谈论他们自己、他们的过去和他们的所爱。这种体验太过于美妙，我只遗憾它太过于短暂。

也许，那个在我耳边静静诉说的声音，就是乔纳森·贝诺的声音。乔纳森·贝诺有意无意地说："这就是我之后要做的事情，我离开后马上就会着手。"（就在那顿晚餐后不久，他的确宣布要涉足高端意大利料理界。）

也许是我太迟钝，看不穿其中的奥妙。

那样一顿晚餐算是一种先兆吗？是大灾难要来了吗？还是毫无意义？我不知道！

我只知道，他们免费招待了我——而我却这样怀疑他们。我就是个卑鄙小人。

　　就算我不喜欢 Per Se 餐厅，也弄不明白格兰特·阿卡兹在干吗，而这又有多重要呢？

　　不过，这就引出了大卫·张。他新进美食圈就火速攀升这件事，一定能说明很多问题。

狂怒

建造，才有属于自己的世界。

——拉尔夫·沃尔多·爱默生

大卫·张说："烹饪是诚实的，所以我走上这条路。"

厨房里没有欺骗，没有上帝。就算上帝在厨房，也帮不了你。你要么会做鸡蛋卷，要么不会；要么会切洋葱，要么搞砸；要么能甩锅，要么不能。你得与其他厨师配合，一遍遍重复，直至成品上桌，整个过程真枪实弹，没法作假。这里不论资排辈，也不讲废话，花言巧语或者耍嘴皮子祷告上帝，全无用武之地。厨房这个地方，只用实力说话。一天结束，每个人战绩如何，一目了然。好厨师就是按时按计划完成任务，坏厨师就是满嘴大话，言过其实。好餐馆就是生意兴隆，客人满意而归，最后大家荷包鼓鼓；烂餐馆就是死气沉沉，厨师还郁郁不得志。

在一个忙碌的厨房里，没人祈祷，不管是对上帝还是其他随便什么神。

大卫·张也许是个例外。

他说："仇恨是我工作时的能量棒，怒火是我耐力的源泉。"

每次我遇到大卫·张，他总是同刚断了片一样，惊措迷茫，好像刚从醉酒中惊醒。大卫·张绝对是个丧货，无论事情怎么发展，他总觉得大事不妙。

"哥们儿，我刚做完脊椎穿刺！"他说。

两天前，他被头痛痛醒，史无前例地疼。他觉得头盖骨疼，疼到他以为得了脑溢血。他立马赶到医院，但医院说根本查不出异常，他觉得匪夷所思。

提到大卫·张的名字，主厨们的脸都会微微抽搐。连他的粉丝和他餐厅的拥趸，听到他的名字，也会面露不悦。原因嘛，可能是因为他成名太快，令人恼火。大卫·张才三十二岁，已经是米其林星级餐厅的老板兼主厨了。他一口气拿了三个"年度最佳主厨"，分别来自《美食与葡萄酒》、*GQ*、《祝你好胃口》（*Bon Appetit's*）。他还拿了三个詹姆斯·比尔德奖项。大卫·张不费吹灰之力，就掀翻了整个媒体圈。博主们像被催眠后摆弄身姿的眼镜蛇一样，全都踮起脚尖，为天才大卫如痴如醉。这些美誉来得过于猛烈，难免让围观人群惊讶嫉妒。连那些技艺超群且俊朗不凡的法国、西班牙名厨，也加入了粉丝的行列，他们一个个像得了强迫症似的，流连于大卫的吧台，无法自制到直接用手抓起来就吃！露丝·雷克尔把大卫当儿子，艾丽丝·华特斯也跟他亲妈似的，连玛莎·斯图尔特（Martha Stewart）都宠爱他。《纽约客》用采访经济学家或政治家的篇幅，给他写了个深度专访，口气里充满敬意。查理·罗斯（Charlie Rose）邀请他上节目，采访弄得像跟政要对谈似的。大卫·张从入行起就爱得罪人，一路做到料理界大亨，也本性未改。大卫·张喜欢在公众场合诅咒敌人，恶言相向，毫无节制，像得了多发性抽动症的海军军官。他说自己从不给食评家特殊待遇，还侮辱一直为他说好话的美食博主。大卫简而言之地把自己的成功归结为撞大运，跟某天早上起床发现口袋里多出一张中奖彩票似的。他总是一副后知后觉的样子，如果说有一件大卫·张标语T恤代表他的话，那上面一定印着"兄弟！我真他妈不知道怎么回事！"这话，就是他对一切的最佳解释。他三番五次戏弄生意伙伴，那些想跟他合作帮他发家致富的家伙，全被他调戏完一脚踹走。他的百福高（Momofuku Ko）餐厅只有十二个座位，是全美最炙手可热、一座难求的餐厅。大卫·张是个无可争议的超级巨星。

"这厮也不见得多厉害。"说这话的，是一位料理圈的超级大腕主厨。他讲这番话的唯一原因，只有可能是他感到自己的地位被大卫·张威胁了。在他看来，自己这样的教父级主厨曾经在爬到这个山峰顶端的过程中付出了多年心血，主厨这一行讲究的是一分耕耘一分收获。大卫·张在这个圈子里混的时间不长，就得到这么多美誉，纯属徒有虚名。他学费还没交够呢。还有人说："别说是主厨，他甚至连个好厨师都算不上。"

这两位的话，都没说到点子上。

大卫·张的事业的确蒸蒸日上，但他自己却越来越生不如死。"我一直觉得自己是个蠢货，这一切到底什么时候才能完啊？"

不管你喜欢他也好，讨厌他也罢，或者觉得他是虚有其表，这些都不影响大卫·张是当今美国最重要的主厨。他自己的确也承认，他不是个伟大的主厨，甚至都算不上有经验，但"重要"跟"伟大"是两码事。纽约城比他优秀、有天赋、手艺纯熟的厨师多了去了，但这家伙就是有能耐凌驾于其他厨师之上。大卫·张在短短时间内，改变了料理格局，屡屡革新高端料理模式。普通人还需努力辨认，才认得出这种先锋精神的实质（简直想把它瓶封起来做成标本观察学习）。这就是他羡煞人的高明之处。用"主厨"这个词形容大卫·张，不管是对大卫·张本人，还是对料理界，都有失公允。他根本就是个异类。

在餐饮业谋事，有想法是一回事，实现起来又是另一回事。如果你有幸实现了新想法，也不能保证推进的过程中，不惹出别的乱子。大卫·张饮食帝国的发展史上有两桩出名的事迹，每次都是因为他搞砸了生意，反而促成了他的成功。

他的第一家餐厅，百福面吧（Momofuku Noddle Bar），原本是家连锁面店。他的第二家餐厅，百福卷饼店（Momofuku Sam）的经营概念更蠢，主打韩国卷饼。本来这两家店的命运毫无悬念，但大卫·张突然就决定豁出去博一把，就像某支第二局就落后了十六分的棒球队一样，"管他呢，拼了，死之前先爽一把"。他就这样两次歪打正着，杀入了流行文化的主动脉。结果，面吧出名跟面毫无关系，卷饼店除了卷饼，都很畅销。

上大卫·张饭馆吃饭的顾客，全是慕名而去，想一睹其英姿。大卫上电视时总是一脸莫名其妙，"说谁呢，我吗？"接着耸耸肩，微微一笑，跟得了战争疲劳症似的。但除了他，还有谁在快马加鞭地张罗着所有的生意？大卫的臭脾气很出名。人们用"可怕""全身僵硬"和"天外来客"形容对他的第一印象。有关他的段子常常是以大卫·张一拳把厨房的墙壁打出一个窟窿作为故事的高潮。据他旗下的厨师说，厨房的墙壁上已经被他打出了无数大大小小的窟窿，已然成为这里一道独特的风景线。他还患有间歇性头痛，莫名麻痹和带状疱疹等怪病，总之都跟压力有关。

大卫·张正在全世界的美食家面前走钢丝，这点他心知肚明。美食圈里的绝大多数人，都想看他掉下来摔个狗吃屎。精英们就是这副幸灾乐祸的德行，他们最喜欢看着自己喜欢的餐馆陨落了，接着，他们就能再去"挖掘"一个名不见经传的地方，说那里有着全新的刺激，主厨独一无二。等几个月后全城皆知，他们就开始抱怨说，那位年轻的主厨无法应对来势汹汹的客流，或是因为时过境迁，这颗网红界的新星陨落了。

你说你在法式洗衣房餐厅吃到了这辈子最美妙的一餐，说明你是个有品位的人，但你要是说在已经倒闭了的 Rakel 餐厅吃过的才是最好的，那你的品位可算得上是一骑绝尘了。Rakel 是早年托马斯·凯勒开在曼哈顿 SOHO 区的餐馆，虽然早早夭折，但见证了凯勒的才智。后来，Rakel 倒闭，凯勒远走他乡，空留下无尽哀叹，这城里任你花再多银子都吃不到那些限量美食了。要在英国，他们会先扶你上台，再把梯子一节节地拆掉，看着你一步步往下掉。美国人不一样，他们一边真心崇拜你，一边发自肺腑地盼着你失手。这种事儿在音乐圈也很普及，就像一种源远流长的综合征。一旦偶像火到了流行巨星的级别，那些挑剔的铁杆粉丝就立刻掉转头去，改称其为"曾经还不错"。大卫·张对这种自毁倾向深有感触，因为他自己就是个乐迷。在他眼里，用黑胶听 *Electric Ladyland*[1] 这类唱片的人，形同二货；但同时，每次听说哪个还不太出名、没几个人知道的独立音乐人要来他餐厅吃饭，他又会欣喜若狂。

随便换个主厨，坐上大卫·张的位子，都不可能像他那样行事。

1　美国著名吉他手吉米·亨德里克斯的最后一张唱片。

在这行当混得久一点的名厨，处理人情世故都很有一套，对付那些可能毁掉你名誉的家伙，除了做足情报工作，还得多长个心眼。

而张却喜欢硬碰硬。他总是见人就说，哎呀大事不妙了，我可能要走下坡路了，其实全是自己在瞎操心。结果，大家听了就全赶来他的馆子，生怕这时候不吃，就永远吃不到了。大卫·张的处事风格，就像某个伊卡洛斯风格道德剧里走出来的主角。你很难想象他除了做一些耸人听闻的爆炸性的出格事之外，还能干什么。某个网站甚至办了个追踪他的节目"MomoWatch"——如有需要，这个节目就算每小时更新都不为过。

大卫·张的一举一动、一言一行都举世瞩目，他那些铁粉对他的迷恋，在厨史上堪称一绝。就连主厨中的第一个摇滚明星，马可·皮埃尔·怀特，也比不过他。当年戈登·拉姆齐对马可进行战略性驱逐，那些新闻也只不过是八卦小报上的谈资。关注大卫·张的人群不一样，那些美食圈里的老饕，他们可全是聪明人，懂得适时出手的道理，只要时机成熟，他们可绝不会手软。

大卫本人对此作何感想？

"愤怒和恐惧，我都需要。我是懒人一个，愤怒激发我前进，而恐惧让我努力去维护现有的东西。"

他越战越勇，一些看似古怪越界的事，到他手里全都起死回生。

百福面吧刚开的时候，圈里的厨师都喜欢这面馆。这面馆的主厨叫大卫·张，是个粗鲁的韩裔美国人、工作狂、疯子，先后在汤姆·科利基奥和丹尼尔·布鲁德手下干过。他最爱跟顾客过不去。有次接到投诉，说面吧里的素食选择太少，他不仅不予以改正，反而在菜单上的每道菜里都加了猪肉。这都在圈内传为佳话了。

大卫·张所有的餐厅，都像专为又饿又累的主厨和厨子们，或其他苦力行业的人开的。从前台服务到菜单，从背景音乐到送菜厨师的外形，他餐厅里的上上下下里里外外都似乎在宣扬着一种其他人敢想而不敢说的观念："如果我们他妈的不把顾客当回事儿的话，这一行会是多么有趣。"

时间一长，非业内人士也嚷嚷着要来体验一下。来面吧尝尝成了上层精英们偶尔放肆的特别活动了。如果成功主厨的标准，是让用高级料理喂大的主子，尝尝主厨本人爱吃的伙食，那么大卫·张绝对当之无愧。原本做高级料理，入行门槛很高，厨师得付出高昂代价，浑身伤痕累累，指甲缝里塞满牛肉肉脂；而大卫把高级料理民主化，大大降低了入行门槛，有人把他看成料理界的叛徒。

我第一次在百福卷饼店吃饭时，一道菜狠狠地扇了我一记响亮的耳光。我知道，那道菜不是看上去那么简单。那道菜受到经典法式肉丁皱叶菊苣色拉的启发，但用炸猪皮取代传统的培根，用配菜装饰，顶上点缀个煮得刚刚好的鹌鹑蛋。这道菜足够好了，虽然还不至于让我激动地脱去上衣，冲上街头劝路人都来尝尝，但把色拉放在味道超级不搭的韩式辛辣炖肚顶上，也太天才了。本来我既不喜欢"盆菜"式的现代烹饪，也不喜欢这种"融合"亚洲食材和欧洲经典烹饪技法的风格，更对这种讽刺式地改良经典传统菜式的后现代调调不感冒，但它们的结合竟让人欢喜。这种做法看似在改进传统的小酒馆菜式，实则是在彻底颠覆它。我原本以为，只有托马斯·凯勒和费兰·阿德里亚两个人，能够胜任这种即兴创作，别人这么干都是自取其辱。

但是那道菜的确大胆，还真他妈好吃。那里面居然还有动物内脏。从道德层面上讲，用动物内脏做出连纽约人都难以抗拒的美味，本身就是在做善事了。那会儿，我感觉所有我喜欢的主厨都汇集一堂，然后莫名其妙地生出一个有韩国血统的完美宝宝。我希望我这辈子接下来所有的高级料理都能像这顿一样做工精细，口感舒服。

百福高从外面看就像是个业余俱乐部，或是门面装潢巧妙的鸡尾酒吧。除了不起眼的门上有一个很小的大卫·张的桃子式的商标记号，这里没有任何标志。你很有可能站在那门外徘徊驻足，找上十分钟，最后发现自己一直就站在它门口。

百福高只有十二个座位，想在这个朴素的酒吧里订到位子非常艰难。虽然制度民主，但过程熬人。你别指望靠打电话、写信、求情或者搞关系弄到位子。唯一的办法，是提前六天，在精确到秒的时间点，准时登陆百福高的官网，祈祷老天保佑，可以助你突破重重阻碍，顺利登记预约。这场战役可不轻松啊，你的敌人，是跟你在同一时间做着同样事情的茫茫数千人。要在百福高抢到一个座位，完全是天道酬勤。唯一可以使的花招，就是花钱雇上一排人，让他们在同一时间上网帮你抢位子，跟买彩票一回事。除此之外，没有其他老千可出。不论你是食评家、大卫的好朋友还是他的父母，百福高的订位系统绝对一视同仁。据说张爸张妈想在自己儿子的餐厅里吃顿饭的夙愿，还是死活等了一年才实现的。

百福高餐厅采用定食菜单，晚餐十道菜，午餐十六道。菜式内容会根据厨师心情而变，当然一些屡试不爽的经典概念菜总是会反复出现。百福高菜式的创意过程很神秘，懒惰的记者自然倾向于把所有的功劳都归给大卫·张，但这根本大错特错，尤其当他们发现，张本人大多数的时候根本不在餐厅。百福高厨房里只找得到彼得·赛皮科（Peter Serpico），他从百福高开张起就是店里的当家主厨。

大卫·张的餐厅里有一套独特的菜式开发机制。许多菜的创意都是从主厨和厨师间的日常邮件里萌芽而出的，接着才进入无数次的实验和试吃流程。他们用五字箴言记录瞬间灵感，用千字长文探讨体验、口味和试验可能，这种实验方式说不定会引发一场伟大而持久的饮食革命。我就亲眼见过大卫·张随身电脑里的文档，记录的谈话长达一年，谈话成员无不有着烹饪界最勇猛的脑袋瓜。这些资料是对食物的终极思考。顺便提一下，我想建议美国烹饪学院买下这份资料，将其列入自己的档案室留底收藏。

百福高，作为米其林两星级餐厅，服务算是比较随便的。这里没有服务员，由厨师亲自上菜。他们做完菜后跑到客人面前，说几句不痛不痒的助兴词，或用几乎敷衍的语调对菜式稍作介绍，接着就把你点的菜摆在你跟前的吧台上。虽然百福高里也有酒单，但一般建议客人服从餐厅斟酒师的安排。斟酒师会根据每道菜选择相应的酒。他肯定比你专业。但如果你偏不信邪，想晚餐时喝点啤酒，他们这里也有供应。

百福高既没桌布也没桌饰。用餐时的背景音乐通常是 The Stooges 或地下丝绒这类乐队。"开放式"厨房看上去更像是快餐店，而不是米其林星级餐厅。这里的厨师，打扮得就像活生生的厨师，毫不掩饰，光明正大。在其他餐馆，他们一般都被藏在不对顾客开放的后厨里，见不了人。这些人全都有文身，穿白 T 恤，邋邋遢遢，就像希腊餐厅里的酒保。

后来，在经历了很多很多次的预订失败后，我终于也有幸去了趟百福高。

头盘是一小盘牡蛎、海胆和鱼子酱，这三种材料似乎注定要待在一起。接下来是一盘焖茄子、水培番茄和炸茄子片，这个组合我闻所未闻，而且这三种原料都不讨我喜欢，但它们一同出现却制造了一种意外的强烈口感，我想不到蔬菜还能这样好吃。有一道菜是拌着自制 XO 酱的豆腐和鸭心，我就知道这道菜会叫我心花怒放；还有一小块很美味的"炸猪皮卷"，这感觉邪恶又美好。我挺讨厌扇贝的（对我来说口感太腻太甜），我对菠萝也没有兴趣（还是因为太甜），但是切成薄片的扇贝淋上菠萝醋、脱水火腿和新鲜荸荠的组合就完全不同了，又是一道起初以为不对胃口，最后简直要舔盘子的美味佳肴。还有一道很特别的菜，是一道冷冻"烧"鱼汤，里面还有豌豆和甜瓜，这样简简单单的搭配非常智慧。接下来的菜是微微烟熏过的鸡蛋、小土豆片、洋葱调味汁和甘薯醋的搭配，这种美味程度一般只有和费兰·阿德里亚一起待到很晚才会有幸尝到，这会儿居然出现在了一堆零食里。玉米面条配以西班牙腊肠、腌番茄、干辣椒、酸奶油和酸橙汁。腌渍的鲑鱼配马铃薯烩饭、小茴香粉、红烧萝卜球和瑞士娃娃甜菜，这道菜的研发过程光想想就知道有多漫长艰辛，当然也是超棒的……冰冻的鸭肝配上荔枝和松子，还佐以干白葡萄酒，你可以闭上眼睛想象一下，很美妙吧?! 那口感比空气还要轻的鸭肝在舌尖融化的感觉，就像神交一样。炸透了的带骨牛小排（我问你：谁他妈会不喜欢这个？）配上青葱、薰衣草和韭菜结束了我的美味之旅。接下来是甜点：首先是桃味苏打水和动物饼干配冰激凌。大概出于童年阴影，我并不怎么喜欢这甜点。小时候，我爸妈禁止我在家里喝苏打水（这事儿至今是我一件心头大恨）。至于动物饼干，则被默认是所有小孩都喜欢吃的饼干，所以那种脑子坏掉的老奶奶会硬塞给你，好像每个小孩都会喜欢吃一样。听着就怪让人讨厌的黑胡椒巧克力酱、黑胡椒面包屑、浸渍过的奶油蓝莓和橄榄油冰激凌，又让我重温了一遍百福式体验——起初不以为然，结果直中我心。事实上，这道甜品堪称我在百福高最意外的惊喜。那一整晚轮番轰炸的菜式全都很难忘，但这道菜至今刻骨铭心。

因为大卫·张始终追求改变，想要找到他的"风格"有点难，更何况他的菜单总是集体劳动的结晶。

不过，他在 Café Boulud 跟随主厨安德鲁·卡梅里尼（Andrew Caimellini）工作的那段，可以成为了解他主脉的一个窗口。他当时主管小吃站，负责用手边现有的食材，做些类似于头盘的小点心。这些精细小吃常常变化多端，且免费送出，目的嘛，是用来"唤醒"或是"勾起"顾客的食欲，好让他们更好地享用接下来的正式菜肴。小吃要求快速、漂亮、可口，还有最重要的是——好玩。在规矩森严的法式餐厅，做小吃可以避免受到"餐厅品牌概念"的束缚，稍稍偏离法式烹饪的主线也没问题，有任何奇思妙想都是件好事。

大卫·张的人有趣，所以他做出来的事，也有趣。一般主厨，因为言多必失，所以都不爱多说话。大卫·张相反，他伶牙俐齿、冲动，还不爱说场面话。那些靠美食圈八卦吃饭的记者、博主、电视导播全都爱死他了，没事就跑来拿根棍子逗逗他，想从他嘴里挖出些圈内的内部资料。这种想法也不无道理，比如光一句大卫·张随便说说的玩笑话"我讨厌旧金山，那里的人不就是把一堆无花果放在盘子里嘛"，就够他们整出好几周的博客帖子和报纸版面。其实，跟大卫·张讲话，你完全没必要去刺探他，只要跟他待的时间足够长，他就自然而然会丢个炸弹出来。

这年头的美食专栏作家，都像词穷的色情小说家们，苦于找不到新鲜爆料，外加日新月异的博客大环境，谁都可能瞬间就成了"奥特曼"。所以，你要是不想写出个类似纸杯蛋糕这类的无聊话题，就请赶快关注大卫·张的一举一动吧。大卫·张就跟金子一样，吸引了所有人的关注，大家都成了掘金者。对他心怀不满的人图谋不轨，想要搜集资料落井下石（所谓的"下一件大事！"），另一些人觉察到他不为人知的柔弱内心，想揭开他在公众前的面具。还有一种人就像我，彻头彻尾喜欢他，但又忍不住想给他来点精神分析。

"为什么人人都想钻进大卫·张的脑袋呢？"他的好友兼合著者彼得·米汉（Peter Meehan）明知故问。

其他暴露在公众视线里的主厨都会把恐惧和厌恶藏在心里，只有张把它摆上台面，昭然示众。

张的意思是，他既配不上这堆好话，也配不上这些成功。他反复对记者说自己资历浅能力弱，还坚持拿自己的弱点跟其他主厨比。这到底是不是故作姿态，值得讨论。但我认为：他说的次数多，并不代表那就是假话。

"这所有的所有，我都不想要。"这句话，我倒是一点都不相信。

毕竟他曾经是个青少年高尔夫冠军，在十三岁的时候结束了体育生涯。按他说，原因是："如果不是以脑力取胜的话，那我就不想玩了，这样完全没有意思。"

会说出这种话的人，完全不像是那种什么都不想要的人。"高尔夫搞得我头都大了。"他解释道。

这里是曼哈顿西区的日式烧鸡店，我们对着鸡屁股串谈论上帝。

我们到得很早，因为这类传统日式串烧店不接受七点前的订位。如果去得晚，好东西就会被抢光，比如鸡胸、鸡屁股、鸡"牡蛎"，还有鸡皮。你可不想错过这些。我们喝着啤酒，聊着屁话。我跟大伙儿一样，绞尽脑汁想琢磨出大卫·张是何方神圣，只是我拼了命，也理不出个头绪。

他出生在一个虔诚的基督教家庭，是四个孩子中最小的，父母都是韩国人。

他在书里写过他父亲，也讲过自己与食物的渊源："我从小就和父亲一起吃面，如果某天只剩我们俩，他会偷偷为我煮些海参就着面吃。虽然海参面吃起来怪怪的，但那种和父亲一起冒险的感觉让我很享受。"大卫·张的父亲从韩国移民到美国打的第一份工就是在餐厅，所以他时刻警告儿子要远离这个行业。

少年大卫·张在基督会高中念书，后来升入三一学院主修宗教，我觉得这段经历对他的张氏理论有着莫大影响。

"这些算什么，"他神秘兮兮地说："我一度可把上帝当回事儿呢。但是现在，哪怕上帝真的存在，我也宁愿在地狱里烧死。上帝失败了，他没告诉人类事实。上帝让我很不爽。十字军、波尔·布特、希特勒、斯大林，灾难连绵不绝。而人们还在用膳前低头祈祷，感谢上帝。"

然后问题就来了，我说，既然你根本不信上帝，那干吗还去学宗教？

"我只是想弄明白……纯粹是出于好奇。"他略带悲伤地喝了口啤酒。"跟你说啊，你一直相信，你没法跟宗教论理，上帝也许是有瑕疵的，但你没法证明信仰是错误的。我的意思是，你只有一次机会能进天堂。"

放下吃了一半的烤鸡，他忧心忡忡地抬起头。

"那你要是错过了这个机会怎么办？问题的关键是，你死了以后会怎么样？如果你进不了天堂怎么办？我觉得，基督徒有关人死后的解释还是不够好。"

他又提到了大乘佛教的菩萨，为了普度众生延迟自己的涅槃。他们比基督教圣徒更值得学习。

他说的有关佛教神灵的话，我都没怎么听，尤其是就着鸡肉丸和啤酒，就更听不进去了。我还是很好奇他是怎么摆脱父亲和上帝两座大山的。他说过："我习惯把自己的理想排在别人的理想之后。"

这事我一直很好奇，后来还问了他的朋友彼得·米汉。

我问他，在他眼里，大卫·张到底是个什么人。"他这个人真心善良、有同情心又慷慨。"米汉说，"不过，他是刀子嘴，豆腐心。我虽然从来都没有与他走得太近，但要他表现出柔软的一面，我猜比登天还难。不过，他对朋友是绝对忠心耿耿的。要是他的哥们儿被人欺负，大卫·张绝对不会袖手旁观，说什么也会替他报仇的。"

"忠诚和诚实，是我的两大信条。"张说。

骗过他或对他不忠的人，大卫·张永远不原谅。

他有一张悉心珍藏的长名单，确切地说，是黑名单。他的好友戴夫·阿诺德（Dave Arnold）曾经说他："你的爱好就是怨恨人。"

"我不介意别人恨我，只要他们有种当面对我说。"张说。

"别他妈的表面上跟我称兄道弟，背地里……"大概因为想起了"奥扎斯基事件"，他的声音变弱了。那会儿大卫·张还处于转型期，约实·奥扎斯基（Josh Ozersky）是一家纽约美食杂志附属网站"格拉布街"的编辑，他从大卫·张那儿搞到张百福高的菜单，前提是他保证保密，不过后来他食言了。

奥扎斯基弄到这条"独家新闻"的代价，是这辈子再也无望去大卫·张的餐厅了。我所说的"这辈子"三个字可不是戏语哦。我敢肯定，就算水牛跑到时代广场吃草，粉红色的马卡龙会从天而降，约实·奥扎斯基也不可能再踏进百福高的大门了。

张说："我讨厌安东尼特·布鲁诺（Antoinette Bruno）[1]。"那是他职业生涯早期，当时百福高刚刚起步，大卫·张特别脆弱，所以布鲁诺说的话，令他多年之后都难以释怀。布鲁诺是"星级主厨"的老板，她每年会组织好几次大卫·张所谓的"马德里美食峰会模仿秀"。一次活动之后，布鲁诺背地里对大卫·张大放厥词，说他如何被高估，却完全没意识到在场者全是张的手下。"机会主义者、虚伪、谄媚奉承、不知羞耻。"想到她就让张气不打一处来。

"我真他妈恨 X。"这次他说的是某位全球美食界的先锋人物，一位有机食品的倡导者。我抗议："你怎么可以恨他？而且你也支持食品生产的可持续发展！你该是他的拥趸才对啊！"

"我恨他恨到骨头里。"

"但是你却喜欢艾丽斯·沃特斯啊。"我意思是，她可远比 X 主厨更加教条。

"是啊，我喜欢艾丽斯。她的表达能力也许有限，但她是个好人。她可能是二十世纪六十年代时吸毒吸多了，也可能……但我把她当干妈，每次我生病，她总是第一个打电话给我，比我家人还快。"

除了"X 控制欲太强"，张拒绝再对他发表评论。

"我还讨厌 Y。"Y 是圈内另一位深受爱戴的主厨兼餐厅老板，很有天赋，热衷"实验菜系"。

"但是……但是你崇拜费兰·阿德里亚，"我说，"拜托，你还是卫理·迪福雷纳最好的拍档。你一边崇拜他们俩，一边讨厌铁三角中的另一位核心人物。这究竟是怎么回事？

"因为他太严肃了，吃饭应该是件有趣的事。"这句话是张对此

1　在线美食网站 Star Chefs 的主编。

的全部解释。

反正，他继续说："费兰·阿德里亚是天才，他的菜就像插电版的鲍勃·迪伦。他的影响力深不可测，不可言说。"

我渐渐觉悟了，张讨厌人是不需要理由的，只要他觉得不爽，就够了。

不过，尽管他嘴上总说他"讨厌"旧金山，讨厌那里的厨师，那可不是他的真心话。如果你问他崇敬谁，他说出的名字比如大卫·金奇（David Kinch）、杰瑞米·福克斯（Jeremy Fox）和科瑞·李（Corey Lee），全不外乎是那一带的，另外，他也听不得别人讲艾丽斯·沃特斯、托马斯·凯勒和克里斯·科圣迪诺等人的坏话。虽然表现得不屑一顾，但大卫也承认自己羡慕旧金山地区的"直接倒在盘子里的无花果"。虽然他曾经说过自己讨厌这玩意儿。

他知道自相矛盾，也知道自己很纠结。他一会儿抱怨厨房里没纪律没规范没标准，一会儿又长吁短叹着时过境迁，说现在的厨师很无趣。"时代不同了，以前我们把有趣的厨师奉为英雄。""但是，大卫，"我说，"有趣的厨师会被你开除的，因为他不尊重你制定的他妈的厨房纪律啊！"

他没理我的质疑，继续说："这年头，除了凯勒那些个人，没人在做正经料理。"说完，他还用无比钦佩的口吻说了个故事："有个厨师切到了手指尖，结果大家当场把他的伤口摁到平底锅上烧了烧，止住了血。"我提醒他，这种段子可算不上法式洗衣房餐厅的光荣史。

"厨师又不是白领。"虽然嘴上这么说，但大卫·张心里清楚，他自己餐馆越开越多，他离厨房的一线工作也越来越远了。

那他到底喜欢谁？

"我和谁都没太多共同语言。"他悲伤告白。我还真差点信了他。

后来他承认，其实他还是有朋友的，比如作家兼记者彼得·米汉。这个人还跟大卫·张合著过他的食谱。根据我的观察，米汉聪明，人也正派，应该算是张的参谋。如果大卫想要得到一些中肯而又长远的意见，他可以信任米汉。

WD—50餐馆的创始人兼主厨怀利·迪弗雷纳也是大卫的朋友。张把这位英雄人物称为良师益友，"他住得离我近。他就像我的哥哥。"提起怀利·迪弗雷纳的时候，张总是充满敬重。我敢说，谁要是有胆量当着大卫·张的面抱怨WD—50，哪怕是一道前菜，就别指望他再理你了。

大卫·张还有一个朋友，肯·弗莱德曼（Ken Friedman），是盛名在外的"斑点猪"俱乐部、Rusty Knot酒吧[1]等一系列产业的幕后老板。弗莱德曼之前在音乐圈混得也不错，后来转战餐饮业后迅速崛起。张对这个人的感情有点复杂，既仰慕又妒忌。

"他的日子过得太舒服了，舒服得令人难以置信。他好像不费吹灰之力就得到了一切。不过，他是个好人。"

戴夫·阿诺德也是大卫的朋友，他是法国烹饪协会技术部部长、美食理论家，同时也是一线前沿厨师的顾问。（米汉说："大卫·张＋戴夫·阿诺德＝快乐的张。"）

我让米汉再说点大卫·张爱干的事儿。他说他爱喝啤酒，吃蒸虾蒸蟹以及讨论新英格兰超验主义如何缓解帝国压力这个话题。

张说自己几近变态地迷恋着某位曲棍球运动员，首都队的后卫罗德·朗威（Rod Langway）。他说朗威是最后一批不戴头盔打比

1　位于纽约哈德逊河畔的酒吧。

赛的运动员之一。我听着这话像是他对自己青年生涯的总结。

彼得·米汉说："大卫身上最难得的一点是无畏。他有胆量抛弃一切从头来过，超越自我。他从不患得患失，这种品质在这年头真是稀罕。"

我觉得，他在 Café Boulud 和 Craft 两家餐厅待的时间太短，有些可惜。张把一些培养出了好几代主厨的纽约高级餐厅神化了，比如 Lespinasse、Le Cirque、Gramercy Tavern、贝尔纳丹和 Daniel。

"我要是和克里斯蒂安·德卢弗里耶（Christian Delouvrier）[1]一块儿工作，肯定会被整惨。虽然他确实是个浪漫主义者。"

大卫仰慕着自己心中的厨界偶像，就像一个孩子把鼻子紧贴着玻璃，如痴如醉地望着心爱的东西。他曾在一封神奇的邮件中，用一堆令人黯然神伤的词汇，描述了一次在哥本哈根举行的烹饪活动，因为那天他亲眼看见了阿尔伯特·阿德里亚（Albert Adrià）[2]烹饪的英姿。

"阿尔伯特一开始还谈笑风生，但一进厨房，他就整个变成了疯子。他穿上了已经八个月没有碰过的主厨服，向大家解释了他对这行厌倦的原因……他在我跟前忙活了三小时，头脑一刻不停地急速转动……太凄美了！这可能是他最后一次烹饪了，就跟迈克尔·乔丹告别赛似的。他一个人单枪匹马地干，整屋子的客人、厨师和主厨们全都默哀般地看着他。那菜，他妈的实在美味。"

"我是烹饪史的发烧友。"百福卷饼店的墙上挂着一排大厨照片，全是他尊敬的人。大卫说："我想我的厨师们记住他们。如果

---

1 纽约 La Mangeoire 餐厅主厨。

2 费兰·阿德里亚的兄弟，也是牛头犬餐厅的主厨。

哪位大厨光顾我的餐厅，我能一眼认出他们。"（当然，他希望他的厨子们也能认出来。）他提起了一些已故的传奇人物，比如让－路易·帕拉丁（Jean-Louis Palladin）和吉尔伯特·勒·科兹（Gilbert Le Coze），口气好像在谈黄金时代的棒球明星。他问我："你知道他们中谁进过 Bouley 餐厅的厨房？所有人！"

他说，近来铺着白色桌布、用水晶器皿的经典高级料理已经越来越不流行了。这事儿是把双刃剑，有好有坏。"好在餐饮这行本来就不限于高级料理，坏在高级料理是培养厨师最好的地方。"他强调说："但餐厅最需要的就是厨师。"

"但老兄，杀死高级料理的人，不就是你嘛！"我直截了当说。那个给高级料理指明新出路的家伙，非张莫属。百福卷饼店和百福高的成功，标志着高脚杯和亚麻餐布时代的终结。不管张自己承不承认，他就是那个一手终结高级料理的罪魁祸首，也亲手为他心目中的那个烹饪英雄史画上句号。

大卫最崇拜的人，是 Daniel 餐厅一度的主厨亚历克斯·李（Alex Lee）。Daniel 餐厅的高标准和高水平厨艺让大卫印象深刻。他一直试图模仿，但总觉得无法超越。李年近四十，还有三个孩子，所以最近转去一家乡村俱乐部工作。一个有家有事的男人这样做情有可原，但这对大卫却是致命打击。

"得知消息的那一刻，我崩溃了。我比不了他的天赋，也没他干活儿的那股子疯劲儿。连他都要退出烹饪界，那我还混什么?!"

大卫一直反复说自己是个平庸的厨师。我就问他，那你擅长什么。

他说："我有一种超能力。我知道我的同事在想什么。"我又问他，他是更会管理还是更会烹饪，他回答我说："好厨师就像高中时代的美女，她们的美浑然天成。好厨师靠的是天赋，技术只是锦上添花, 无足挂齿。"他想了一会儿又说: "我是说, 拉里·伯德 (Larry Bird)[1]做教练糟透了。"

我很肯定, 张内心更想当个拉里·伯德式的天才, 会不会管理根本无所谓。反正不是现在的他。

我们干掉了三瓶啤酒和一大堆鸡肉。他桌前的杯子里插满了光溜溜的烤肉串棒。张叹了口气, 靠回椅背上。

"五年了, 一切都变了, 唯一不变的是柏拉图式的理想、爱、真理和忠诚。即便我一无所成, 这些是我永存的信条。"

但是, 大卫·张的成就根本是众望所归。在短短五年里, 百福面吧、百福卷饼店、百福高还有 Milk Bar 遍地开花。现在, 市中心已经满足不了他了, 分分钟内就要开业的 Má Pêche 将坐落在酒店区, 那里原本可是杰弗里·扎卡里亚 (Geoffrey Zakarian)[2]的地盘。在我们见面的时候, 百福高的菜谱已经是畅销书榜上的常客了。不过张也因此受到莫名耳聋、身心失调和奇怪头疼的折磨。这一切到底什么时候能结束? "我要休一年的假。"张说。

后来, 我跟米汉提起这件事, 他笑着说: "一年? 开什么玩笑! 他那么有野心, 又要同时照顾这么多人, 他就像一座移动的神像, 就像'感恩而死'乐队 (Grateful Dead)[3], 有一帐篷村的流浪汉得靠他养活。大卫离开百福高只有两种可能, 要么是他健康出问题, 要么就是他金盆洗手。"再说了, 他说: "如果你崇拜马可·皮埃尔·怀特, 又被尼尔·扬 (Neil Young)[4]的音乐洗了脑, 那么相比中途默

1　NBA 史上著名篮球运动员、教练。

2　美国餐饮大亨。

3　美国摇滚乐队。

4　把一生献给音乐, 做完脑部手术还返回舞台的民谣歌手。

然离场，结局更可能是死干到底，不是吗?"

这阵子，大卫·张饱受折磨的说法闹得满城风雨。于是我不禁问他："你所谓的美好一天到底是怎样的?"

张抬头看着远方，好像在努力搜寻也许遥远、也许根本就不存在的回忆。

"我早上起床，之后不用去开会，而是一大早就去菜市场溜溜，和农夫们聊聊天，最好还能在人群涌入前早点离开。如果时间尚早，我就穿过人群到店里会会其他主厨。如果去晚了，这条原本四十五分钟就可以结束的短途，会因为一路上遇到各种人，聊各种连篇废话，拖拉成三个小时。

"我会去餐厅检查卫生情况，要保证过道干净，挡雨棚上能看见水滴闪闪发光。我会把所有的餐厅都巡视一遍，大厅井然有序，一切各就各位。厨师们时刻保持紧张，督促自己努力工作。货柜冰箱也很整洁。

"接着是门前例会。服务生都能准时出席，没人宿醉或是发牢骚……

"午饭我吃一碗米饭配韩国泡菜，可能还有鸡蛋，总之就是员工餐。等午市的时候，拖车会把原材料送进来，我不多说什么，厨师们会负责选择时令菜源，接着贴标签，各就各位。每个厨师都服从命令，干活儿麻利，刀锋磨得很快，不使心眼，干活不毛手毛脚，也不烧伤自己。服务生上菜有条不紊，这样我就没必要朝他们大吼大叫了。

"我下厨帮忙实验新菜、剁肉或者洗菜，那是放松。我们内部用邮件沟通研发新菜。试验品会分给每个人试吃……

"我没收到过开头是'大卫，我们可不可以谈一下'的邮件，

229

因为基本上这话的意思就是'大卫，我想升职'、'我想辞职'或者'我不开心'。

"我会在百福高和面吧逗留一会儿，确保每件事都正常进行。食物维持水准，餐厅一尘不染，每个厨师都尽心尽力，试图把活儿干得更好更快更高效。他们反复检查工作，也反问自己，'难道就没有更好的办法了吗？'。我完全不用怀疑任何人的人品或忠诚。

"晚餐通常就是烤鸡、色拉和柠檬汁。这是一天中最重要的一餐。我通常跟小伙伴们吹牛皮……

"大家井然有序地做好晚餐服务的准备工作。没有 VIP 客人，但是大家都在忙。我喜欢站在餐厅的角落默默观察。我会躲着百福高的晚市，那地方忙得跟瘟疫一样。我去面吧考察。我喜欢面吧熙熙攘攘的样子，我喜欢看到快乐的面孔，看顾客们排队等座，满脸笑呵呵。我会把帽檐压得很低，这样就不用跟任何人搭话。

"设备没有异常，空调和暖气机都正常运作，水管下水通畅，进货通道保持低温。

"我走到楼下的厨房，新来的人在切菜，他们没意识到我的存在，却做得很好。这个过程愚蠢又漫长，但他们都很负责，即便得不到赞扬。如果没人监督，烹饪和预备的过程有无数种懒可以偷，不过他们都干得一丝不苟。我都看在眼里，接着我慢慢回到楼上。餐厅已经不需要我了，我待着只会添乱。这让我很欣慰。

"我走回百福卷饼店和牛奶吧，站在角落里。我的一名厨师正在责怪另一名厨师拖了大家的后腿。大家的责任感都很强，需要放松一下。我会在周六晚上邀请提前下班的主厨一起出去喝酒，带上个朋友或者我的女朋友，可以喝得晚一点。找个有点唱机的酒吧，喝一晚上波旁威士忌酒。

"基本上，要是一晚上没出任何问题，每个人都尽心尽责，不需要我光火，我就高兴了。"

遐想结束后，大卫加了一句："之前这样的事情还有可能，但以后再也不会发生了。我刚才说的都是假设。"

张的回答几乎都跟工作相关，很少谈到娱乐。几天后，我问彼得·米汉，如果时间停止，让张完全放松，无忧无虑地呼吸新鲜空气，到底什么事会让他快乐？

米汉回答："这事儿我见过，有发生过，但他不图那个。快乐不是他的最终目标，只能算是意外的福利，他不稀罕。除非哪天快乐可以帮他达到目标，他才会比较在意吧。"

Yakitori Totto 串烧店[1]的服务生走过来提醒我们必须在七点前离开，桌子已经被预订了。张看看窗外，又看看我："我最大的遗憾就是再也不能和我的厨师们一起喝得酩酊大醉了。"

"我是活不过五十岁的。"他特别认真地说。

1　日式烧烤餐馆。

这条路我走对了

曼哈顿的早晨,是西班牙语的地盘。我买咖啡的那家贝果店里的顾客和伙计,都如兄弟般地用西语打招呼。你会不会讲西班牙语不重要,但你至少得来两句。总之,这里只说西班牙语。从孟加拉裔的店主,到几个穿着正装的美国人,大家都用各式各样的西班牙语交流。这个点儿的早晨,街上全是这些人:附近公寓的门童、搬运工、上班路上的保姆、去帮大伙买咖啡的建筑工人、洗碗工还有早到的餐厅伙计,他们全说西班牙语。早晨属于这群早起工作的人,他们用昵称打招呼。如果见到生面孔,他们会用西班牙语问:"你是哪国人?"

现在是早上七点,地点是纽约贝尔纳丹餐厅冰冷的货仓区里,四墙贴满白色的瓷砖,这里也是个西班牙语区。杰斯托·托马斯(Justo Thomas)正望着一堆七百磅重的鱼。海鲜泡沫箱里塞满了大比目鱼、白鲔鱼、鱾鳅鱼、红笛鲷、鳕鱼、安康鱼以及鲑鱼,大多还带着鱼鳞、骨头和内脏。这几箱鱼堆起来,占掉了他狭小工作间的半墙高。

贝尔纳丹餐厅对海鲜货源要求严格，它们必须保持"被捕捞时的样子"。杰斯托说，它们保留着上帝创造它们时的样子，带骨头，要像刚刚离开海水时那样。鱼身泛着新鲜的光泽，鱼眼清澈明亮，粉色的鱼鳃尚未氧化，鱼肉兼具弹性硬度，闻上去只有海水味。外面一波一波运来葡萄酒、蔬菜、海虾、章鱼、海胆和干货的送货工人，都管杰斯托叫一哥，这么叫似乎是为了讨好他。

　　贝尔纳丹餐厅可能是全美国最好的海鲜餐厅，至少是最出名的。它获得过你可以想到的所有美誉，在业内所有的评选中都拔得头筹，连续三年被《纽约时报》评为四星推荐餐厅，两度获得米其林三星奖章，也被 Zagat 网 [1] 评为纽约最佳餐厅。贝尔纳丹餐厅连切鱼的方式都与众不同。在这里，人们对一块鱼肉的蛋白质期望值，都比别的地方高。

　　杰斯托出生在多米尼加共和国一个偏僻乡村。全家八个孩子里五个是女孩，他在三个男孩中排行老二。他父亲是农民，种咖啡豆和椰子。家里也靠养猪卖钱，同时养一些鸡自己吃。小时候，杰斯托会在放学后帮家里干农活儿。他的第一份工作是在叔叔开的糕点店做营业员，每天从早上六点忙到晚上十点，可惜没学成糕点烘焙。

　　他现在四十七岁了，在纽约各大餐厅累积干过二十年，一开始来美国时还打黑工，但很快就拿到了永久居留权，成了美国公民。他有三个孩子，最大的二十岁，正在念大学。杰斯托在贝尔纳丹餐厅领固定薪水，数目按行业标准十分可观——接近我当主厨时的最佳待遇。他和其他员工一样有完整的医疗保障，每年还有四周假期回老家。比较特殊的是，杰斯托没有固定的上下班时间，只要把

1　美食点评网。

活儿干完，他可以想走就走。

六年前，杰斯托加入贝尔纳丹餐厅，之前在一街之隔的派力奥餐厅（Palio）工作。当时他就听说贝尔纳丹餐厅很不错，"派力奥餐厅里的人都不问候早上好。"他边摇头边说。

"这里的主厨待人很公平。"他自豪地说，说他一直想要的就是这样一份稳定的工作。"我不喜欢经常跳槽。我喜欢贝尔纳丹餐厅这种工作方式，我自己干自己的。"杰斯托·托马斯很享受这种业内少见的独立性。

杰斯托的工作室实际上是大堂通道转弯处的一间十英尺乘以五英尺的房间。各种食材经过那条通道，从地下室被拖运到五十一街的保诚大厦。杰斯托工作的地方就在膳务员费尔南多狭小的办公室隔壁，离通向厨房的服务电梯也仅一步之遥。他有一张铺满砧板的工作台，一个摆满干净塑料盆的搁板架和一个放电子秤和钳子的小柜子。在房间的另一头是双水槽。墙上贴满了新鲜的塑料保鲜膜，就像连环杀手的地下室——杰斯托说这样可以方便清理飞溅的鱼鳞。当然，每轮清理工作结束，塑料膜就会被撕下来扔掉。杰斯托喜欢所有的东西干干净净，井井有条。

每个事先放好的塑料托盘上都装有排水架，每个排水架都额外包了塑料膜，这样鱼就不会滴滴答答淌水了。杰斯托有一把不算特别贵的切片刀、一把便宜的不锈钢主厨刀、一把精心磨过的灵活的柳刀和一把特别定制的蛇纹石边刀。这些刀整齐地排成一排，放在位于膝盖高度的干净毛巾上。在他身后的钉子上，挂着一排亮红色的"星期三"标签。他会把这些标签贴在今天加工的每叠鱼的托盘上，这样楼上的厨师只要瞄一眼就知道这些鱼的新鲜程度。杰斯托的左手套着亮黄色的洗碗手套，因为他并不喜欢切切实实地触碰到鱼。你只要观察杰斯托·托马斯一会儿，很快就知道他是个细菌恐惧症者。

杰斯托最怕交叉污染。每次用湿毛巾擦拭完切鱼的砧板，他都会直接把那块毛巾扔掉，无一例外。

杰斯托喜欢我行我素，他按照自己喜欢的方式安排时间、空间。他按照自己的惯例做事，从不违背。

克里斯·穆勒（Chris Muller）是贝尔纳丹餐厅的主厨长，这会儿刚来上班。他跟我说："杰斯托厌恶多余的动作。"穆勒举起一只手平放，代表着杰斯托正在处理的一条鱼，"先是这样……"，然后他把手掌像翻书一样反过来，"……然后再是这样"。我一脸茫然，他则自以为解释出了什么宇宙奥秘一样（"不论你在哪里，你总在那里"），对我的茫然十分不解。

每位副厨、帮厨、西点师或是学徒工，从更衣室出来的路上遇到杰斯托，都会停下来向他微笑致意说："主厨，早上好。"（这是贝尔纳丹餐厅的惯例。不论职位大小，每个人都要向所有同事说早上好，对每个人都称呼"主厨"）。每个见我拿着笔记本站在那里的人，都会停下来徘徊一会儿，看看我有没有读懂杰斯托精湛的手艺。杰斯托的手艺有多好，他们比我清楚。每次杰斯托休假，他们中的三个人忙活一天，才能完成杰斯托每天一个人四五个小时就能搞定的鱼，包括去鳞、除内脏、清洗和切割。

这不单单是今天切七百磅的鱼，周五切一千磅的鱼，日复一日，周而复始的这么简单，关键是每一块鱼切出来都是完美的。杰斯托对此非常清楚。

他说："每一片鱼肉都要完美。都是主厨的名声。"

他说的这话一点不夸张。"一道安康鱼闻起来不新鲜"的消息，对贝尔纳丹这样的餐厅来说，是会在网络迅速传开的爆炸性新闻，威力相当于引爆一枚中子炸弹。品质监督对贝尔纳丹这种盛名在外的餐厅，任务非常艰巨。有太多人等着看笑话，宣称这家餐厅"没有以前那么好了"或者是"评价远远超过实际"。有一群所谓有影响力的美食白痴想要找机会说这话。

让我们换个说法：我毕业于全国最好的烹饪学校，做了二十八年专业厨师、主厨，清洗分割过成千上万条鱼。贝尔纳丹餐厅的行政总厨及合伙人埃里克·里佩尔可能是我在这个世界上最好的朋友。

但我绝不敢在贝尔纳丹餐厅切一条鱼。

里佩尔维护着一个非官方的情报网络，该网络会让中情局嫉妒不已，但他纯粹是为了保护自己的餐厅。如果你是一个食评家、重要人物，或是任何有可能伤害到这家餐厅的人，只要你一踏进餐厅大门，你就会在几秒内被认出来。你的喜好与厌恶，他们都知道。即使你是从未踏进过贝尔纳丹的记者，但只要你有可能来这里吃饭，并且做一篇评论，那你也很有可能被他们盯上。里佩尔是个超级电脑专家。重点在于：他不是也得是。

所以，杰斯托不是虚伪夸张。每一份鱼料理都标记着主厨声誉的讲法，确有其事。对那种级别的餐厅来说，这就叫作"体系"。在这样的"体系"里，每个人犯的小错误，都可能影响大局。所以，一切都要井然有序，什么都不能错。

杰斯托切割鱼，他的工作核心就是按部就班，每天在一个永恒不变的模式下工作。负责收鱼和称重的费尔南多的工作流程也是如此。

"我喜欢鱼。"杰斯托丝毫没有讽刺的意味，"我吃很多鱼。"

他对肉就没这种感情，他不喜欢吃肉。"我怕血，"他说，似乎想到就很害怕，"我要是切到自己，我会晕的。"还好，杰斯托的工作不用碰肉。也许是因为杰斯托怕肉，菜单里有一道牛肉料理——

神户牛肉配海鲜，是由帮厨切割处理的。

今天先来的是大比目鱼。这是最容易处理的一种鱼，两块脂肪，无骨的鱼肉，两边各去头去尾。从中间脊柱那里破开鱼身，鱼皮一拉就没了，鱼肉自动分开——从鱼肚切开嫩肉。一条二十五磅的比目鱼，杰斯托八分钟就可以解决。

鳕鱼又是另一回事。鳕鱼非常精致，几乎不堪一击，粗糙的手法会把肉质搅烂。鳕鱼的纹路很难按照三星餐厅的要求，切成统一的方形或椭圆形。趁我一不留神，杰斯托已经把鱼肉从骨头上分离出来，整整齐齐堆好了。他把所有左半面鱼放成一堆，右半面鱼放成另一堆。他用的切片刀一般人可能觉得不适合，但他分割出的鳕鱼块的形状完全相同（他总是先切左半面鱼，再切右半面，分别堆叠）。如果两半面切的形状不完全一样，他会以快得难以察觉的动作将它们调整为同样的大小和形状。切下来的边角料很快会堆得很高，最终和其他切下来的下料，一起捐给城市丰收会（City Harvest）[1]。靠近鱼尾的地方，肉的体积渐小，注定不能统一尺寸，但杰斯托还是会把它们切得尽量完美，然后把它们单独放成一堆。每次处理完一堆鱼，杰斯托会按照它们从鱼身取出来的顺序，依次排在塑料托盘里。他会以超快的速度为左右两半鱼堆做配对，分成一对对的鱼肉对，接着他会从柜子顶上取出称重仪器，快速为鱼块称重。他只需要称一块作标准，然后把秤放回柜子里，再给剩下的配对。这些鱼块可能被用于两道不同的料理，也可能对称地出现在同一道菜中。配对鱼块的意义是，如果同一桌的几位客人都点了同一道菜，厨师可以为他们提供分量相同、形状也完全相同的鱼肉（要

---

1 向饥饿的人群提供食物的纽约慈善组织。

么都是两块较小的，要么都是一块大的）。整个系统的目的是统一和方便，否则，把任务留给忙得不可开交的厨师就不好了。等杰斯托分配好鳕鱼，他会用塑料保鲜膜盖住这些鱼块，贴上亮红色的"星期三"标签，再盖上干净的塑料盖子。他把鳕鱼的边角料放在桌底下的烤盘上，里里外外用保鲜膜封好，留给城市丰收会。他用热水把整个工作室擦拭一遍，按下电梯按钮，然后他又去洗刀、清空水池。通常，电梯从厨房上面下来的时间，他正好能完成这些事——他一秒钟也不想等。然后，他拿着鳕鱼托盘，打开通道的门，上楼，把托盘放在搁板上——放鳕鱼的老地方，厨师闭着眼睛也能找到。

贝尔纳丹餐厅是一家海鲜料理餐厅，我们身陷在一堆食材中。鱼箱里融化的冰块的水淌到了地上。杰斯托正在砧板上摆弄一条巨大的鲼鳅鱼，但这里闻起来没什么鱼腥味，连最好的大型海鲜批发市场或是日本海鲜市场里的海腥味，都闻不到。这里的鱼非常非常新鲜。费尔南多一直在我们周围用滚烫的肥皂水拖地。

整箱整箱的鱼被运进来，空箱子被一个个拖出去，整个流程非常环保。这就像《巴黎的肚子》的开篇里，左拉写道，那些装满食物的马车把集市延伸到乡村。

你家附近的超市或是鱼贩子那儿卖的那种鱼，在这儿，会立马被扔出大门。

杰斯托说："如果闻起来有鱼味，那我们就会退货。"那些不合格的鱼，如果货源在附近，就会被送回去；而如果货源远在缅因州，就会在记录下重量之后直接扔掉。他们照样会退款，连问都不问一句。

杰斯托用他的主厨刀来处理鲼鳅鱼，两刀就把肉都分离出来了。所花的时间是？六十秒。左半面的鱼肉放在一边，右半面的鱼肉放在另一边。

到早上八点十五分，杰斯托已经把比目鱼、鳕鱼和鲯鳅鱼都搞定了。

接下来要处理鳐了，这种鱼他不怎么喜欢。他把一大袋子的鳐鱼倒入水池里，总共大约三十五磅。他迅速用冷水清洗它们。鳐鱼黏稠、精致，肉质易碎。这鱼有很多透明的软骨，如果不把它们小心剔除干净，它能把客人的嘴或喉咙戳出个洞。鳐鱼就像一架机翼肥硕的飞机，机翼上层的鱼肉肉质肥厚，下层精瘦。机翼边缘有很多小骨头。横亘在上层和下层鱼肉之间的，是一层灵活的半透明软骨，它们就像教堂的扶壁，如果咬到就不妙了。

杰斯托拿起主厨刀，说："我自己磨刀，每周一次。"

我禁不住问："才一周一次？"

像杰斯托这么一丝不苟的人，每周磨一次刀，感觉是隔了很久似的。许多粗心大意的厨师都每天磨刀。保养刀具，就是一个厨师自己涂脂抹粉的过程，一般人总以为，刀越锋利，厨艺越佳。

"没必要。"杰斯托说。

"我喜欢中度锋利的刀。"他用鳐的软骨来解释他的理论。"刀太锋利的话，你会把骨头也切进去。刀磨得得当，你就不会切碎骨头。"正说着，他用戴着手套的手抓起一条鳐鱼，用主厨刀切下了两翼上层最为肥厚的肉块，整个过程既野蛮又不动声色。一条鳐接一条鳐，每条鱼都只取这两块肉。剩下的两翼下层的瘦鱼排，和其他总共占到整鱼 70% 到 80% 重量的部分，包括鱼皮、骨头和软骨，都被直接扔进垃圾堆。

为什么不给城市丰收会？这个问题很好。埃里克·里佩尔和那个组织关系很好，也帮忙筹过不少钱。他们为什么不收这些鱼？我猜了一下，原因很复杂。餐厅这么做，容易惹是生非，确实是太麻烦了。他们没有这个人力、物力和时间，去从每一条丢弃的鱼身上分出能够食用的部分。再热心的餐厅也没工夫干这个。城市丰收会，也没有设备和人力去运输、贮存和加工这些纽约海鲜餐厅的剩余鱼产品。像娇贵的鳐鱼，肉质纤细，等不到第二波人拿刀接手，就变得稀巴烂了。即便是贝尔纳丹餐厅剩下的鱼排，除非烧熟了，否则没人愿意接收。餐厅必须在城市丰收会来取货前，把这些鱼肉煮了或是蒸了。（他们声称如果不这么做的话，整个运货卡车会发臭的。）

我想到一个办法，那些慈善组织可以去雇一群之前干过宰鱼活儿、但是因为犯罪或吸毒被开除的厨师，让他们去餐厅，手起刀落，剔出剩余鱼肉里所有的精华。他们的劳动成果，可以养活一大帮子人。如果担心鱼肉会在运送的过程当中腐烂发臭，或许他们可以在现场把鱼肉绞成肉泥，做成几千份亚洲式的鱼丸和鱼饼然后冷藏起来。（提醒我自己：这点子可以和埃里克讨论一下。）

杰斯托剩下的工作，就是要处理这堆小山似的无骨鳐鱼肉。将刀片以 45° 角切入，先一边，再一边，鱼皮就被杰斯托剔下来了。他修整掉带血或是粉色的部分，然后将每一片肉按照适当的厚度和尺寸调整成一样大小的鱼块。鳐鱼的两翼呈流线型，从身体到末梢自然逐渐变细变窄，这样的构造对游泳不错，对烹饪就不好了。一条优美的鱼体弧线，在厨师眼里，就是一块煎不均匀的蛋白质。中间或是最肥的地方恰到好处的时候，边缘已经煎过头了。客人总是想，就桌上的这一小块鱼不值三十九美元啊，但他们也不算算，那些被扔掉的骨头、鱼皮、脂肪可都是老板花钱买的啊。那个卖鱼给埃里克·里佩尔的鱼贩子，才不关心这鱼的 70% 都要进垃圾桶，每磅十五至二十美元，丝毫不受影响。肉类、家禽，所有动物食物，都是一个道理。市场上的价格可能是一磅十美元，等洗干净，煮完端上餐桌，它的成本就变成了每磅三十五美元。而且，这还不包括人力费用。餐厅越顶级，进货价格和销售价格之间的差距就越大。法国烹饪名言"物尽其用"，不适用于米其林三星餐馆。这里的原则是"只用最好的部分"。

剩下的部分？能干吗就干吗吧。

杰斯托将最后两块不规则的鳐鱼肉块配成对，一块一块叠加起来。他抓起一块看着不顺眼的鱼肉——其实几乎看不出缺点，白璧微瑕。这种情况，一般的助理厨师都本能地把它藏在完美的鱼肉下面。扔掉的话是钱啊，每一块都是钱啊。但他不会这么想。

"这就像穿着光鲜靓丽的礼服，但里面是几天没洗的脏内裤。"一点没有开玩笑的意思。那块鱼被扔进了垃圾桶。

现在才八点四十五分，鳐已经都处理完了。料理台又被重新洗了一遍，刀也一样。鳐肉片被送去了楼上。接下来轮到一条大吞拿。他剥下鱼皮，指了指一根隐藏着的鱼骨，对我说："如果你的刀太快，你会把它切断都浑然不知。"

城市丰收会从吞拿鱼身上得到很多剩余物料，价值不菲。在接近鱼尾的部分，杰斯托看到了一块他不喜欢的肉，于是他迅速切去了四分之一的鱼尾。这鱼像是为寿司店度身定造的，没有深色的鱼腹膜，也没有刮伤的痕迹。鱼排需要从中间开始切取。他迅速将整个鱼身分割成四大块鱼肚肉，接着毫不迟疑，把大块分成中块，以备进一步切片。杰斯托看起来就像一台机器，从他刀下切出来的鱼肉块，形状大小完全一样，就像工业化生产的面包片。排成一列放在托盘里的这些鱼块，全都一样大，一样重，一样厚。尾巴部分的一段肉因为太小，全都不能用了。连杰斯托也觉得很抱歉，好像那是他的错似的。切好的鱼片还要再修整，完事之后，浪费掉的肉可能把每磅鱼的成本提高了二十五美元。

他承认说："要在完美和不浪费之间找到一个平衡点很难。"

九点十五分，杰斯托把一大堆安康鱼卸下来，放进水槽里。

安康鱼是最黏稠、最丑陋的食用海鱼，但它们超级美味，前提是你要先剥掉那层滑溜溜的鱼皮，再剪掉那些粉红色的鱼肉。

杰斯托说："这把刀是专门处理安康鱼的。"这原先可能就是把普通的主厨刀，但随着时间的流逝，它的刀片已经被磨成瘦长弯曲形，刀锋处呈现双泪珠状。他把安康鱼的鱼肉从鱼脊椎上一节一节分离出来，然后他抓住鱼尾，用灵活的长片刀快速向下切去，将整块鱼皮剥离下来。他做了个很怪的动作，瞬间就把所有的粉红色肉块全部剔掉了。

整个工作间安静得要命。我问他，工作时难道不听音乐吗？

他用力地摇摇头。"我喜欢集中注意力。"他说，听音乐分心的话，会切到自己。切到自己倒没什么，但血留到食物上，就不好了。"血染的风采，对鱼可不是好事。我工作时不干别的，我很放松，所以才切得快。我不会想东想西。"

九点四十分，安康鱼打理完了，被放到了楼上的储存空间。现在要着手处理两种规格的鲑鱼。一条大的野生鲑鱼和八条十三到十五磅的有机人工饲养的鲑鱼。贝尔纳丹餐厅近几年来越来越偏爱有机人工饲养的鱼类，这个鱼庄的鱼就很不错。杰斯托很喜欢这种鱼："有机饲养的鱼比野生鱼更肥，肉质更好更嫩。野生的鱼，肌肉太多，它们锻炼太多了。"他用自己的主厨刀，从鱼的领口处向下划去，将鱼肉分离出来。他从人工饲养的鲑鱼上削下一小块接近鱼脊的肉片递给我。确实，那块肉质地非常好。随后，他快速来回震动了几下刀，鱼皮就被剔除了下来。他中骨去刺的技巧，让人叹为观止。这些细小的鱼刺藏在鱼肉里，几乎看不见，要用镊子或尖嘴钳一根根拔出，这活儿很费时间。普通人要用手摸，才知道鱼刺的位置，拔得不小心还可能划破娇嫩的鱼肉。杰斯托干这个，就像风卷残云，手扫过鱼肉，小镊子在砧板上一敲，嗒，鱼刺就落那儿了，这个动作不停重复，你就听到小军鼓般的嗒嗒嗒嗒嗒，然后……就挑完了。换另一片鱼的动作，也只耽搁几秒。我几乎看不出他的手在动。

我从业接近三十年，这个，还是第一次见识。

他把片刀伸进鱼后背上那块灰色肉质和粉色肉质间的间隙，几秒的工夫，整块灰肉被挑了出来，动作精细流畅。野生鲑鱼的整个半面，是留给主厨料理间用的。杰斯托把保鲜膜铺满半张烤盘，把整块鲑鱼肉捋平放上去，然后里里外外连同托盘包了三层保鲜膜。鱼块稳稳当当，就像被真空包装了一样。

杰斯托说："这样，就算我摔了盘子，鱼块也毫发无损。"

两分钟之内，所有剩下的鲑鱼都被切成七十五到八十克的小块，放到托盘里排列整齐。转移到托盘的过程中，杰斯托会轻轻捏一下鱼肉，再次检查有没有挑漏的鱼刺。非常非常罕见的状况下，他会发现在第一轮漏掉的鱼刺，然后快速将它剔除。一份鲑鱼点单会含有两片鱼片。所有的鱼片朝一个方向对齐排列，好像一条条在水中畅游的粉色小鱼，每一片都长得一模一样，连脂肪旋涡的纹理都完全一致，太可爱了。

十点二十五分，鲑鱼也被送上楼了。

一位年轻厨师看到我，兴奋地问："你有没有看他怎么中骨去刺?"

"看了。"我点了点头。

"我第一次听到那声音，还以为他在跺脚呢。"那厨师说。

箱子里还有八条巨大的海鲈鱼，杰斯托抓出其中一条，用大拇指和中指深深地钩进鱼眼窝，固定住鱼的身体，这一步普通渔夫的做法是用两指穿入鱼鳃。把鲈鱼送上去的时间是十点四十五分。接下来是十二条红色鲷鱼，杰斯托花了十分钟去鱼皮，剔骨。然后，同样地，左半面的鱼肉叠放在一边，右半面叠放在另一边。他示范给我看这样做的理由：处理右半面的时候，比如清理薄膜和修整鱼肚，刀由外向内收近；而处理左半面时，下刀动作是反方向的推出。左右分别叠放的目的，是要节约不必要的动作和时间。

　　半个小时后，鲷鱼处理完了。现在只剩下一大坨杰斯托最讨厌的黑石斑鱼了。石斑鱼是最难洗的鱼，大多数鱼送来时都已经刮过鳞了，但石斑鱼到达时，浑身盖满粗糙坚硬的鳞片，隆起的脊椎丑陋锋利，肚子里的内脏也还在。

　　此时，膳务员费尔南多给杰斯托送来了员工餐：一盘看起来可怜兮兮的色拉，有鸡肉、淋了酱汁的蔬菜、土豆外加一个餐包。餐盘子上封了一层保鲜膜，被费尔南多塞进杰斯托的料理台下。这是默认的老规矩，杰斯托要等完工后才吃午饭。

　　他把最麻烦的活儿留到了最后。贝尔纳丹餐厅的鱼类料理一般都是去皮的，唯独黑石斑例外。黑石斑的鱼皮是整道菜的点睛之笔，为鱼肉口感和香味加分不少，而且黑石斑的鱼皮样子也很酷。保留鱼皮，就意味着不能随便去鳞。它不像其他鱼，鱼皮一撕，也就拉倒了事。杰斯托得在水槽里小心翼翼地刮除每一片鱼鳞，还不能在砧板上弄，因为这些透明的鱼鳞很容易飞得满屋子都是，要是不小心粘在哪块白色鱼肉上，就完蛋了。一位客人在某份点单中吃到一片鱼鳞，那可又要世界爆炸了。尽管小心，但杰斯托的动作还是很快的。他会避开长而锋利的鱼脊椎，以免鱼脊椎刺穿手套，如果刺到他的手，这种伤口又疼又容易感染。随后，他将鱼肉分离出来，移去中骨的鱼刺（这些鱼刺比吞拿鱼里的更麻烦），修整边角，然后分割。切黑石斑的原则，跟其他的鱼略有不同，因为它是带皮烹饪。理想的石斑鱼排，必须把鱼皮煎得香脆，鱼肉水嫩且均匀受热。如果鱼块切得太小，当鱼皮煎到脆的时候，鱼肉就已经烧过头了。大自然告诉我们，没有两条一模一样的鱼，所以也没有所谓的最佳尺寸，这里头的分寸全捏在杰斯托的手里。

现在是中午十二点十分，杰斯托·托马斯已经把七百磅的鱼全搞定了。他从纸箱上割下一块卡纸，用它把水槽里的鱼鳞都清了出来。接着，他拿水管把两个水槽都冲洗干净，洗净他的刀和磅秤，把暴露在外面的表面全洗了一遍。最后，他才撕了墙上的保护膜。

今天他就算完工了。

在贝尔纳丹餐厅干了六年，杰斯托·托马斯从来没在这个餐厅吃过饭，员工餐不算。这个规矩，在他到纽约餐馆打工的整整二十年里，都没被打破过。当然，大多数厨师都是这样的。

这是高级料理界的一大讽刺。端菜的服务员还有可能吃得起，做菜的厨师一般根本吃不起那些高级餐厅，花费很多年，学会做的菜，自己却根本没机会吃，真是讽刺。而且，餐厅通常也根本不欢迎厨师。他们没有参加晚宴的行头。并且，绝大多数高级餐厅会明令禁止员工光临就餐，哪怕下班了都不行。出于审美的考虑，他们不想看到一群吵吵闹闹、穿得不够体面的厨师顾客，跟关系很熟的酒保谈笑风生，把餐厅好不容易装出来的那点浪漫幻觉，全都破坏了。出于实际的考虑，每天在一起工作的同事来吃饭，送点免费的菜也是人之常情。老板可不喜欢人之常情。而且，一旦员工被允许在工作场所喝酒，即使是在休假日，这也形同为狗松开了链子，通常没什么好结果。

员工不得在餐厅就餐，这是贝尔纳丹餐厅的规定，也是这个行业的通则。

我凭着自己和主厨的私交，请求他为杰斯托破个例。

不久之后，我就在杰斯托工作的餐厅和他一起吃了顿午餐。

当时他刚刚下班，回去换了件衣服后就直接赶来了。他穿了一身剪裁优良的深色西装，戴一副超有设计感的黑框眼镜。他从工作人员出口走的，又重新从餐厅正门进来。我一开始都没认出他来。

他有点紧张，但还是很从容，他看起来挺高兴的。他穿得很像样，但行为举止还是跟出入这里的人不同。他说，厨房那帮同事们乐坏了，服务员看到他，也得强忍住笑。招待杰斯托，就跟招待普通客人一样，他被领到餐桌前，服务员帮他移出椅子，问他想自己点餐还是想吃厨师推荐。葡萄酒上来后，斟酒服务员向他致辞。

几番祝酒词后，一小碗鲔鱼肉酱和一些烤面包被送上餐桌。随后是香槟。

平时，如果杰斯托同家人在外共进晚餐，一般是去吃烤鸡，如果是特殊节日，他们会去一家西班牙餐厅吃牛排和龙虾。

那种情况下，他是滴酒不沾的。他说："因为我是司机。"

虽然他是家中的二哥，但因为性格的关系，以及他在纽约的成就，家里人都把他当一家之主。他在多米尼加买了一套房产，顶层留给家人自用，一楼和连带的小屋出租给房客。他的兄弟姐妹遇到重要的事情，都会找他商量。他父亲教他，"一个人活着，不该让家人担惊受怕。"

他是家里人的榜样，他把这份责任看得很重。

"家庭最重要，其次是工作。"他说道。

他喝了一口香槟，我舒了口气，他说他很乐意再喝些葡萄酒，我心里一块石头落地。厨房坚持要为他们可爱的屠鱼大师特制一份菜单，这种的情况下，每道菜都得配一种酒。我之前真担心他不肯喝。杰斯托说，他想象中的疯狂假期，无非是他带着全家人去海滩，他帮女儿买个比萨，然后自己再喝点啤酒。如果某天天气晴朗，他就和妻子跳跳舞，然后，叫辆出租车把他们送回家。

他今天就做了这样的安排。

第一道菜是吞拿鱼——几层被拍成薄片的黄鳍吞拿鱼，覆盖在鹅肝和烤过的长棍面包片上。杰斯托以一种审视的目光，开心地清光了盘中的食物，他可不喜欢别人用他的料理台。虽然被厨师们拍成了纸片的厚度，但杰斯托还是认得出自己的杰作。这道菜在贝尔纳丹很受欢迎。极个别的情况下，如果杰斯托已经下班了，薄鱼片又不够用了，他们会去杰斯托的料理台拍鱼片。不过他不太喜欢别人用自己的工作台。我们喝了些奥地利新师酒庄产的穆克来白葡萄酒[1]，搭配这道鱼。

他解释道："我的砧板和别人的砧板可不一样。"

杰斯托在贝尔纳丹餐厅只负责鱼类加工。牡蛎、海鳌虾、对虾、海胆这类食材，是在楼上专做单点菜式的厨房加工的。虽然杰斯托路过那里时经常能看到丰满的橘色海胆，一小盒一小盒地摆在食材间，价值连城，但他从来没吃过。我们一人拿到一个多刺的海胆壳，里面的卵已经被取出，经海藻盐调味的海胆籽被铺在一层墨西哥辣椒和芥末酱上。最后，服务员在上桌那一刻把弥漫着海带和橙香的酱汁淋在上面。

1　酒庄名：Neumeister；酒名：Gelber Muskateller。

"香住鹤山廃吟醸[1]。"为杰斯托倒上清酒的酒侍说。

"很美味。"杰斯托闭着眼睛说，"这味道就像做梦一样，我都不想醒过来了。"

接下来一道菜是烤海螯虾配野苣、野蘑菇和碎鹅肝，淋上白巴萨米克醋。天煞的，这真是我吃过的最美妙的食物，小巧、精致、口感丰满却又不过分浓郁。

"吃完这顿后我都不想刷牙了。"他开玩笑道。不过我明白他的意思，谁都想留住这味道。

喝到那会儿，我已经有点高了，记不清喝的什么酒，反正有很多，好像有艾尔啤酒三部曲，还有很多葡萄酒轮番上阵。有一道裹着面包糠的红鲷配西葫芦薄荷泥，我很确定吃过，还有被淋上芝麻高汤的水煮比目鱼配清炖萝卜。

"你认出了你的杰作？"我问道，指着盘子里那块方方正正的鱼肉。杰斯托微笑着点点头，一脸的心满意足。

他的最后一道主菜是煎黑石斑鱼配炖西芹和小萝卜，配黑毛猪火腿青椒酱。这是他最不喜欢的总是留到最后的鱼，但就因为这鱼费时费力需要取内脏、除鳞、去骨、剔小刺，切得方方正正，不能太大也不能太小，要保证鱼皮酥脆鱼肉不老，客人还就特别爱点。

不过，杰斯托这会儿显得特别高兴，看着他的冤家被整成了盘中餐，真是罪有应得。

我抬头盯着餐厅墙壁上的那幅巨大的油画发了会儿呆。画里画的是布列塔尼的渔夫在港口的景象。贝纳尔丹餐厅是由马吉·勒·科兹（Maguy Le Coze）和她哥哥吉尔伯特共同创立的，布列塔尼是

1　日本清酒，Yamahai Ginjo by Kasumi Tsuru。

他们的故乡。那里是一切开始的地方，是这个鱼类料理圣地的灵感发源地。我很好奇如果杰斯托去了布列塔尼，他会怎么看那地方。我有点希望这事儿真能发生。

我问他，退休以后想干吗，他回答我的都是些回老家修修补补干活儿之类的事。我说等那活儿干完了呢，如果事儿都搞定了呢？

"如果事儿都搞定了，那我大概就要病了。"他说，"我还没怎么生过病，肯定是忘了什么事儿！"

我说，那你怎么看贝尔纳丹餐厅的顾客呢？我指我们周围这些日子一看就很好过的大爷们。这些人开一瓶酒的价钱，够杰斯托拼命干上好几个月。而杰斯托的工资怎么说也不算低了。我问他怎么看这件事。"有些人在生活中得到的太多太多了，其他人却是什么都没有。"他耸耸肩，并不显得苦恼。"不工作的话，我们什么也不是。"

我们细细品味着巧克力奶油杯、马斯卡波尼乳酪和开心果慕斯。

杰斯托看上去并未受到酒精的影响，他又点了杯意式浓缩咖啡，享受地靠在椅背上。

"我的工作很棒，家庭也很美满，我过得很好。"

周一吃鱼这件事

写《厨室机密》的那段时间，大多数上午，我都真心烦躁。我的写作"方案"（说得跟真的一样）足以将一种失焦的、方向不明且火烧火燎的愤怒引爆，其内容包括早上五点半或六点醒来，匆忙地吐出一堆句子，匆匆重建昨晚的回忆（在此之前，你才刚从十个小时的厨房工作中脱身，没准是十二或十四个小时，接着跑去大喝特喝，随后倒在床上不省人事）。我只是想把我脑子里现成的随便什么话快点搁到纸上，跟吐口水似的——我没工夫咬文嚼字，况且也根本没时间，然后我再回去上班：涂酱料、切肉、切鱼块、磨胡椒、做午饭，诸如此类。下午三点半，我争分夺秒冲到街上干掉两扎啤酒，然后再赶回 Les Halles，要么在流水线上帮帮忙，要么就看看餐厅黑板，接着再去西伯利亚酒吧——或者就直接跟剩下的当班伙计们坐下再喝一杯——好吧，其实是不醉不归。防弹隔板把我的二郎腿磕得难受，但倒在黄色雪佛兰 Caprice[1] 的后座上，倒是我

---

1 纽约出租车车型。

一天中最佳的工作状态。我会构思明天一早要写点啥。纽约暗潮汹涌，车窗半开，我思考着我的生活，有时十拿九稳，有时将信将疑。

当时我住在上西区的晨边高地。每天回家路上，出租车所经过的地方，能把我所有经历过的悲伤和欢乐串接起来，从头到尾播放一遍。那是一幅拼图，由大大小小的错误、失败、罪恶和背叛拼凑起来。大多数画面，不忍卒读，但偶尔也有些开心事儿，能让我的嘴角略微扬起一下。车经过百老汇时，我会感觉良好，那是我当时的妻子给我统计图书销量的地方，真庆幸我俩现在不用做这种无休无止的数学题了。我当时很生气，一种暴民似的怒气，为得不到的失落而生气。

我从没办过健康保险，我老婆也一样。这事儿曾经让我很担心，因为我们一方面生不起病，而另一方面又别无选择，年龄越大，生病的可能性也越大。要是哪次下巴疼，需要牙根管治疗，那我就会彻底破产。我将不得不卑躬屈膝，跪在脏兮兮的办公室地板上苦苦哀求牙医，求他接受分期付款。

我买不起车，连小轮摩托车都不可能，且自知此生无望，所以我很讨厌汽车广告。至于买房子，更是连想想都觉得好笑。我连租房的租金也一拖再拖，个人所得税就从没付清过。当我偶尔清醒地躺在床上时，我总是胆战心惊，心扑通扑通跳，就怕自己想起那些不该想的：什么业主或政府，突然冲进房子把我的东西扫荡一空。我的"所有财产"总共价值大约十四到四百美元，内容包括一处租金稳定的公寓，一个效率缓慢但还算友好的拜占庭式房屋管理会，还有一个略能料理家事不至于家中无米下锅的老婆。我就这点运气，朝不保夕，说没也就没了。

我怕得要命，从早到晚都心烦意乱。但凡一个有工作、有担当且没有毒瘾的人，都得为各种屁事负责，而这些屁事总是想也想不完。历史告诉我们，恐惧跟愤怒是孪生兄弟。当我终于硬着头皮开始面对逃避了一辈子的现实，收到的却不是奖励，而是惩罚。我找不到出路。我进退两难。

我戒了海洛因，戒了美沙酮，戒了可卡因也戒了烟。我改邪归正，浪子回头，可还不是一片惨淡狼藉，穷得叮当响。

我恼羞成怒！

我老婆也让我很不爽。她年复一年赋闲在家，让我气不打一处来。她聪明能干，还有七姐妹学院的文凭，坚实的白领工作经验，但就是不去找工作。她当年刚刚开始工作的时候，形势一片大好；但在后来这二十年当中，她除了干过几次短期兼职书籍排版或分发信件的工作，挣了一丁点儿连塞牙缝都不够的钱之外，几乎就是天天赋闲在家。我恨之入骨，却只能无奈接受，这种愤怒挥之不去，毒杀一切，搞得我身心疲惫，看什么都不顺眼。我就是无法释怀，放不下。我把事情彻底搞砸了，从里到外，一丁点儿不剩。

在我心中，我和我的前妻是天生一对的夺命鸳鸯。但要做好公民，我们都毫无天赋。

我生气时梦想就此灰飞烟灭。我爱旅行，爱冒险，我想去巴黎、越南、南太平洋、印度甚至罗马。但我人生的最高点，就在 Les Halles 厨房的炉子后面。说实话，Les Halles 的老板菲利普送我去东京参加一个星期的培训，也没让我高兴起来。这不过证实了我就是个啥也没见识过的土逼。他们给我打开了一个潘多拉盒子，让我偷偷瞄到一个新奇快乐的异域世界，然后盒盖又"砰"一声关上了。

我相信很多离异中年男，会用同样的语言形容酒后与女赌徒拥吻的场景，充满了对情欲的迷恋，同时也有如世界末日般的绝望。

而我在亚洲时的"世界末日"全跟肥皂剧一样无聊透顶。我在令人费解的外国街道游荡，周围的人全都冥顽不化不说英语，空气当中弥漫着奇怪且奇妙的味道，所有的一切都令我感到惊奇，碗里是我闻所未闻的美食……好吧，我是彻底没救了。我会为了重温这段美好时光而付出一切。而且我不愿同人分享。你要是发现自己是这么一个人可不是什么好事。

我痛恨自己的出生，恨母亲怀了我，还蠢到一直爱我，恨我弟弟一点都不像我混得这么差，恨我爸死早了。

当然，我最痛恨的是自己（每个人都在一部有关恨铁不成钢的电影里扮演大明星）——我恨自己四十四岁了，还活得提心吊胆，恨他妈的生活处处不顺。

五年前，我休了人生的第一个假。之后不久，我接连出版了两部小说。这是任何想要当作家的人都梦寐以求的事。但我那两本书，跟竹篮子打水似的，根本没人要看。正常来说，我应该从这件事当中得知我不是一个写书的料。但我反倒觉得没什么，一点儿也不生气。我觉得没什么，这是一次很好的尝试，我期望值不高。白天，我还是干我该干的工作，忙得连轴转，无暇做任何关于"我是作家"的白日梦。因为，之前我曾经自己出钱，在加州北岭市巴诺书店举行签售活动。但整整两个小时，根本无人光顾，这种悲惨的经历很快就能打消你所有关于作家的美好幻想。

当我开始每天早上在书桌上敲写《厨室机密》的时候，我根本就没指望纽约餐饮界之外的人会读这本书。当时我作为一个欲求不满、妒火中烧、被排挤被边缘化的人，对社会还抱有深深的敌意。我只想把厨师和服务生逗乐，其他人都去死吧。我当时就这么想的。

谁知道最后的结果跟初衷南辕北辙。

《厨室机密》写的满腹牢骚，结果，大家就以为我是个一肚子怨气的家伙。在《顶级厨师》秀上，他们就指望我做毒舌评委。我猜，那种角色演起来其实挺简单：不就是整天在食物里挑刺，说些刻薄话吗？"蕾切尔·瑞？你他妈都干了些什么?!"（然后是一串军鼓的鼓点）。现在电视上不就这样吗？

回首那些匆忙、宿醉的清晨，那段来不及刷牙就叼着根烟、没好气地坐在书桌前的时光，那些惹我生气令我抱怨的事，如今再看是否真的值得我愤愤不平？

我其实并不生艾梅里尔的气。我写过的雇过我的梦想家和疯子中，最坏的，也坏不过我。事实上，我喜欢他们的疯狂、出格、愚蠢、精明和奸诈，我喜欢他们一无是处，喜欢他们违法乱纪。他们为了在餐饮业混出头，每个人所付出的代价都远远超过我。

我也没理由抱怨我的同事，至少不值得记仇。英雄也好，恶棍也罢，没他们，也就没我的容身之地。我可能管服务生叫"翠花儿"，或者开他们玩笑，可是我想，如果跟我共事的人回家后觉得跟我一起工作纯粹是在浪费时间和精力，那就是我的失败，最彻底的失败。

我发自肺腑地喜欢并尊敬在餐厅工作的人。我现在还是这样想，这种劳动最好最高贵。

好吧。我对素食者真心生气，不开玩笑，但对事不对人。我的读者中有许多是素食主义者和纯素主义者，他们的幽默感时不时会让我大吃一惊，有人用动物血浆扔我，有人则对我非常友好。我同一位素食者上过床的事，也传得满城风雨。过去九年中，我到处旅行，最让我生气就是那些对着人家热情端上来的肉扭头而去的人。佛教徒除外。

我不管你在家干吗，但你穿着休闲鞋出来旅游，还坚持要吃素，实在是破坏气氛。旅游本来就是一种经历和训练。想想对一名越南河粉摊贩或意大利乡村菜菜农说你不吃肉，真是气得死人。

在我眼里，任何原则在这里都是个伪命题，什么"是宠物还是肉"的西式概念，也不能为这种粗鲁开脱。

我经常对旅行者讲述"外婆定律"。你可能不喜欢外婆做的感恩节火鸡，可能烤煳了，烤干了，填料太咸，内脏杂碎丸子吃起来跟橡胶似的，这些都超出了你的接受范围。你甚至可能根本不爱吃火鸡，但是，这是外婆做的火鸡，你在外婆家，所以你就少废话，乖乖吃吧。吃完了要说"谢谢您外婆。当然，我还要再吃一块"。

我可以理解一个干净的脑子和一根干净的肠子的愿望，这些能控制你对培根的欲望，但这是你自己的事儿，别把它带上路，还带到别人家去。我觉得我能有机会到处游走真幸运，那些除了说"是是是"之外什么都不会做的人，真心无法感受陌生人的善意。

我真的尝试过去理解。真的。

我吃素的极限是五天，前提是我在印度，而且我也很愿意迎接来自素食阵营的邀约。

然而，这种体验并不总是愉快的。

几年前，一个跟我共事的制作人的男友，用最温柔最不武断的方式，邀请我成为素食者。这个男人很善良，他想让我明白，全素食也可以很美味。让我重复一下，他是很善良的男孩子，他是发自内心地讨厌肉。别人在盘子里切猪肉，他看见的是撕心裂肺惨叫的金毛猎犬。他很爱他的狗，就跟穷人看到全国各地的贫民窟都会泪流满面一样。我无法拒绝他。我们去了据说是纽约最好的素食餐厅吃饭，他说这店是保罗·麦卡特尼的最爱（虽然不是卖点，但可见他多想让我去）。食物很贵，很用心——甚至很有艺术感，而且，不得不承认，的确不难吃。

在有机红酒和愉快对话的双重作用下，我甚至给"保罗爵士"提了个建议（通过我的晚饭伙伴转达），可能会对他在动员公众力量拯救濒危动物上有所帮助。我说，如果他真想让最稀有美丽的濒危动物活得更久、更健康，让它们更快地繁殖，摆脱灭绝的威胁，他应该听我的话买个几百万美元的伟哥和西力士，在那些把熊掌、犀牛角、虎鞭当壮阳药用的亚洲地区免费发放，伴以相关的公共宣传。那些传统中药价值连城，在黑市利润可观，这是人们杀戮甚至是慢慢地折磨濒危动物的根本原因；相比这些中药，伟哥就很便宜了，而且真正有效。给中国中年男性发几百万粒蓝色小药丸，另外再附赠一个妓女，说不定问题就迎刃而解。为了这些最美丽的稀有动物，打破几千年的残忍的制药传统吧！（后来据说他还真的传达了这个建议。真希望有天能看到这段对话的录像。）

在这顿服务不错的晚餐之后，我感觉良好。我想，我也是个好人，我很开明。这顿饭不错，我们也有些共同点呢。

然而，几个月后，这个可怜的家伙发了封邮件给我，天真到让我为人道协会发表支持声明。其实，除了反鹅肝法案，我对人道协会的大部分做法都没什么意见。我最喜欢猫猫狗狗（我这辈子大部分时间都在一只接一只地收养流浪猫）。所有反对斗狗、阉割动物、防止虐待家禽家畜的政策，我都支持。

我不喜欢马戏团，有可能的话，我会投票反对训练大象、狮子、老虎站在椅子上表演变戏法，但那个不知道是叫齐格弗里德还是罗伊的家伙，总之就是被老虎打伤的那个，纯属自作自受。老虎生性凶猛，你一个穿着亮闪闪蓝西装的德国人一边诱惑它，一边还让它乖乖待着，这根本就是赤裸裸的残暴。出于娱乐目的虐待动物的人，罪有应得。

PETA[1]的工作，我看也可以再加大力度。

史蒂夫·欧文（Steve Irwin）[2]的环境保护节目《鳄鱼猎手》自我标榜慈悲为怀，其实根本是在"炒作鳄鱼"。我这话听着粗糙，但毫不夸张。依我看来，那个大吵大闹、上蹿下跳的小子是在折磨动物，动物们没了他，一定好过多了。如果宾迪·欧文（Bindi Irwin）[3]住我家隔壁，我可能早就给儿童保护组织打电话了。

其实我本人跟外界描绘的形象大相径庭，我根本是阿西西的圣方济各[4]，我对大小动物都很友好，喜欢喂流浪动物，收养矮脚猫。尽管反对原教旨素食主义，但也思想开明。

直到这天，这封电子邮件，这封来自素食晚饭搭子的求援信，终于惹毛我了。当时，我正好刚从贝鲁特的战火区回来。他在信中描述流浪猫狗十万火急的语气，让我越读越来气，最后几近暴怒。

贝鲁特当时的样子，就好像迈阿密被炸回了二十年前。我满脑子都是这种图景，于是回信也写得义愤填膺。那里疮痍满目，住满人的街区被炸得稀巴烂。我在轰隆轰隆的炸弹声中醒来又睡去，酒店的地板晃动不止。我眼睁睁看着那些失去一切，失去亲人的人一脸疑惑、恐惧和无助，带着仅有的一些财产，匆匆忙忙上了飞机，奔赴未知的未来。他们的愿望都是"好的"，但最后呢，这些"好的"愿望根本于事无补。

那就是我回邮件时的状态。他的那封邮件满腹牢骚，凄凉控诉

1　动物保护协会。

2　著名野生动物节目主持人。

3　史蒂夫·欧文的女儿。

4　意大利圣方济各会的创始人。

有人残害丹佛的流浪动物，我回复说，贝鲁特也有无家可归的人啊。我一不小心就开始喷了。本来我是打算写一个通情达理的、充满同情心的开头。我又写道，人都被炸死了，整个城市都被毁掉了，你居然还来跟我谈什么受伤的小狗？接下来，我的状态越来越好（如果不是好得过头的话）。我恶毒地说，确实，如果一家人都在战争当中被炸死了，那么失去主人的小狗确实就成了一个问题。刚从一个难民营的停机坪回来的我愤怒得有些歇斯底里。我已经顾不上任何的风度和礼节了。我说，任何一个把人当作动物来对待的地方，任何一个把人堆在棚户区、贫民窟、公社及草棚里的地方，那儿的动物只会更倒霉。等你只有面包果腹的时候，谁还会关心可爱的猫猫狗狗、海豚和白犀牛。如果烤整只猴子（带皮的）能拯救全家人的命，那么你运气太好了。我敢打包票，到了那时，那些个平时人见人爱的小动物，比如你那条小约克，在你眼里就纯粹是块肉。当今世界有太多地方的人是生活在这样的状态下。在某些地方，有人会因为随口说的一句话，或者邻居以为你随口说了一句什么话，甚至仅仅是被人诬告和陷害，就在半夜被开着黑车的人蒙上黑头罩带走了。

我想我还在信里提到了齐奥塞斯库的布加勒斯特的例子。一个狂妄自大的独裁者，在整个城市地下建造了一座金字塔规模的宫殿，并且把上面的居民全部迁走。于是大量弃狗被留在地面上。这些绝望的动物无节制地繁殖，肆无忌惮地在城市里乱闯，变成了具有攻击性的野狗。布加勒斯特的某些地方，尤其到了晚上，俨然变成了危险的丛林，上演各种人杀狗、狗咬狗、狗咬人的血战。事态严重，人民代表最终决定处决大量的狗。如果大家看过这个"喀尔巴阡山天才"和他夫人的死法的话，那么我们可以想象那些狗的死法只能是更加"人道"了。

最后，我用性格温柔、被崇拜爱戴的印度神牛形象，结束了这封脾气暴戾的回信。神牛神圣不可侵犯，它们有权使用道路，有权在街上游荡，当然，它们也有权慢慢饿死。它们会在早已被同样饥饿的人翻捡过无数遍的垃圾堆里寻找食物。最终，一无所获的它们只有去吃遍地都是的塑料袋。在那种看不到希望、只剩下绝望在蔓延的赤贫村落，几乎就没有垃圾处理这么一回事，所以，那些地方总是有到处都有塑料袋。而那些塑料袋，当然是无法消化的。最终它们会慢慢缠绕在牛的胃上，将它的胃堵死，以一种漫长而痛苦的折磨方式，杀死它们。

向他描述完这一可怕的情景后，我用全部大写字母结尾。鉴于人类的现状和他们的动物朋友们的现状，也许，我们应该先考虑一下我们的人类同胞。

可能，我的反应有些过了。就像一个咖啡师只不过是错把脱脂奶当豆奶放进你的拿铁，而你就突然抓起一根棒球棍，抡圆了去揍他。但当时，我是真生气了。不是针对那个毫无防备、不应该受到如此待遇的可怜朋友。他只是想拯救一些动物而已。他只是运气不好，选择了向我求助，而且是在一个特别差的时机。我生气的其实是他逼我去思考的事情。

我现在仍然很生气。

我跑题了。

后来，尽管我的生活变好了，但我对电视上（或者电影里）的美食节目，还是有一种发自本能的反感。我发现根源是总觉得它们没有任何价值。

盖伊·费尔瑞（Guy Fieri）[1] 跟我有仇吗？桑德拉·李在节目上煮罐头，关我屁事？这罐头是从托斯卡纳、普罗旺斯、瓦尔哈拉还是外太空直接运来的，又跟我有何相干？蕾切尔会不会做饭，重要吗？她就是讨人喜欢！就算《地狱厨房》所有的参赛选手都是白日做梦的傻瓜，也没我什么事。我吃错什么药了，偏要多管闲事。

　　但我就是要管。

　　事情还从我开始学烹饪说起。回到疯狂亢奋、水准较低的二十世纪七十年代，当时处理食物的方法全然不同，烹饪要求速度、耐力、态度、身体素质，还要挨过每天的惩罚。"专业"厨师和在家里厨房做菜的区别显而易见：专业厨师处理食物更粗糙。（显然，我指的不是四季酒店那种级别的餐厅。）当时的专业厨师喜欢把肉在砧板上不停地翻来翻去，其实根本没必要，或者把鱼肉扔到砧板上，弄出很大声响，毫无精致感可言。那时的规矩是要一边看上去满不在乎，一边又快又准地处理食物。这种简单粗暴的工作方式跟职业屠夫异曲同工，表情要酷到别人不敢搭理，好像在说"我闭着眼也能做"。

　　简单说来，我和我的同辈厨师都不特别"尊重原材料"，这在厨师界也是有口皆碑的。我们对待食材态度粗鲁。不过，后来我的态度变了，我想这跟我四处旅行有关。在拉鲁斯的时候，我开始意识到浪费或不尊重好的食材，是根本上的大错，是原罪（如果这东西存在的话），是对世界文化和民俗的不敬。一言以蔽之：罪恶。

　　旅行让这种感觉越来越强烈。

1　"美食频道"另一位真人秀节目主持人。

如果有人在我面前漫不经心地切一块刚烤好的牛排[1]，那就好像在切我的肉。这种感觉在烹饪界很普遍，大部分我认识的，靠烧菜谋生的朋友都会在目睹食物被厨师蹂躏时倍感痛苦。但如果那人他们认识，还正在上电视，他们就会睁一只眼闭一只眼。

我做不到。

我并非不喜欢盖伊·费尔瑞其人，这是我在看完很多集他的美食节目，吃了些安眠药静修后才悟出的结论。我只是不喜欢，真心不喜欢，有人把德州烧烤卷进紫菜卷。想想只有真正的天才烧烤大师才能把猪肩肉烤得恰到好处，更别提一位寿司师傅在有资格碰鱼之前要花上三年时间只做米饭。而电视上那个家伙轻而易举地就破坏了这两条定律。另外，不管蕾切尔或桑德拉怎么说，至少我认为，事先切好的洋葱无法接受。罐头里不管装的是什么，都不可能比你自己在同样长的时间内用更少的钱做出来的更好。不跟大家讲清楚这一点真的不可饶恕。

当然，我怒不可遏地为广大陌生群众伸张正义，本身也很滑稽，他们可能还嫌我丢人，觉得我神经错乱。其实，我并非想为他们说话，而且我也不配为他们说话。我只是无法接受某些人在电视上对待食物的方式，气得我忍不住说刻薄话。可能每次动气都会折寿也说不定。

托马斯·凯勒有个出名的论调，他认为储存鱼最恰当的方式，是让鱼在与自然界相当的环境中"游泳"。大家会说，相比起我，凯勒看到别人蹂躏食物大发雷霆，才更理所应当。我这是上了什么火？

1　正确的牛排做法，应该是烤好先静置一会儿再切。

我可没什么高尚的理想可说，总之那对我是种折磨。

马克·比特曼在电视上享受着一份新鲜出炉的西班牙海鲜饭，随后他开始给观众展示如何在家用铝制的平底锅[1]做出同样的美味。此时，我简直想把头伸进电视屏幕，大口咬开他的头骨，把里头柔软的泥浆状流质舀出来，放进我的爪子里，再丢回他那张踌躇满志的消防栓脸上。想到有人会相信《美味情缘》里面的凯瑟琳·泽塔琼斯是个完美的厨师（还整天烧些可笑笨拙的二十世纪八十年代的菜），我就想吐血，干掉制片人，把他们慢慢踢死。（何况原版的德国电影 *Mostly Martha* 是如此出色。）在《地狱厨房》节目里，当戈登·拉姆齐装模作样、口口声声评价又烂又不健康的羊腺做得特别好，说这位烹饪者有机会荣膺最终大奖，成为新戈登·拉姆齐餐厅的行政总厨时，我彻底气疯了。他居然就是那个每集赚进二十五万美元的人?!

"油管"（YouTube）上疯传的"宽扎蛋糕"是桑德拉·李用超市买来的天使蛋糕、罐装奶油以及玉米坚果做的。这段哗众取宠的视频侮辱了我眼中所有美好的人性。我实在无法保持沉默。

我真希望，我能抽身出来，维持一个客观公正的美食标准，或是做一个有想法的申诉员或食评家。但这不可能，对不?

我只是个胡思乱想，他妈的满脑子一堆"问题"的老年人。

而且，我还在气头上。

不过，周一不能吃鱼这件事，我已经释怀了。

当年，我还是个纽约城的井底之蛙，写下一些诸如"周一不能上饭馆吃鱼"之类的不道德的话，这事儿让我至今耿耿于怀。时代

---

1 西班牙海鲜饭需要用专门的陶土锅烹饪。

变了。好吧，尽管我还是不建议光顾每周一 T. G. I. McSweenigan 餐馆"啤酒之夜"的鱼肉特价活动。我猜他们的主要卖点也不是新鲜的鱼。不过，现在的厨师和主厨的情况已经今非昔比了。情况比以前好很多，当年在厨房里把鱼扔来扔去的家伙，现在长进了。就算他还是不长进，他也明白，厨房的故事已经不是秘密了。

当年，我写了一本改变我人生的书。当时的我，就像那群和我一样能力中等的厨师一样，对顾客怒不可遏。现在，他们变了，我也变了。

我已经不生他们的气了。

后 记

依旧在此

有些老歌历久弥新，就跟某些回忆似的。

尽管感伤，但我总忍不住重听这些老歌。它们记录了一个像金子般美好的时代。听老歌就像自虐，你一边后悔当初少不更事，一边感叹当年年轻气盛。总之就是，世事无常。

有一天晚上，时间已经挺晚了，我和我老婆去家里附近的一家餐厅吃饭，那家店我们常来。晚餐高峰已过，餐厅还留着一半空座。饮料才上，我们正点完单，隔壁桌的女人叫住我，"托尼，"她指着她丈夫，一个坐她对面的中年男子说："这位是银影先生。"

我已经二十多年没见过银影先生了。"银影先生"是我在《厨室机密》里给他起的绰号。我笔下的他，不管从哪个方面看，都是一个疯子，算不上是一个正面人物。不过，不管他的王国里出过多少烂事，不管我当年在他那里的遭遇有多糟糕，我一直挺喜欢银影先生，所以，当时遇上他，我很高兴。银影先生现在是两家高档餐厅的老板，一家在纽约，另一家在某度假胜地。

我起初没认出他来，跟年轻时候的银影先生比，现在的他看着变化挺大。我记忆中的银影先生是个肥胖高傲的年长版毕业生，就是你一眼就能从高中相册里认出的那种模样。他现在看着也不赖，尽管年纪大了又略显疲态。他妻子看着没变，还和当年一样高贵夺目。我以为聊《厨室机密》会很尴尬，但谁知气氛友好，当然，银影先生的妻子更乐意把那本书叫作"小说"。

银影先生说话更加委婉。他说，书出版后，大家都看出来书里的银影写的是他。他女儿第一个跑来告诉他："爸爸，这本书是写你的！"他用"崩溃"一词来形容他的阅读感受，他说他看到痛哭流涕。他这么说时，我感觉糟透了。我说了，我一直很喜欢这家伙。他有时的确傲慢疯狂，但他从不故意整人。就凭这点，他就比他同时代的许多盛名在外的小样儿强。

吃完饭，我立刻冲回家重读写他的章节。没错，他浴室里是有把机枪，酒吧里卖可卡因，西西里—美国兄弟组织的确每周派人来收保护费。外人看来，整个银影先生的餐厅团队都像自动驾驶的船队，没有舵主还能全速前进。我快速地核实了一遍自己写的银影先生，事实细节也许没错，但我通篇都是在大惊小怪大呼小叫。他被我写成了白痴，这当然不是事实。

如果说银影先生真的做错了什么，那也是时事所迫，跟个人无关。那天晚上，我们相隔一张餐桌回忆过去，我说："嘿，我们一起度过了二十世纪八十年代，现在，我们依旧在此。"

我真希望这么说能让他好过些，至少是种解释或者道歉，但我恐怕想得太美了。

老实说，皮诺·卢翁戈（Pino Luongo）整人，我见过许多次，看得我很享受。

我在《厨室机密》里把皮诺写得像个畜生，但这绝对是手下留情。这点，他自己也没什么异议。《厨室机密》出版后，我们见过几次面，他还邀请我给他的回忆录写序言。我乐滋滋地写了，然后从此被若干纽约餐厅拒之门外。几乎认识我的所有意大利主厨都跟我说过一句话——"你被皮诺耍了"，边说边笑着耸耸肩。这些如今的行业顶尖人物，会把早期的"学习经验"归为"成功之母"，要"感谢"曾经的黑暗王子教他们见识了冰冷残酷的游戏规则。

皮诺曾经是纽约意大利料理界的霸主，但站得越高，摔得越惨。他的餐饮集团因为一次失败的扩张从此陷入泥沼，导致他再难重整旗鼓。皮诺没法翻身还有一个原因。因为如今所有的厨师都在干当年皮诺干过的事。那些地道的托斯卡纳风味美食、小油鱼、鲜为人知的意大利面，现在已经铺天盖地，那些他曾经费尽心思普及的菜式，如今无处不在，好像他那坍塌的恐怖王国的幸存者。

虽然在皮诺那里吃过亏，但每次开车路过 Le Madri 餐厅旧址，心里还是很难过。Le Madri 是个无与伦比的餐馆，寄托了皮诺本性里最好的东西。那个厨房培养了这么多厨界精英，我虽然待的时间短，但也从这些人身上学了很多。那地方简直神了。

不过，最后那楼还是被拆了。

皮诺现在常待在他那家 Centolire 餐厅，就在麦迪逊大道上。他会穿着主厨的白色套装跑出来跟顾客打招呼，还常常亲自下厨。

皮诺变了，他变开心，变热心了。其实皮诺是个孩子气的人。卸下了霸主压力，他终于可以无所顾忌地做回那个淘气天真的自己了。现在的他，在餐桌上会时不时地打断他人的谈话，开始讲自己的故事，或者只是为了起身去够那盘烤沙丁鱼。

《厨室机密》的大脚先生（Bigfoot）并不是德鲁·奈波伦特（Drew Nieporent），虽然很多人这么认为。我不知道他俩有什么相似之处，他们完全就是两个不同的人。德鲁是个浪漫主义者，大脚先生不是。不管是谁，只要跟大脚先生一起工作过、喝过酒，哪怕仅仅是在二十世纪七十年代至九十年代之间和他有过一面之缘，都应该能立刻反应过来我所说的大脚先生是谁。当然，他没有变，还是从前的样子。他的酒吧开在金融区。我敢确定现在这个点儿，他还在店里对着一堆高级厨具设备琢磨这琢磨那呢。他会对着制冰器的零件苦思冥想，想着要是自己能修好，就不用被修零件的家伙骗了。或者，他也有可能在面试服务员。他喜欢用无辜的眼神盯着他们，一边装蒜一边享受突然发问令其措手不及的滋味。或者，他坐在吧台边，计算着两个花生碗之间的距离，一边沉思着新菜单的噱头。或者，他只是在享受做自己的快乐。这是大脚先生的天性。毕竟，除了做自己，他也别无选择。

这年头，有些西村酒吧里的老酒保已经在那儿干了二十多年。如果你想打听大脚先生的段子，找个安静的下午，去那儿待着，喝上一两扎啤酒。然后跟酒保们搭个讪，聊上几句。他们保准有很多可说的。

史蒂芬，我以前的副厨，离开了纽约。他先去了一家佛罗里达连锁餐饮机构短暂地干了一阵（他是如何通过尿检这事儿显然是个谜）。辞职后，他娶了那个跟他好了很久的女人，生了个儿子，后来又离了婚，搬去了纽约北部的斯佩丘莱特镇，开了家名叫洛根的烧烤酒吧。洛根也是他儿子的名字。史蒂芬是我共事过的厨师中能力最强的，他从一开始就说他只想开一间路边小饭店。在我写过的人当中，史蒂芬算是梦想成真的。

　　我上了洛根的网站，想看看菜单内容，找找过去的痕迹，毕竟我跟他混过那么多家餐厅。史蒂芬喜欢平民料理，理想平庸，对此他一直坦坦荡荡。当年，他就对厨房里塞满的鱼子酱、新鲜松露和稀有动物无动于衷，我还记得他给自己开小灶烧的那些菜。我抱着一丝愚蠢的幻想，想在洛根菜单上的油炸玉米饼、鸡翅膀、汉堡包的缝隙里寻找到点往昔的痕迹，比如我们同皮诺一起的那段经历，或是在 Supper Club、Sullivan's 和 One Fifth 餐厅共同度过的那段时光。主页上有一道红烩牛膝，这一直是史蒂芬的拿手菜，我喜形于色，但我点击最新菜单时，这道菜又不见了，取而代之的是一堆体育酒吧经典菜。没有一点蛛丝马迹，证明这是曾经的史蒂芬。当然，这本就在预料之中。他本来就不是个多愁善感的人，对食物，对任何事。

　　在所有我认识和我在《厨室机密》里写过的人当中，大概只有史蒂芬是真正想通了的，他从来不回头看。

　　我最后一次见到亚当·里奥·姓氏不详的时候，他还老老实实在卖预加工品和调味料。这工作给他干真是太奇怪了，因为他是个烘焙天才。话说回来，他能找到工作也挺奇怪，这家伙把自己的人脉全断光了。亚当在那个公司干了一两年，这对他来说，已经算是很长了，之后他又彻底消失了。用史蒂芬的话说，他又干起了"无业游民"的工作。不消说，这家伙还欠我钱呢。

　　亚当·里奥·姓氏不详的故事有点像道德寓言。这白痴做的面包是我们公认的天下一绝，但这个自我毁灭的天才就爱跟自己的前途过不去，一个典型的迷失男孩。他在卡萨塔蛋糕塌陷时号啕大哭的模样，我还记忆犹新。如果说谁需要拥抱，那说的就是亚当。但你要是真鼓励他，他准会偷偷拿走你的皮夹，或者把你害个半死。天才的结局总是令人扼腕。

我的老主厨"吉米·希尔斯"（Jimmy Sears）[1]，你们就不要再问我他到底是不是约翰·提撒（John Tesar）了。他最近在休斯敦开了家新店。这是第三家提撒现代牛排和海鲜馆。前两家维加斯店和达拉斯店让他很满意。可两个月后，他又离开了自己的餐馆。提撒是我所合作过的最天才的厨师。有一天，我走进大脚先生的厨房，陡然发现了这位化腐朽为神奇的魔力主厨。即便是最简单的菜，这个人都有本事让你惊叹不已。因为阅读障碍，他不喜欢写，但他发明食谱轻而易举，老食谱全装在脑子里，他混搭食材的功夫，让人心悦诚服。我后来当上主厨，全拜他一手所赐，毕竟是他一路把我从 Black Sheep 餐厅带到了 Supper Club。

约翰让我深受启发，也让我坐享其成。他一捅出娄子，我就来替他收场，从中获益。他从 Supper Club 离职后，我就自动升职，入行十年第一次当上了主厨。

约翰也是第一个有种雇史蒂芬和亚当的人，做他俩的雇主这种事，是福是祸难以定夺。我也是被他提拔，才进了手艺更专业的料理圈子。这样我才有幸认识了莫里斯·赫尔利（Maurice Hurley），当时他在贝尔纳丹餐厅上班，下班来 Supper Club 帮我处理宴会菜。约翰还带我见识了他的一帮兄弟，包括奥兰多（Orlando）、赫布·威

---

1 著名美式足球运动员，《厨室机密》里作者给约翰·提撒起的绰号。

尔逊（Herb Wilson）还有斯科特·布莱恩。这班家伙全在长岛海边度假胜地汉普顿混。我能认识 Arizona 206 餐馆的布兰登·沃什（Brendan Walsh），也是通过约翰。

回忆我这些老同事，我总结出他们的一个共性。虽然这个共性不是每个人都有，但也足够普遍，绝对不是巧合。这些人全有毁灭倾向。提撒还就这种倾向写了本书：每当成功敲门，就要想办法把它拒之门外，然后再找机会东山再起。长此以往，反复折腾。只要还能活着，怎么折腾都无所谓。

弗拉基米尔，来自普罗文斯镇，是我的老友兼人生楷模，曾跟我一起在厨房干过活。二十世纪八十年代后，就突然杳无音讯了。我听说他后来回学校了，大概去念计算机这类东西。《厨室机密》封面上的那个墨西哥强盗，就是他。尽管那本书后来在世界各地累计卖了十万多册，但我至今没有他的消息，他也再没联系我。弗拉基米尔走的时候，我刚写完"快乐时光"那章不久。弗拉基米尔的真名是阿莱克西，他比我们年纪大，所以他大概早看穿了。我们不过是一时逍遥，好日子很快就要到头了。

一些老歌伴随着我度过了初来纽约的头几年。当时，我一边抽着海洛因，一边听着这些歌。还有那段疯狂的蜜月期……当时的人生乱作一团，不堪回首，兴奋与迷失交织。Tears for Fears 的 *Mad World*、The Bush Tetras、dFunkt、James White & The Blacks、early Talking Heads、Grandmaster Flash 的 *The Message*、The Gap Band，组成了那个时代的背景噪音。听这些歌是危险的。它们会在你的生命中留下一道深深的划痕。

山姆，我的主厨，也是高中时的弟兄。他在二十世纪八十年代早期就跟我一起沉沦了。前面提的封面照上也有他，我们都靠墙站着，好像要拿刀对挑的样子。这家伙花了好久才找到自我。他在联邦监狱待过一段时间，照他自己说，坐牢拯救了他。现在他洗心革面，在加州做卖肉生意。他在我的节目里露过脸。

贝丝·阿塔斯基（Beth Aretsky），自称"烧烤小贱人"，转来做我助手前在专业厨房混过很久。《厨室机密》出版后，我开始做电视，一堆琐事常常搞得我手忙脚乱，我发现自己需要个助手。她是我的左右手，也是我十年来的知己，有时，甚至是我的保镖。在一场签书会上，一个极端素食主义者对我动手动脚，贝丝挺身而出，用手抵住他的脖子，把他逼退到墙角。她还打过一个喝醉了酒之后对我上下其手的女粉丝。贝丝多年来一直在跟一个住在加勒比海地区的男人约会，现在他们终于结婚了，还生了个女儿。一年前，她换了个工作，一个更安全、更适合照顾家庭的工作，总之至少是用不上武术了。

我第一次亚洲之旅的目的地，东京的 Les Halles 餐厅，在我去后不久倒闭了。我会永远感谢那家餐厅的主人菲利普·拉琼尼（Philippe Lajaunie）。那次旅行让我大开眼界，人生因此焕然一新。人们都说，和菲利普做生意很难。这点我信，但我跟他之间却从来不谈生意。即便我要跟他的 Les Halles 店做买卖，我们也总能聊跑题。他是最好的旅行伴侣，他有永无止境的好奇心，不知疲倦、无所畏惧。

菲利普的前任合作人 José de Meirelles，也就是雇我去 Les

Halles 的那人，已经离开那儿了。如今他在一家叫 Le Marais 的犹太人法国菜馆独当一面。那馆子位于纽约黄金地段，生意兴隆，此外他还开了一家葡萄牙／西班牙风味的 Tapas 小馆。Les Halles 的华盛顿店关门了，Les Halles 迈阿密店易主了。真是感谢上帝，我看这两家拖后腿的分店，早该关张大吉。我仍然很喜欢 Les Halles 的公园大道总店和约翰大街市区分店，有空时总会去那里晃悠晃悠。能把那两家开在穷乡僻壤的不争气的连锁店给甩了，真让人舒了口气。

服务生蒂姆的那张臭嘴还是没学乖，而且他还在 Les Halles 公园大道总店干着。如果你去那里吃饭时问起我，他会说，托尼刚来过、他正在泰国做变性手术、正在土耳其蹲监狱或者在南极滑雪橇。总之，他会编各种段子，如果他这么说，那只能说明他很久没被我教训了。

最终，Les Halles 的厨房，被 Carlos Llaguna Morales 当之无愧地接管了。这位的厨师生涯也是从多年前的油炸小摊起步的。他这家伙厨艺惊人，比我强多了，就连管人也比我有能耐，真是吓了我一跳。跟我当家的时候比，现在那帮家伙个个都被打理得光彩熠熠。从食品加工到质量控制，全都焕然一新。厨房还是那么大，厨师也就这几个，但因为把隔壁熟食店的店面也吃了下来，座位比过去几乎翻了一倍。以前，我们一晚招待三百五十顿晚餐，觉得已经是奇迹了，现在一晚上要做六七百餐。

2007 年，我突发奇想跑回 Les Halles 餐厅重操旧业。少不了的周二两班轮班制。主厨早上八点进餐厅，打点午餐，忙完后直接准备晚餐，一天从早到晚在厨房耗着。我想想觉得不在话下，但等我真的上了手，才后悔莫及——工作量比以前大，而我却老了。这情节，听着跟肥皂剧似的。

这么下去的后果可想而知，我焦头烂额，试图挣扎出个解决方案，至少找个缓兵之计。

于是，我把埃里克·里佩尔约了出来，给他猛灌高档龙舌兰（这是他的致命要害）。等他完全放松了，我伺机提议，来 Les Halles 吧，我们一起玩一票儿，很有趣的，你懂的……

结果不错，我总算苟延残喘撑了下来。其实相比现在的 Les Halles，当时根本不算忙。但那时的工作量，已经要命了，要我老命了。我的老花眼也一个劲儿添乱，当时我不戴眼镜已经看不清传菜单了。每次我用脏手戴完眼镜，就又搞得自己一鼻子油。我的膝盖也有点问题，说得轻些，就是嘎吱作响。幸好我身手还在，还能勉强维持场面。我心里清楚，这不是长久之计。

埃里克倒是出人意料地驾轻就熟。他可没在几百个盘子间穿梭飞奔过，也不需要同时迅速地烤出那么多牛排，我以为他会晕头转向，但谁知他优雅胜任，收工后的白色工作服仍然整洁无暇、一尘不染，挂在衣柜里跟没穿过似的。这真让人火大。不过，他一直抱怨 Les Halles 厨房缺人手，这事儿他至今喋喋不休，说让这么少的人干那么多活，是多"不人道"，多"不可能"。

有个电视秀拍了 Les Halles 的厨房。这节目真心让人自豪，拍得生动形象客观真实，终于揭露厨房工作的真面目，这是何德何能，何种合作、耐力、智慧、纪律、流程和有条不紊，才能完成这样的工作，背后付出的可是血的代价。

老有人问我是不是怀念当厨师的日子，我的回答只有一个。

"不，我不。"

我让他们失望了，我知道。我承认，我有时也会怀念一下那段时光，但我确实受够了。我当了二十八年厨师，拜托，二十八年。《厨室机密》火的时候，我都已经四十四岁了，也该休息休息了。四十四岁的厨师，保准是在走下坡路了。厨师的职业高峰是三十七岁，再往后，就没可能跟以前一样耳聪目明、眼疾手快。膝盖和后背先不行了，接着，手眼配合也跟不上了，再然后是视力衰退。最可怕致命的是脑力不济。这么多年神经高度集中、多任务并行、高强度压力，再加熬夜喝酒，你的大脑整个儿透支了。你开始健忘，读菜单也慢半拍。哪个菜先做哪个菜后做，食物放哪儿了，还有几块牛排等着做，烤着的这块是几号桌的，全都一片糨糊。宿醉后你就更站不稳，醒酒也没以前快了。你越来越没耐心，越来越容易生自己的气，搞砸点小事就一蹶不振。虽说绝望本就是厨房工作的常客，但随着年龄增大，这东西上门越发频繁，来了又不走。

你差不多玩完了，总之离玩完不远了。你大脑和身体都知道，它们每天提醒你，只剩下你的自尊心和荣誉感。

我告诉他们，我最怀念的是下班后的第一口冰啤酒。那痛快，那满足，绝了，可不是什么畅销书、电视秀、粉丝能比的。忙完一天，和同事们一起坐到吧台，擦一把脖子上的汗，深吁一口气，有种不言而喻的成就感。这时候，你呷上一口冰啤酒，那就是胜利的味道。服务员们高高兴兴地数着小费，嬉闹地开着玩笑，厨师们个个心满意足。这种景象真是：把酒当歌，人生几何。

这时，某位好心的调酒师打开音响放起了 Curtis Mayfield 的 Superfly，也不知道是 Gin and Juice（总之都是为老家伙们准备

274

的），或者有时大家集体要求放 Gimme Shelter[1] 或是傀儡乐队（The Stooges）的 Dirt。老歌，总是历久弥新，但是，你得经历过才能体会。

深情款款地彼此互望，你们是患难知己，你们在心里默默地念：

"我们今晚打了个胜仗，可以凯旋而归。"

周围有人点头微笑，有人长舒一口气，还有人用呻吟释放痛苦。

我幸存着，这就够了。

我们依旧在此。

---

1 滚石乐队的经典之作《给我庇护》。

致谢

感谢 Kim Witherspoon，Dan Halpern，Karen Rinaldi，Peter Meehan，Mandy Moser，Chris Collins，Lydia Tenaglia，整个 Zero Point Zero Production 和后期制作人员，以及 Laurie Woolever。

安东尼·波登

图书在版编目（CIP）数据

半生不熟 /〔美〕安东尼·波登著. 蔡宸亦译 —上海：
上海三联书店，2018.10
ISBN 978-7-5426-6421-1

Ⅰ.①半… Ⅱ.①安… ②蔡… Ⅲ.①传记文学—美国—现代
Ⅳ.① I712.55

中国版本图书馆 CIP 数据核字（2018）第 174350 号

半生不熟：厨室的黑暗与光明

著　　者 /〔美〕安东尼·波登
译　　者 / 蔡宸亦

责任编辑 / 职　烨
策划机构 / 雅众文化
策 划 人 / 方雨辰
特约编辑 / 吴赛嶷
装帧设计 / 田　媛
监　　制 / 姚　军
责任校对 / 魏钊凌

出版发行 / 上海三联书店
　　　　　（200030）中国上海市漕溪北路 331 号中金国际广场 A 楼 6 层
邮购电话 / 021-22895540
印　　刷 / 山东鸿君杰文化发展有限公司

版　　次 / 2018 年 10 月第 1 版
印　　次 / 2018 年 10 月第 1 次印刷
开　　本 / 880×1230　1/32
字　　数 / 210 千字
印　　张 / 9
书　　号 / ISBN 978-7-5426-6421-1/ I · 1431
定　　价 / 52.00 元

敬启读者，如发现本书有印装质量问题，请与印刷厂联系　0533-8510898